创意写作书系

YOUR CREATIVE WRITING MASTERCLASS

创意写作大师课

[美] 于尔根·沃尔夫（Jurgen Wolff）◎著
史凤晓　刁克利◎译

中国人民大学出版社
·北京·

“创意写作书系”顾问委员会

Your Creative Writing Masterclass

译者序

写作可不可以教？这不是一个问题。因为任何事情都可以教，写作也不例外。

问题应该是：写作由谁来教？怎样教？

如果像通常的课堂教学那样，用讲文学理论的方法教写作，肯定是不行的。

写作由作家来教，传授自己的创作经验，应当是可行的。

既然可以教，我们当然相信顶级的教师。对于文学创作，有谁比一流的大作家更适合做教授写作的老师呢？尤其是那些已经公认的经典作家，比如莎士比亚、狄更斯、王尔德、福克纳、卡夫卡、陀思妥耶夫斯基、米兰·昆德拉、托妮·莫里森、马尔克斯、村上春树、斯蒂芬·金等。如果我们能够得到他们的耳提面命，则这种教导善莫大焉。如果他们能够现身说法，从自己的写作实践中总结出行之有效的方法、可以信赖和仰仗的智慧，则对于读者，可谓幸之甚也。

本书就是创意写作教师、作家、编剧于尔根·沃尔夫为我们精心编写的来自文学大师们的创意写作课，共 40 讲，涉及作家生涯的各个方面，而且配有对应的写作练习，让我们学以致用。我们不仅能感受到其中的熠熠星光，也会收获良多。

说到创作，首先会想到“灵感”。作者在字里行间所传递的信息是，作家笔下的灵感就在身边，触手可得。它可能来自某一位钟爱的作家，如马尔克斯从阅读卡夫卡的《变形记》的第一句中得到灵感，由此开始了他与文学创作相见恨晚的一生情缘；它可能来自你成长过程中的回忆和恐惧，比如村上春树对于过去在神户的真切回忆促使他写成了《挪威的森林》；它也可能来自梦境，如玛丽·雪莱的《弗兰肯斯坦》，一个噩梦促成了一部伟大的名著。灵感并不仅仅意味着一个想法灵光一现，它也意味着故事的构思及它的生根发芽。

在推进故事发展的过程中，我们绕不过去的还有人物的塑造及故事叙述的方式。经典人物是伟大作品青史留名的重要元素，中外经典作品皆不例外。马克·吐温、毛姆、菲茨杰拉德、海明威、米兰·昆德拉和村上春树等作家会告诉我们关于人物塑造的要诀。有了栩栩如生的人物，故事该由谁来讲述，也是一个很重要的问题。威廉·福克纳的《喧哗与骚动》用四个人物分别讲述故事的叙述方式是这部作品的特色。本书作者还以马克·吐温的《哈克贝利·芬历险记》和托尔斯泰的《战争与和平》等经典作品为例，详细阐述了如何选择适合自己故事的叙述方式。康拉德的《吉姆老爷》也为我们体会故事的开头、中间和结局的不同写作方式提供了典范。

对于极力想要形成自己独特风格的新手作家，海明威和卡佛等作家的例子告诉我们：风格可以学习，但不要刻意为之，个中分寸，有待读者在阅读的过程中把握拿捏。

我们也许想不到，一些特殊的环境或是习惯可能有助于才思泉涌。比如狄更斯，他的书桌上一定要放一些小的吉祥物，他构思的时候总要走很长的路；玛丽娜·华纳需要在身边放牡蛎壳、发用香水等；杜鲁门·卡波特总要躺着才能创作。当然，整个创作过程漫长、耗神，要完成作品，需要耐心，更需要信心。而作品问世后，又需要有足够的信心和智慧来应对评论家的反应。契诃夫、海明威的态度能让你放松下来，塞缪尔·约翰逊的建议能让你处之淡然。谭恩美会告诉你写作受阻时如何继续，安德烈·纪德也有实用的建议。

想成为作家的人可能希望有拜伦“我一觉醒来，发现自己已经成名了”这样的幸运，也会梦想自己像 J. K. 罗琳或斯蒂芬·金等作家一样名利双收。雷·布拉德伯里将告诉你盛名之下应如何面对自己，著名剧作家爱德华·阿尔比将告诉你作家可能会孤单。你能在本书作者所援引的很多作家那里找到名利之于他们的意义。成为作家，可能会名声大噪，也可能会默默无闻，但是无论如何，如塞缪尔·约翰逊曾经说过的，“诗人有责任让这个世界更美好”，或者像 E. B. 怀特所言，“我确实感觉到自己对社会的那份责任：一个作家有责任做一个好人，而不是坏人；做个诚实的人，而不是虚伪的人……”

这是一本神奇的书，看完之后，有作家梦的读者会情不自禁地拿起笔来开启自己的梦之旅程；这是一本智慧的书，字里行间充满了经典作家字字珠玑的循循善诱；这是一本幽默的书，读者不仅能体会到作者的诙谐，更能见识那些经典作家的语言及事迹，体会种种让人捧腹之处；这是一本百宝箱式的书，创作过程中的任何困难，你都可以按图索骥，在书中所提到的伟大作家那里找到解决方法；这还是一本令人信服的书，因为所有的内容都来自作家的亲身实践和经验总结，一流作家的金玉良言能让我们有更好的准备，成为更好的作家。

译者

2013 年 4 月

Your Creative Writing Masterclass

前 言

你如果想写一部小说、一个剧本、一出话剧抑或一篇短篇小说，可能有万千思绪，但是不知道如何组织情节，或者不知道如何让角色跃然纸上。到哪里寻找指导和范例呢？我之所以写这本书，其中一个原因就是：20 年来，我发现在南加州大学我的课堂上，还有世界各地的私人工作室里，作家们都没有找到合适的学习对象。

踌躇满志的编剧家向电影票房冠军或者最热播的电视剧学习。

满怀抱负的小说家在最新的畅销书排行榜上寻找灵感。

有时候，畅销书排行榜上确实有优秀的小说，一些很棒的电影在票房方面也能大卖。但是，通常的情况是，对成功一时的作品的模仿较之原作总是大打折扣。

比较而言，下面是一些更好的学习对象：过去两个世纪以来的伟大的经典小说，以及已经显示出恒久品质的近作和电影。

这本书的精髓就来自于那些经典大师们的建议，比如简·奥斯汀、罗伯特·路易斯·史蒂文森、弗拉基米尔·纳博科夫、安东·契诃夫、查尔斯·狄更斯等，以及当代作家们的经验之谈，比如马丁·艾米斯、J. K. 罗琳、雷·布拉德伯里、埃尔莫尔·伦纳德、萨尔曼·拉什迪等。

当然，听取建议并不等于你就学会了运用。所以我设计了很多练习来帮助你实现这个过渡。无论你是刚刚有了一点思路，还是已经写完初稿，正打算修订润色，以便满怀信心地将其投向市场，宝贵的建议加上有效的练习都能助你一臂之力。

虽然你会在这本书里得到很多支持和指导，但是书里提供的并不是什么锦囊妙计。那些想要寻找某种神奇模板或者现成套路的人一定会空手而归。本书提到的作家在他们的作品里不仅投入了时间，也注入了情感与灵魂。他们接受这样一个事实：要写出好作品，需要勇气、毅力和独立的精神。不过，这并不意味着他们对自己写的任何东西都有信心。你将会读到，他们中的很多人在每次面对一张白纸的时候都曾焦虑过，而且有时候他们感觉自己像个冒牌货，竟敢贸然假定甚至寄希望于别人能对他们的文字感兴趣。不管怎样，他们坚持不懈，愿意在这条艰难的道路上奋力跋涉，给世界各地的人带来欢乐和启迪。如果你也准备好要踏上自己的历险征程，这本书就是为你而写。

内容速览

在第一部分，我们将探讨作家灵感的来源，以及你如何用回忆、梦境甚至恐惧来滋养你的想象力。这部分也强调让想法生根发芽的重要性，让你的潜意识在开始创作之前就发挥作用。

因为伟大的人物角色是一部经久不衰的小说的基石，所以第二部分有几章是关于人物塑造的，如何让人物角色在作品中栩栩如生，并且鲜活地留存在读者和电影观众的记忆中，从中你会找到发现人物而不是发明人物的方法。我们还会探讨地位在人物关系中的巨大重要性，无论这种地位是真实的还是读者感受到的。还有一章探讨如何让对话反映出人物角色，以及人物与环境之间的联系。如果能准备好所有这一切，你会发现人物角色似乎会自己负责故事的发展，我们也将探讨这种体验的实质。

第三部分的内容是人物和情节的融合。在这部分你会看到如何选择最合适的叙述视角，如何利用冲突推动人物，以及设计情节的实用方法。至于如何起草一个强有力的开头、使用伏笔、解决很难写好的中间部分、使故事有个让人回味的结尾，本部分都将一一论述，此外还有主题和修改过程等问题。

第四部分教你如何找到自己的写作风格。我要强调的是，风格必须为故事服务，而不是彰显作者的聪颖。为了达到此目的，我会谈到如何使用清晰、简洁、恰当的细节以及精确的措辞来使你的故事引人入胜。

接下来我们会回到写作过程本身，包含如下问题：什么样的环境和条件有利于你的写作？如何培养你的信心？如何应对批评家（包括严厉的内心批评家）？还有如何克服作家的障碍？

最后一个主要部分帮助你为成为作家做好准备，主要包括：名利和成功对于作家意味着什么？应该努力追求什么样的生活？如何享受作家生活（虽然偶有不稳定性）？小说家和剧作家的前景如何？这一部分的最后会谈到成为一名作家所应承担的责任。

请访问网站：www.YourCreativeWritingMasterclass.com，你会在这里发现更多顶尖作家们的建议、采用这些建议的更多方法，以及将这些经验结合自己的经历并融入作品中的能力。网站上还有一些传记视频、评论和资源。

网站上的资料及本书中高度实用的建议和练习，共同组建了一个人们梦寐以求的写作大师课堂：查尔斯·狄更斯过来展示如何创造令人激动的人物角色，欧内斯特·海明威帮你弄清楚如何简洁、有力地写作，简·奥斯汀告诉你如何使读者被一个不那么让人同情的人物打动，还有其他百余位已逝的和当代的专业作家，他们都准备就绪要成为你的导师或教练。我希望他们的榜样示范以及书中的练习能够帮你创作出最适合你的作品来。

Your Creative Writing Masterclass

目录 | Contents

第一部分
寻找灵感

第二部分
塑造栩栩如生的人物

第三部分
塑造故事

第四部分
找到你的写作风格

第五部分
写作过程

第六部分
写作生活

第一部分

Your Creative Writing Masterclass

寻找灵感

Your Creative Writing
Masterclass

伟大的作品在数十年甚至数百年之后依然被人传诵，它们的创作受到了什么启发？大师们在为一个想法一筹莫展的时候会怎么做？他们总有写不完的故事，到底有何灵丹妙方？

在这一部分，安东·契诃夫、罗伯特·路易斯·史蒂文森、玛丽·雪莱、加布里尔·加西亚·马尔克斯等大作家会告诉你，他们寻找创作灵感及开始创作时所采用的或寻常或怪异的方法，还会分析怎么用他们的方法帮助你推进创作。

它始于（别人的）文字 第一章

还记得影响你的第一本书吗？它可能是别人读给你听的，也可能是你自己读的。是否有一本书在童年后期影响到了你，而那时你却没有意识到？

很多著名作家都说过，他们被少年时期读过的书深深打动。有时候，正是一本特别的书让他们想要成为作家，而在数年之后，他们依然能够从那本书中汲取灵感。

即使在作家成名之后，也可能有一位经典作家担当他们的导师角色。马丁·艾米斯曾说过：

> 当我为一个尚未完成的句子犯愁，不知怎样才能写出这个句子时，我会想，狄更斯会怎么写这个句子呢？贝娄或者纳博科夫会怎样攻克这个句子？你本意是借此想出这个句子来，但是，停下来想想你仰慕的作家们，他们将把你往前推进一步。[①]

① 本书中的作家引文或名著片断除特别注明出处者，均为本书译者翻译。本书脚注除特别说明，均为译者注。

威廉·福克纳
(1897—1962)

福克纳最著名的小说是《喧哗与骚动》《我弥留之际》和《押沙龙，押沙龙！》。1949年获诺贝尔文学奖，又相继获得两次普利策奖。1987年，美国邮政服务公司发行了带福克纳头像的22美分邮票。

如果你愿意使用这样的策略，有大师们在身边会更方便。我在书桌旁的墙壁上挂着一套肖像明信片，他们是我的九个写作英雄：莎士比亚、塞缪尔·约翰逊、狄更斯、史蒂文森、康拉德、王尔德、伯特兰·罗素、萨默赛特·毛姆，以及格雷厄姆·格林。我在国家肖像画廊得到这些明信片，并把它们装进相框。写作的时候有他们看着，我很容易保持谦卑，但多数时候，我把他们的俯视理解为善意的凝视，这让我更有灵感而不是愈加气馁。

你不必让自己受限于伟人。威廉·福克纳的建议是：

阅读，阅读，阅读。什么书都读——垃圾的，经典的，好的，坏的，看看它们是怎么写出来的。就像一个跟木匠师傅学艺的学徒一样去学习。阅读！你就会明白其中的道理。

弗拉基米尔·纳博科夫则提倡读诗：

你必须饱读诗歌才能创作出散文来。

对玛雅·安吉罗来说，《圣经》是最伟大的灵感源泉：

所有阐释和翻译犹太教《圣经》和基督教《圣经》的语言都是悦耳、美妙的。我常常朗读《圣经》。我会带上它的任何一个译本、任何一个版本，大声朗诵，只是为了听到这美妙的语言和节奏，然后提醒自己英语有多美。

被改变——并且改变别人

哈珀·李是《杀死一只知更鸟》的作者，她在杂志 *O* 上发表了写给奥普拉·温弗瑞的一封信，在信中她提到了儿时对书的喜爱，并且说道：

> 现在的社会和 75 年前相比，资源极其丰富，人们拥有笔记本电脑、手机、苹果播放器，和空房子一般空荡荡的大脑，而我依然携书蹒跚而行。

儿时的李肯定想不到，有朝一日她自己写的书会产生深远的影响。

据调查，在 20 世纪六七十年代民权运动中活跃的大部分律师都受到小说《杀死一只知更鸟》（1960）和同名电影（1962）的启发。这部小说在 1962 年获得普利策小说奖，1999 年被《图书馆杂志》评为“20 世纪最好的小说”。它是深居简出的作者所发表的唯一作品，尽管有传言说她仍然在继续写作，只是从不发表。

尤多拉·韦尔蒂认为弗吉尼亚·伍尔芙是：

> 为我打开文学这扇门的人。阅读《到灯塔去》的时候，我感觉，天啊，这是本什么样的书啊？我兴奋得食不甘味，夜不能寐。自此之后，我多次阅读那本书，尽管现在我更多的是读她的日记。每次打开她的书，都感觉悲怆。但是，她对于自己的作品和写作所作的精彩描述都带给你满满的喜悦，这种喜悦要比你为她所感到的痛苦强烈得多。

加布里尔·加西亚·马尔克斯是受到卡夫卡在文学创作上的震撼之后才决定开始写作的：

加布里尔·加西亚·马尔克斯（1927—2014）

马尔克斯的作品有《百年孤独》《霍乱时期的爱情》《族长的秋天》等。由于他关于帝国主义的政治观点及与菲德尔·卡斯特罗的友谊，在比尔·克林顿执政之前他一直被美国拒签。他的很多作品都已经改编成电影，尤其是在墨西哥。

一天晚上，一个朋友借给我一本弗朗茨·卡夫卡的短篇小说集。回到居住的廉价旅店，我开始阅读《变形记》。第一行就几乎把我从床上震下来。我读得目瞪口呆。他这样写道："一天清晨，格里高尔·萨姆沙从烦乱不安的睡梦中醒来，发现自己躺在床上变成了一只可怕的甲虫……"读到这行文字的时候，我跟自己讲，原来可以这样写东西。如果早知道，很早之前我就开始写作了。因此我马上开始写短篇小说。

那个故事对马尔克斯成长为一个魔幻现实主义的代表作家的影响显而易见。

拉尔夫·艾里森在《巴黎评论》中这样说：

1935 年，我读到艾略特的《荒原》，它深深打动并且吸引了我，但是，我却不知道如何分析这部作品……晚上，我练习写作，研究乔伊斯、陀思妥耶夫斯基、斯坦因和海明威，特别是海明威。我阅读他的作品，学习他的句子结构和组织故事的方法。

去图书馆寻找灵感

雷·布拉德伯里建议：

你必须埋头于图书馆中，以摞摞堆叠的书为阶，攀上层层书架，嗅油墨如闻芳香，批阅书籍如穿衣戴帽，得书滋养，启明心智。

现在这样做要难多了，因为图书馆正在被建成多媒体中心。在那里，纸质版的书籍有时候反倒成了最稀缺、最不被重视的元素，但雷·布拉德伯里的建议还是不错的。在苹果公司的 IPad 和亚马逊公司的 Kindle 及其他电子书能散发出古书特有的香味（或许只是时间的问题）之前，至少还有我们这批在传统书籍的熏陶下成长起来的人，我们总会在心中为书籍和图书馆保留一个位置。

我在红木城公共图书馆里找到了对我童年影响最大的书：伊妮德·布莱顿的《五伙伴历险记》系列。它讲述的是四个英国孩子和一只狗的探险故事。图书馆里有整套的 21 卷本，我飞快地读完它们，沉浸在自己（和布莱顿）想象中的英国。当然，那影响到我很多年后的一个决定：先去英国读书，最终去伦敦定居。可能 20 年后，会有很多人因为《哈利·波特》移民到英国。

文字之外

有时候，灵感来自于其他艺术领域。萨尔曼·拉什迪这样说：

> 20 世纪六七十年代，世界电影业欣欣向荣，我的青春岁月正是在观看这些电影中度过的，我的很多写作思想就是这样形成的。我认为，我从布努埃尔、伯格曼、费里尼那里学到的并不比书本教给我的少。

对于史蒂芬·松德海姆来说，一部相当晦涩的电影《醉汉广场》对他影响颇深：

> 这是一部伤感的、浪漫的、哥特式的恐怖片，由拉尔德·克雷加主演，讲述了 1900 年伦敦一个前卫的作曲家的故事。他一听到高音，就会着魔并且四处杀人。伯纳德·赫尔曼为之谱写的钢琴协奏曲为电影增色不少。

松德海姆说，他的《理发师陶德》是向赫尔曼的致敬。

虽然你能从别人的文字和经历中获得灵感，但是写作的时候，你须依赖自己的文字和经历。在第二章，我会细述如何把你的回忆和恐惧转化为创作源泉。

从建议到行动！

在当今这个忙碌的世界，你似乎很难抽出时间来读书，但它依然是充实思想的最佳方法。你有多久没读过像乔伊斯、陀思妥耶夫斯基、海明威或者狄更斯这样的经典作家的作品了？

我的一个朋友在他非常紧张的日程中专门安排了读书时间，因为他相信读书滋养心灵，会在繁忙浮躁的一天里为他带来一小时的宁静。如果翻看他的日程表，你会发现这样的条目："下午 5 点到 6 点：阅读麦尔维尔"或者"下午 1 点到 2 点：阅读乔伊斯"。

你有没有一部一直想读却还未读的名著，或者一直想看却还未看的经典电影？

行动：和自己约定读一本书或者看一部经典电影。你也可能想重读一些最喜欢的书。我会时不时重读一些书，而且每次都能发现新的亮点：T. E. 劳伦斯的《智慧的七根支柱》、罗洛·梅的《创造的勇气》、约瑟夫·康拉德的《吉姆老爷》。让我有同样感受的电影是：《公民凯恩》《碧血金沙》《阿拉伯的劳伦斯》《正午》《教父Ⅰ》和《教父Ⅱ》《日以继夜》等。

回想一下你认为最有启发意义的书和电影。选择一本你认为值得一读再读的书或者一部值得一看再看的电影，计划好所需要的时间。这次阅读或者观看不仅仅为了欣赏，还要分析一下这本书或者这部电影为什么会有如此大的影响力，你能从作者的方法中学到什么，从而让自己的写作更生动、更有影响力？对于初学者，请考虑以下问题：

- 故事是关于什么内容的？用一两个句子概括一下。
- 主角面临什么样的危险？
- 这个故事揭示了人物角色的什么特点？如何揭示的？
- 故事的开头是怎么吸引你注意力的？
- 行动和主要冲突如何升级？
- 这个故事出其不意的地方在哪里？
- 它唤起你的什么情绪？如何做到的？

请到网站 www.YourCreativeWritingMasterclass.com 上分享对你来说最特别的书籍，以便每个人都可以从中受益。

第二章 回忆与恐惧

你童年时期最重要的事件是什么？你自己在写作中是否直接或者间接地用到了它？很多作家都这样做。薇拉·凯瑟断言：

> 一个作家在其创作中所使用的素材大都是发生在 15 岁之前的事情。

弗·司各特·菲茨杰拉德给出的时间更长一些：

> 一个作家可以描述他 30 岁、40 岁和 50 岁之后的经历，但是他对这些经历的权衡和评判标准早在 25 岁的时候就已经确定，再难更改。

菲茨杰拉德的大部分作品的主题都植根于他的青年时期：

> 我总是这样——富裕城镇上的贫穷男孩，富贵男校里的贫穷男孩，普林斯顿富人俱乐部里的贫穷男孩……但是，我从来无法原谅富人的富裕，这一点丰富了我全部的生活和作品。

这种矛盾反映在《了不起的盖茨比》的叙述者对杰伊·盖茨比的描述中：

> 盖茨比代表我所真心鄙夷的一切。如果人的品格是一系列连续不断的成功的姿态，那么他的身上就有一种绚烂，他对人生的希望极度敏感，就像一台精密的仪器，能够测出万里之外发生的地震……盖茨比本人这一生倒是无可指责；那些使他内心无法安定的东西，那些在他梦想幻灭之后浮现的污浊灰尘使我对人们瞬间的痛苦和短暂的欢愉没了兴趣。

萧伯纳也支持你写自己的经历：

> 只有以他自己和以他所处的时代为题材的作家才能写出所有的人和所有的时代。

尤多拉·韦尔蒂这样安慰我们，她说我们不一定非得有大起大落的人生才能拥有创作灵感：

> 我是在安逸的生活中长大的作家，所有严肃的冒险都来自于内心。

回忆不必很清晰——在杰西普·诺瓦科维奇看来，有时候，难以触碰或者多少有些神秘的回忆影响力最强。他说：

> 因此，根据我的经历（当然它因人而异），一段不完整的回忆，或者是一段模糊的回忆，最能激发你去想象、虚构、塑造和创作。记忆中缺失的部分会让你疯狂，疯狂地想活在用想象力构建起来的过去。

村上春树指出：

> 我认为回忆是人类最宝贵的财富。它是一种燃料，燃烧自己并且温暖你。我的回忆就像一个柜子：柜子里面有很多抽屉。当我想回到 15 岁的时候，我打开某个抽屉就能看到自己在神户的少年时光。我可以闻到那时空气中的味道，可以触到那时脚下的土地，可以看到那时苍翠的树林。这就是我想写作的原因。

众所周知，查尔斯·狄更斯的很多作品都以他的童年经历为素材。父亲因欠债入狱，从此结束了他一度幸福快乐的童年。除他之外的其他家人都搬进了父亲所在的监狱。查尔斯寄宿在家人的一个朋友那里。他每天不得不工作十个小时，往鞋油盒上贴标签，以此来支付寄宿费和补贴家用。

尽管并不是所有的细节都吻合，《大卫·科波菲尔》中的很多情节反映了狄更斯的童年经历。大卫还没有出生，他的父亲就已经去世，所以他并不了解自己的父亲，但尽管如此，他还是度过了一段非常快乐的时光。母亲改嫁，继父对他很残忍。母亲及她的新生儿去世后，继父把他送到伦敦一家阴森森的工厂去做工。大卫每天必须花很多时间洗瓶子、给瓶子贴标签。他这样描述他的感受——我们可以确定这来自于狄更斯自己痛苦的回忆：

> 当我堕落到与这些人为伍的时候，没有语言可以描述我灵魂的隐痛……我感觉自己要成为一位博学多识、卓越优秀的人的希望在心头破灭。依然记得那时的彻底绝望、因所处的地位而感到的耻辱，以及因为深信过去所学、所想、所喜爱并引起美好遐想和上进心的一切正一天天、一点点离我而去并永不复返时，我那年幼的心所感到的痛苦等等，这些记忆刻骨铭心，是无法付诸笔端的……泪水和洗瓶子的水交融在一起，我哽咽着，好像胸口有一道裂缝会随时迸开一样。

有时候，回忆可以用来描述某个特定的画面。J. K. 罗琳在她的网站上这样写道：

> 我是一个胖乎乎的小孩。我童年时期的样子就像《哲学家的石头》中的描述："看上去像是一只沙滩球戴着杂色的绒球帽。"

回忆过去并不是为了写自传，而是为了开采过去的宝藏，寻找可以在你的作品中应用的人物角色和事件，尤其是那些有情感力量，并且能为你的作品注入能量的元素。

你脑海里不会突然涌现有关小说和剧本的完全成熟的想法，当然也有一些例外，还是 J. K. 罗琳的话：

> 那个周末，我找好房子之后乘火车回伦敦。车上很拥挤。塑造哈利·波特的想法就在那个时候突然出现在我的脑海中。我从六岁开始就一直在写作，但是之前从未因一个想法而激动过。让我极度沮丧的是，当时没带笔，而害羞的我又不好意思向别人借。现在想来那可能是一件好事。因为我只能静静地坐在那儿，任想象天马行空。由于火车晚点，我就这么想了四个小时。所有的细节都出现在脑海里。这个骨瘦如柴、一头黑发、戴着眼镜，并不知道自己是个男巫的男孩儿越来越真实。

因此，可能部分归因于英国火车的摇晃，这个十亿美元的事业就产生在这样的四个小时里。

通常来讲，一个想法需要时间才能慢慢成熟，第三章有些建议可以加速这个过程。

从建议到行动!

你有一个不幸的童年吗？就算真是如此，你可能有丰富的素材可以用在写作中。

行动：这些方法可以把你带回到过去的时光里：翻看家庭影集，观看以往的家庭录影带，和家人、亲戚一起叙旧。下面的问题可以帮你想起一些可用的记忆：

- 你童年时期发生过的最重要的事情是什么？童年之后呢？
- 在你成长的过程中，谁对你的影响最大？
- 你成长时期最好的朋友是谁？你们是怎么走到一起的？
- 童年时期，你有没有想象中的朋友？他们是什么样子的？
- 到目前为止，你生命中最幸福的部分是什么？最不幸的呢？
- 哪些回忆最有可能改编成一个故事？
- 要怎么改编才能使之成为一部小说？

写作疗法

有些作家的灵感来自于他们自身的焦虑。对很多有造诣的作家来说，写作是一种治疗方法，简·里斯就是这样一位作家。她说：

> 我开心的时候从来不写东西，也不想写。但是我的开心时光从来都不持久……你看，我的作品里几乎很少有虚构的成分。大部分作品的写作初衷都是为了要摆脱那要命的、让我焦虑的悲伤。我儿时就发现，如果把伤痛写进文字里，它就消失不见了。

艾德娜·费伯对作家的性格有一种悲观的见解，或许也包括她自己：

在我看来，要想写出好的作品，并且有说服力，一个人必须在某种程度上中情绪的毒。厌恶、不悦、憎恨、挑剔、想象、激烈的抱怨和不公正感——它们都是好素材。

威廉·斯泰伦认为：

任何时代的伟大作品都是某个人神经衰弱的产物……对于一直处于恐惧状态的人来说，写作是一剂良方——对于战战兢兢的人来说，写作是一个宣泄的出口。

艾德娜·费伯
（1885—1968）

费伯最著名的作品是《游览船》《如此之大》《巨人》。她不同意把《游览船》改编成音乐剧，直到杰罗姆·克恩解释说，他想用它来改变音乐剧这一体裁。她的第一份和写作相关的工作是镇报记者，那时她 17 岁。

田纳西·威廉斯说：

我的作品具有情感上的自传性。它无关乎我现实生活中的具体事情，但是它反映了我生活中的情感涌流。我尽量每天都写点什么，因为除了写作，你无处可躲。当你难过、失恋、痛失你所爱的人，或者遭遇生活中其他不如意的时候，除了写作，你无处藏身。

电影《出租车司机》的创作就是这种情况。它的编剧保罗·施拉德说：

我那时婚姻破裂、负债累累、身长溃疡、无立身之所，而且已经丢掉了在美国电影学院的工作。我开车沿着城市下水道穿梭了三周。我住在一个铁皮房里，周围全是人，但是非常孤单。我把写剧本当做自我疗伤。我写了一个满心愤怒、有自杀倾向的出租车司机。我需要艺术的力量：

如果我不和这个人分开，他就会变成我或者我就会成为他。
我就这样创作出了我的主人公特拉维斯·比克尔。

当然，孤独可以是创造性的，也可以是毁灭性的，第三章我们就会看到孤独如何发挥作用，梦想如何激发创作。

从建议到行动！

成为作家最大的快乐之一就是我们可以创造自己的世界，它们可以比我们所生活的世界更令人满意。在虚幻的世界中，书呆子很受欢迎。瘦骨嶙峋的孩子可以和恃强凌弱的人打个平手……稍等，这太具有自传性了。

认真地讲，你不必写一本“痛苦回忆录”来体验写作的疗伤作用。作为话剧《冷酷的母亲》的作者，这是我的经验之谈（噢，太多个人信息了！）

行动：统计一下你认为生活不尽如人意的方式。哪一种可能是你想写的故事？

有一种方法可以让你对生活中可以被用作灵感的因素更加敏感：拿出一张纸来，每十年画一栏，直到现在。在每栏里迅速写下每十年中最重要的事情。第一个十年以你的出生开始，有可能包括你的第一天上学、兄弟姐妹的出生，或者是一只宠物的死亡——任何留在你记忆里并且让你有特定情感的事情。

注意它们会以什么样的方式出现，你对此感受如何。即使没有想法或者清晰可辨的主题，这个练习也可以唤起你的潜意识，植入一个以后会出现的故事构思。

孤独和梦境 第三章

现代的创意研究证实了这样一个观点：想法往往在我们不刻意追求它们的时候出现，但这也不是什么新发现。弗兰西斯·培根爵士曾经这样建议过：

> 写下即时的想法。那些不求自得的想法往往最珍贵。

弗里德里希·尼采提倡把孤独的体验视为一种激励：

> 当我们被书本激发灵感的时候，我们并不只是从书中得到想法。我们习惯在户外思考——走路的时候、跑跳的时候、爬山的时候、跳舞的时候，尤其是独自在山上或者海边的时候，在那里，连小路都是引人深思的。

亨利·米勒更进了一步：

> 初出茅庐的艺术家最需要的是独自解决问题的能力——再加上偶尔的一餐红肉。

让我们看看弗朗茨·卡夫卡怎样进一步阐述这一问题：

> 你无须离开房间，只消一直坐在书桌前倾听。甚至听都不要听，只是等待，非常安静、孤寂地等待。世界会慷慨地、不戴任何面具地把自己呈献给你，它只能如此。它会在你的脚下狂喜地舞动。

查尔斯·狄更斯特别擅长寻找孤独和狂欢之间的平衡。他的传记作家，迈克尔·斯莱特透露了狄更斯的日常生活安排：上午坐在书桌旁写作四个小时，下午散步12英里，然后晚餐，常常是和在家小住的客人一起就餐，饭后是晚会等社交活动，直到睡觉。斯莱特指出，狄更斯在那四个小时的创作很多来自于他散步时偶得的灵感。他写道：

> 6月21日，狄更斯觉得自己需要一次特别长的乡间漫步，他要走14英里，在行走的过程中开始构思他后来称之为“非常复杂的真实与虚构交织的”作品《大卫·科波菲尔》。

从建议到行动！

颇具讽刺意味的是，那些最简单的活动——在公园长椅上安静地坐上一个小时，或在新的小区里随意穿行——似乎已经成了奢侈的事情。在街上走，你会发现半数或者更多的行人在打电话、发短信或听音乐。他们人在这里，心却在别处。

全天候电信服务的开通意味着传统的平静时光——在路边咖啡店闲坐15分钟喝杯咖啡，或者在书店里随意浏览10分钟书籍——难免不受打扰。

科学技术带来的便捷确实很棒，但是正如俗语说的，凡事都有利弊，对作家来说，缺少了独处的宁静就是很大的一个弊端。

行动：你还是能够选择。散步的时候别带手机。打开电话留言机，去好好冲一个澡。抑或是去一个公园里冥想。在那些安静的时刻里，你可以构思一个只有你才能讲出的故事。试着每天留出至少 15 分钟不被打扰的时间。

夜间和梦境

有些作家觉得早晨有灵感，但是灵感通常光顾在夜间写作的人。霍华德·菲利普·洛夫克拉夫特这样说：

> 到了夜里，这个客观的世界悄悄隐入自己的巢穴，唯有夜留给梦者，灵感和力量便也会在这般神奇安静的时刻降临。只有在夜里尝试过写作的人才知道自己是不是一个作家。

有些作家不止是晚上写作，他们睡觉时也在以梦的形式写作。可能最著名的梦者和梦后作品要数玛丽·雪莱（那时她的名字还是玛丽·沃斯顿克雷夫特·葛德文）和她的小说《弗兰肯斯坦》。事情是这样的，正如她在这本书的引言里描述的：

> 我躺在床上，睡不着觉，也说不上是在思考……眼睛闭着，但意识很清晰，我看到，我看到了那个脸色苍白的生命科学专业学生跪在他组装的那件东西的旁边，这个像人一样的可怕的幽灵伸了伸懒腰，然后，在神奇的发动机启动后，显出生命的迹象，笨拙地、半死不活地动了一下。它肯定是很可怕的，因为人类任何模仿万能的造物主的努力都是非常可怕的……我万分恐惧地睁开（眼睛）。满脑子都是这个想法，一阵恐惧向我袭来，我想摆脱这恐怖的形象，赶紧回到现实中来……我几乎无法摆脱那可怕的魅影，它依然缠着我。我必须想点别的。我又开始想我那个

鬼故事——那索然无味、不祥的鬼故事！噢，我多么希望自己能想出一个让读者非常害怕的鬼故事，就如那夜我体验的恐惧一样！有个想法迅疾欢快地闪过："我找到它了！让我恐惧的也会让别人恐惧；我只需要把午夜缠着我的那个鬼怪描述出来就好。"次日，我就宣布我想出了一个故事，那天我是这样开头的："那是 11 月的一个乏味的夜晚"，梦醒后可怕的恐惧就这样被我一稿定了乾坤。

罗伯特·路易斯·史蒂文森（1850—1894）

史蒂文森最著名的作品是小说《金银岛》和《化身博士》。他也是一个诗人和随笔作家。他是世界上作品被翻译最多的 30 位作家之一，排序仅次于查尔斯·狄更斯。

有史以来两个最成功的书系之一也是受到了梦境的启发。《娱乐周刊》的网站 EW.com 报道：

2003 年 6 月 2 日，斯蒂芬妮·梅尔梦见一个普通女孩去树林里见吸血鬼。次日清晨，这个杨百翰大学的英语专业毕业生起床开始平生的第一次写作，只用了三个月时间，她就完成了这本 500 页的关于普通女孩贝拉和她超级帅气的吸血鬼男友爱德华的书。

另外一个源自梦境的故事是罗伯特·路易斯·史蒂文森的《化身博士》。在他的旅行回忆录《横渡平原》中，有一章讲述了他童年的梦魇，以及他如何最终把它们改编成他的故事情节。下面是他描述杰奇博士出现的过程：

接连两天，我绞尽脑汁构思一个故事；第二天夜里，我站在窗边看到了一个场景，这个场景后来一分为二：因为犯罪被追捕的海德喝下药水，在追捕者面前完成了变身。

当然，梦境很少提供整个情节。史蒂文森很清楚这一点，于是他填充完成了这个故事大纲：

> 故事的其余部分都是在我醒着、有意识的时候创作的，虽然我也可以在其中找到我的"布朗尼们"（他对梦里起作用的力量的称呼）的踪迹。因此，这个故事的意义是我赋予的，而且已经在我的阿多尼斯花园[①]存在许久，徒劳地更换着一个又一个的躯壳；确实，我作了大部分道德说教，真不幸！我的"布朗尼们"没有基本的是非观。背景是我的，人物角色是我的。我在梦中得到的是三个场景和由自愿变身到无意识变身的中心思想。

雷·布拉德伯里
（1920—2012）

布拉德伯里以《华氏451度》《火星纪事》和《图案人》而闻名。他被普遍认为是科幻作家，但他却自认为是奇幻作家。他从没有上过大学，而是选择在公共图书馆里完成他的教育。

当代恐怖小说大师斯蒂芬·金，也曾从噩梦中寻找素材。在与英国作家斯坦·尼科斯的一个访谈中，金透露了小说《危情十日》的创作源泉：

> 就像我的其他小说一样，这部小说的想法也是在梦中出现的。事实上，那时我在协和客机上，飞往布朗酒店。我在飞机上睡着了，梦见一个女人囚禁了一个作家，杀掉他之后，剥掉他的皮，把余下的身体都喂了猪，而且用这张人皮装帧了自己的小说。他的皮，作家的皮。我自言自语道："我必须写这个故事。"当然，在写的时候，情节稍微改动了。但我就是在这里的楼梯平台上写下的前四五十页，就在酒店一楼二楼之间的平台……梦是我生活的另一部分。对我来说，它就像你在街上看到可以用在小说里的

① 阿多尼斯花园：作者虚构的地方，其中植物生长迅速，枯萎得也快。

材料一样。随手拿来放进去，刚刚好。

阿伦·格加纳斯认可这个观点，而且迷恋不同类型梦境之间的转换：

> 使用梦中的画面和片段写作，但是又要找到一种方式让梦里的生活变得可控、有意识，这两点之间有一种奇怪的关联，也是写作的意义所在……做一个讲故事的人的乐趣恰恰就是我可以有两种梦的生活，至少两种：一种是晚上八个小时闭着眼睛做的，还有一种是在余下时间睁着眼睛做的。

雷·布拉德伯里提倡我们要把醒着的状态和半梦半醒的状态等同视之。加文·格兰特在 booksense.com 对他的访谈中说：

> 我想人们之所以会喜欢我的作品，是因为他们知道那是真实的、直觉的，而且是非常梦幻的。这些故事都是我在早晨 7 点左右醒来时想到的。我不会梦到什么，但是在似醒非醒之间的那段时间，思绪自由驰骋，有些想法会不请而至，让人感到惊奇，我就跳下床，跑去把它们写下来。
>
> 可以说，我 60% 的作品都是这样来的。我不相信梦中创作。人们问："你梦到过故事吗？"那从未发生在我身上。但我确实相信那种放松的状态，在你正要醒来，还没有理智地思考，但是完全清醒之前，你正在以那种状态观察思考。

不止是噩梦可以用作写作素材。几年前，我曾梦到过一个故事的开头部分，当时认为它可以写成一个喜剧剧本，讲述一个失败的作家决定写儿童读物的故事。我起床写了前六页，第二天夜里，梦竟然从前一天中断的地方开始，我又起床写了六页。我欣喜若狂——照这个速度，三周之内我将完成一个完整的影视剧本。

不幸的是，在那个节骨眼上，梦断了，但是在《欢乐一家亲》这部电影剧本里，前 12 页大致保持着我梦里的样子。

有一种简单的方法可以让你养成捕捉梦境的习惯。那就是茱莉亚·卡梅隆称之为“晨记”的做法。她建议用意识流的方式手写三页，以实现和维持创意的流畅。这些文字仅供你自己翻看，不要想着去发表或是拿来当做素材，但是很自然会写到你梦见的事情。

从建议到行动!

行动：把梦记住是最难的事情，但这是可以训练的。在你的床头柜上放一支钢笔、一张纸或一个录音机。睡觉前，提醒自己要记住梦。醒来的时候，马上记下或者录下你能从梦里回忆到的任何内容。刚开始你可能会发现自己只能记起一个画面或者一点对话。但是，做的次数越多，你能记住的就越多。到那时，你可以有一点选择性，只记下那些看上去受情感影响的梦，因为它们最有可能成为对你有意义的故事素材或者灵感。

第四章 构思

成功的作者都认识到，有必要让想法慢慢成熟。灵感并不仅仅意味着思想在突然之间灵光一现；它还可以指某一想法逐渐酝酿的过程：让它在我们的潜意识里生根发芽，待时机成熟时，自然浮现。

下面是多产的侦探小说家乔治·西默农向《巴黎评论》描述的构思过程：

> 在潜意识里，我可能总是想着两三个主题，这些想法不是小说、也不是关于小说的。我甚至从来没有想过它们可以被拿来用作小说的素材；更准确点儿说，它们是我记挂的事情。在开始创作一部小说的前两天，我会有意识地从这些想法中选择一个。但是在这之前，我常常先捕捉一些氛围……我可能会记起某个春天，可能是在意大利的某个小镇上，或者是法国外省的某个地方，又或者是在亚利桑那州……然后，渐渐地，一个小世界会出现在脑海里，还有几个人物角色。在这些人物角色中，有一部分是我认识的，有一部分纯粹来自于我的想象……然后，我之前的想法就会出现并且围着他们转。他们会和我有一样的问题，

而且这个问题——那些人的——就是我小说的内容。

杰克·凯鲁亚克对这个过程的见解有些相似：

> 你认真思考到底发生了什么事情，你会就此给朋友讲很长的故事，你仔细在脑海里思考，利用闲暇时间把这些事情联系在一起，然后，又到了该交房租的时候，你强迫自己坐在打字机前，或者坐在写作本前，尽快地把它写下来……这样做没什么不好，因为你已经把整个故事组织好了。

马丁·艾米斯
（1949— ）

艾米斯写了《钞票》《信息》和《伦敦场地》。少年时期和成年早期，他拒绝读小说，只看连环画。他的高中校长这样描述他："不可救药地没有希望。"他的很多小说都有自传的色彩，包括《钞票》，小说里有个人物与他同名。

他用了三周的时间完成了《在路上》。

马丁·艾米斯这样描述他的经历：

> 写作就是纳博科夫所描述的悸动，作家的一次悸动、一个想法、一种顿悟。在这个阶段，作家想，我可以就此写一部小说……这个想法可能难以置信地细小——一个情景，特定时间、特定地点的一个特定人物。比如，说到钱，我会想到一个在纽约努力制作一部电影的大块头胖家伙。就是这些。

一个具体的画面是威廉·福克纳的小说《喧哗与骚动》的起点：

> 最开始是大脑中的一幅图片。当时，我没有认识到它的象征性。画面是梨树上的一个小女孩，她的裤子后面满是泥巴。透过窗户，她可以看到祖母的葬礼正在里面举行，然后她把所看到的告诉地面上的兄弟们。当我想要解

释清楚他们是谁、在做什么、她的裤子是怎么弄脏的时候，我意识到一个短篇小说是不可能说清楚的，我必须得写一本书。

艾丽斯·沃克描述了她最著名的小说的创作灵感及把它发展成一个完整的故事所需要的时间：

> 我并不总是知道作品里的故事源头来自哪里，但是说到《紫色》，我马上就能说出它的来源。那时我和妹妹露丝正穿过一片树林，讨论着我们两个都熟悉的三角恋故事。她说："你知道吗，有一天，妻子问另外一个女人要她的衬裤。"我正在心里想的那个故事中缺失的一段——两个女人感觉嫁给了同一个男人——马上就出现了。连续几个月——经过生病、离婚、几次搬家、国外旅行、各种心痛和顿悟，我小心翼翼地把妹妹所说的话放进了我正在构思的那个故事中。

以上这些例子中大多数的共同点是，灵感似乎都是一出现就引发一连串的想法。就如欧内斯特·海明威所说：

> 我从来没必要选择一个主题——相反，是我的主题选择我。

从建议到行动！

行动：无论你的起点是一个画面、一种感觉或者一句无意间听到的话，尽可能迅速地记下它。你可以草草地把它写在笔记本上，也可以发个短信息给自己，或者用手机录下来（很多手机有录音功能，你也可以给自己留一封语音邮件），再或者拍张照片。对一些作家来说，记录想法这件事情本身比后来讲述它更重要。只要记住，把它植入大脑中就足够了，在那里它能够继续生长。

就如对待一粒种子，我们最好不要经常把它拿出来看看发芽了没有。别管它，时机成熟的时候，它自然会发芽。

让自己对所见到的东西更敏感的方法是，去做我在《创意现在》中设计的练习。

根据革新和策略经理理查德·斯通的建议，它被称为搜街。就像海滩拾荒，不过不是收集贝壳，而是寻找有趣的视觉画面，并且用镜头把它们收藏起来。

在写作中是否真的能用到这些图片不重要，有意识地寻找有趣的画面本身会改变你看待事物的方式。突然间你的眼睛和大脑会对身边奇怪和美妙的事情比较敏感。

你也可以用同样的方式处理听到的内容。不过，大部分作家都是天生的偷听者。抽出一天，努力（当然是悄悄地）尽可能多地记下你偶然听到的对话片段。一天下来，它们会汇成贝克特式的对话——而且它们可能会促成一个人物的诞生或者一个故事的出现。

这些方法能帮助你构思，比如你为之犯愁的一个故事大纲。把你收集到的图片和偶然听到的对话放在一起，让那些东西指引你走出下一步。例如，在我的话剧《冷酷的母亲》中，我比较犯愁用哪一种方式来表达主人公在冷酷的母亲死去之后的情感。在小说里，我可以只展示他的思想，但是在舞台上，它必须转化为行动。一次散步的时候，我用相机拍了一溜店面，其中一个是舞蹈工作室。这让我想到了解决方法：母亲总是取笑他的笨拙，于是在她去世之后，主人公绕着房间跳了一支舞——舞姿依然笨拙，但是明显表达了自由的感觉。

另外一个促进故事发展的有用方法是，假想你已经完成了这个故事，而且正在接受一个好奇的人的采访。想象他们会问你这个故事的不同方面，包括你现在还不知道的。你可能会惊奇地发现，你可以轻而易举地就想出那些解决方法和故事线索。

Your Creative Writing

第二部分

Masterclass

塑造栩栩如生的人物

Your Creative Writing

Masterclass

伟大的作家非常了解自己创造的人物，所以这些创造物才如此生动。他们是怎么做到的呢？一个“能从书页上跳出来”的人物最重要的特征是什么？还有，让他们说话——换言之，写出精彩的对话的秘密何在？

在这一部分，马克·吐温、弗·司各特·菲茨杰拉德、帕特里夏·海史密斯以及很多其他人物塑造大师会揭示他们的秘密，此外各式各样的练习会教你如何学以致用。

第五章 遇见你的人物

对于很多作家来说，人物是起点，情节从他们中流溢。希拉里·曼特尔说：

> 如果你渴望一本书经久不衰，值得一读再读，一点都不要考虑情节，好好思考一下你的人物……如果你的人物塑造合理，他们会只做符合自己风格的事情，他们的行为处事也会出于你所赋予的性格，而且你将发现人物会带动情节。

我们在遗忘了具体的情节之后很久还能记得那些人物，他们和我们现实生活中的人一样复杂。简·加德姆说：

> 如果它的人物（人物是小说的一切；除了在恐怖小说中，哪怕在恐怖小说中，故事情节也必须自行发展）没有争议性、可辩性，而且不能让不同读者形成不同的看法，那么这本书就价值不大。

弗·司各特·菲茨杰拉德建议过：

帕特里夏·海史密斯
(1921—1995)

海史密斯最著名的作品是《列车上的陌生人》《天才雷普利》和《伊迪丝的日记》。她的第一份与写作相关的工作是为出版商耐德·派恩斯写漫画书。她用笔名写过《盐王子》，但几十年后才承认那是自己的作品。

先塑造一个个体，你会发现你已经创造了一类人；先塑造一类人，你会发现你什么都没创造。

在写给编辑的信中，《龙文身的女孩》的作者斯蒂格·拉森解释说，在塑造爱追根究底的记者这一主要人物和其他人物时，他有意避开人物类型的创作方法：

我试着创作出一些与犯罪小说中通常出现的人物类型截然不同的主要人物。比如迈克尔·布洛姆奎斯特，他从来不生溃疡，不酗酒，没有焦虑情绪。他不听歌剧，也没有诸如制作航模那样的怪癖。他没有任何真正意义上的问题。他的主要性格特征就是表现得像个典型的“娼妓”，他自己也承认这一点。我还有意改变了角色性别：布洛姆奎斯特在很多方面像个典型的“荡妇”，而里斯贝·萨兰德有十足的“男子汉”特质和价值观……一条经验法则就是从来不要浪漫化犯罪和罪犯，也不要刻板化受害者的形象。

马克·吐温说：

一部小说成功与否在于它的人物塑造：人物塑造得好就是一部成功的作品，人物塑造得不好就是一部失败的作品。大部分小说的问题是，你想尽快把它们都扔到地狱里去。

帕特里夏·海史密斯这样认为：

首先，读者想读关于人的内容，尤其是他们相信并且有些偏爱的人物。一个天真、可能粗心但却幸运的男主角或者女主角会吸引读者的注意力。我想，那是因为我们都担心他们在危急时刻会有不明智之举，而且如果他们能死里逃生的话，读者会受到鼓舞。读者必须与一两个人物产生共鸣——哪怕是一点点，否则他或者她不会继续读下去。

要想创作出读者喜欢的人物，首先你必须了解他们：他们会受什么驱使，在某种特定情况下他们会做什么、说什么，就如 W. 萨默赛特・毛姆指出的：

对你的人物了解得越透彻越好。

并不是你所知道的任何事物都会出现在完成的作品里。

在《假如你想写作》这本书中，布兰达・尤兰提到：

有人曾经问易卜生《玩偶之家》的女主角为什么叫娜拉，他说，“哦，她真实的名字是埃利娜拉，但她小的时候，他们都喊她娜拉。”你看，他知道她的一生、关于她的一切，早至童年时期，虽然剧本只能展示她生命里的几个小时。

起始画面

对很多作家来说，人物的发展是个有机过程。可以只先展示有关人物的一个画面，然后自此延伸，就如罗丝・特里梅因所描述的：

1983 年 8 月一个下雨的午后，我躺在布尔日市一家宾馆的房间里，醒着做了一个梦。

我看到一个中年男人站在乡间某处低矮的石墙边。他头发稀少，呈沙土色。他看上去略带倦意，神色忧郁。他抬头望向清澈的天空，看见一只大鸟在盘旋。意识到那是一只鹰时，他的表情由悲伤转为惊奇。那只鹰越飞越低，落在墙上，刚好停在这个男人面前，望着他。此刻，这个男人容光焕发，他感觉到一阵狂喜，明白一些奇迹已经发生了。

这一连串的画面，有突然间脱胎换骨或超脱的意味，奠定了我的小说《游泳池季节》大概的框架。这是这本书的"第一神秘之处"，将要或者可能包含这本书的精髓，它正确阐释了小说神秘的意义所在。这是小说写作过程的一部分。在这一部分，想象力负责画面，大脑则提供故事的背景和意义。

托马斯·弗莱明提供了另外一个例子：

我最近的一部小说《欢乐时光》，最开始只是一个词：米克，然后变成米克·奥戴。这名字一直在冲击着我的意识。慢慢地，人物出现了：一个在越南受过精神创伤的爱尔兰裔美国人，和其他爱尔兰裔美国人住在新泽西的海滨小镇上，还有一个他深爱的越南女人，一个住在附近的逃难者。他们无法靠近彼此，只能永远疏离。

如果我们留意的话，会发现这些作家所提到的让人着迷的人物就在我们身边。这是一个开启合适的过滤器的问题。你也许已经注意到，如果去商场买一台电视机，你会看到满眼都是电视机广告。但是一旦买了电视机，这些广告就都消失不见了。当然，它们并没有真正消失，而是你既然已经不在电视机市场了，你的思维自动就把它们过滤掉了。

与此相似的是，我注意到当我带着相机出去的时候，很多人看上去都很有趣；事实上，他们一直都那样，但是一旦手中拿着相机，我就是在以探寻的目光打量他们。有时候，我可以小心谨慎地给他们拍照，有时候却不能，但这种细致的观察会把他们深深地留在我的记忆中。

不只是容貌，行为也能揭示性格。我有一个朋友不到五分钟就要看看手机信息，不到十分钟就要刷新一下她的脸书网页。这种情况下，和她讲话是件很烦人的事情，但是如果我要塑造一个既没有安全感又非常自恋的人物，她就给了我一个绝佳的范例。

下面是伊塔洛·卡尔维诺用简单但生动的描述来告诉我们《看不见的城市》中的一些人物：

> 出现了一个女孩，她在肩上旋着一把阳伞，轻轻扭动着滚圆的臀部。出现了一个穿黑色衣服的女人，已是成年，面纱下是不安的眼睛和颤抖的双唇。出现了一个文身的彪形大汉、一个白头发的年轻人、一个女侏儒，还有一对身着珊瑚色衣服的双胞胎女孩。他们之间发生着一些事情，彼此间眼神的交换像线一样把他们所有的人交织在一起，并且在他们之间画出箭头、星号、三角形，直到所有的人连接在一起。这个画面上还陆续出现了其他的人物：一个牵着一只美洲豹的盲人、一个拿着鸵鸟羽毛扇子的妓女、一个年轻男人、一个肥胖女人。然后，这些人会突然发现他们在某处相遇：站在同一个拱廊下或者是挤在集市上的帆布篷下躲雨，或者在广场上停下来听乐队演唱，聚会，诱惑，交媾，没有语言交流，没有指尖触碰，眼睛连抬都没抬，他们就完成了狂欢。

我们下面通过两个经典的例子来看看伟大作家——查尔斯·狄更斯和罗伯特·路易斯·史蒂文森如何创作了至今依然鲜活的人物。

《远大前程》

《远大前程》讲述了孤儿匹普和他努力成为绅士的故事。和狄更斯的很多小说一样，它写的是阶级、犯罪和抱负的主题。作品于 1860—1861 年以连载的形式出版，使用的是第一人称叙述——匹普描述他生命中的重要事件。在这个简短的节选中，请注意一下乔夫人的围裙如何成为塑造她性格的关键，以及一个不可能但是生动的画面（用肉豆蔻碎粒擦洗身体）如何帮你在脑海中勾勒出她的形象：

> 我的姐姐乔夫人，有一头黑发、一双黑色的眼睛，皮肤却是一大片的红色。有时我怀疑她可能不是用肥皂而是用肉豆蔻碎粒擦洗身体的。她身材高大、瘦削，而且总是围着一个粗布围裙，并在身后扎两个活结儿。她在前面围了一条非常结实的方形围兜儿，上面别满了别针和缝衣针。她成天围裙不离身，用来显示自己的丰功伟绩，并且以此狠狠地责骂我的姐夫乔。不过，我真的看不出她有什么理由非围着围裙不可，或者即使要围，也没必要成天不离身。

《金银岛》

《金银岛》最初在 1881—1882 年的儿童杂志《青葱岁月》上以连载的形式刊登，1883 年以图书形式出版，是罗伯特·路易斯·史蒂文森第一部成功的小说。

尽管被认为是儿童读者的适龄读物，这部小说也立即赢得了成年人的喜爱，成为最常被改编成剧本的经典之一。当然，其中一个原因是史蒂文森能够创作出跃然纸上的人物。下面的片断节选自此书的开始部分，年轻的叙述者吉姆·霍金斯描述比尔·蓬斯到他父亲的客店的情形。请注意这些细节——黑乎乎、断裂的指甲，脏兮兮、浅灰色的伤疤，黑漆漆的辫子，全是泥巴的外套，所有这些构成了一个邋遢男人的形象，这样的人可能会让你唯恐避之不及：

> 我至今对他记忆犹新。当时他迈着沉重的步伐来到旅

店门前，水手箱子就放在他身后的一个手推车上。他长得人高马大，强壮而敦实，有着深棕色的皮肤。他穿了一件脏兮兮的蓝色外套，黑漆漆的大辫子垂在肩上。他粗糙的双手布满了疤痕，断裂的指甲黑乎乎的。脸颊的一侧有道脏兮兮的浅灰色刀疤。我记得他一面吹着口哨，一面环顾小海湾，然后突然扯开嗓子，唱起那首后来他经常挂在嘴边的古老的水手歌谣：

“十五个人站在棺材上——呦——嗬——嗬——还有一瓶朗姆酒！”

那声音苍老、高亢而颤抖，仿佛是根据船上的绞盘杆定的调，又按着它唱走了音。

我们已经能勾勒出蓬斯船长的形象，而且能想象出他的声音——两种感官已经参与其中。当然，我们也通过行为举止来判断人，现在看一下对蓬斯的行为的描述：

然后他用一根随身携带的类似绞盘杆的棍子狠狠地敲门。当我父亲出来时，他又粗鲁地要了一杯朗姆酒。酒端给他后，他慢慢地啜着，就像一个品酒师一样细细地品味，眼睛仍然望着悬崖，以及头上我们客店的招牌。

我们还应该注意人物说的话，来听听蓬斯船长的质疑之词：

“这是个位置便利的小海湾，”他终于开口了，“你家的客店位置也不错，客人蛮多，老兄？”

父亲说，客人比较少，不少的是遗憾。

“那么，好吧。”他说，“我就在这落脚了。伙计，过来。”他朝推着手推车的人吼道，“把车子停到边上，把箱子卸下来。我要在这住些日子。”他继续说道，“我是一个很好打发的人，只要有朗姆酒、培根和鸡蛋就够了，当然

安东·契诃夫
(1860—1904)

契诃夫最著名的作品是剧本《万尼亚舅舅》《三姊妹》和《樱桃园》。他也出版了很多短篇小说，而且同时行医。高中时因为希腊语不及格，契诃夫不得不留级一年。

还要那个可以看着船起航的悬崖。你们喊我什么好呢？就喊我船长吧。哦，我知道你们什么意思了——看这儿。”他把三四个金币扔到门槛上。“用完了你们就说一声。”他说道，看上去像个严厉的指挥官。

遇见了一个多疑的人，是不是？他想知道是否有很多的客人，知道人很少之后，他非常满意。他还想知道船只的动向——这是一个有秘密的人，犹如惊弓之鸟，同时让人心生恐惧。

简单的语言勾勒出生动的形象，在两个世纪之后，依然引人入胜。

不要忘记配角

虽然你会在主要角色上花费很多时间，但是安东·契诃夫也指出了精心塑造优秀配角的必要性：

> 无论你愿不愿意，组织一个故事的时候，你先考虑的是框架：从一群主角和次主角中挑选出一个人物——妻子或者丈夫，将其融入故事背景之中，使其发展并且突出。被放置在背景中的其他人物角色却只经历一点点小的变化，最终这种布局看起来就像夜空：众星捧月。但是如此一来，这轮明月无法发挥其作用，那些星星也无法清晰辨认；如果星星没有意义，月亮也便失去意义。

尤其是在电影中，第一个出场的人物往往被认为是主角，但也有很多例外。要当心给观众造成那样的印象，尽量避免让次要人物先出现，除非那个人物的行为会直接影响到主角的出场。影视剧本及话剧里的描述较之小说更简练，所以选择哪个人物先出场就显得更加重要。

如果还没有合适的配角，你可以培养作家的思维模式，留心那些偶然听来的具有启发性的只言片语，注意那些特立独行的人。你可以留心以下事物：

- 一种另类的穿衣或者搭配风格。
- 一个很棒的短语。
- 一个人独特的姿势、走路方式及他们随身携带的物品。
- 人们怎么和为他们提供服务的人（服务生、出租车司机等）打交道。
- 一个人如何回应一句溢美之词。
- 与一个人相关的强烈味道：香水味、雪茄味、香烟味、清洗剂味和熟透的水果味。

你不仅要能够描述你的人物，还要清楚地知道他们会做什么或者不会做什么。这是下一章的主题。

从建议到行动!

行动：下次去购物或者做其他事情的时候，订个计划，观察至少一个有趣的人。注意他们的某个细节：破旧的鞋子、鼓鼓囊囊超大号的包，或者是手指上不同的戒指。

发挥你的想象力，由某个细节引申出一个较长的故事，讲述他们是什么人。那个穿着破旧鞋子的男人——他买不起新鞋吗？不是，因为他失业一年多了。他看上去像办公室职员——他在哪里上班？被解雇了吗？为什么？因为失控的办公室恋情？

如果你目前正在创作，可以明确一下自己想要注意哪个细节，以备将来用到。你可能想悄悄地用相机把它拍下来，或者迅速地写在笔记本上。如果你每天都这样做，不久就会发现一切都将水到渠成。

他们会怎么做？ 第六章

黛博拉·莫盖茨用“要是……会怎么样呢？”来检验她的人物角色：

> 我检验他们是否合理的办法，就是设想他们在各种情况下的反应，比如困在电梯里或骑在马背上，可以是任何情况下——如果他们都能应对自如，我就能准确地了解他们的行为举止。从那时起，我就能成为他们，并且像他们一样行为处事。

这和安德烈·纪德的建议不谋而合：

> 糟糕的小说家构建人物，他指挥着他们说话。真正的小说家倾听人物，观察他们的行为举止，甚至还没了解他们就已经听到了他们的声音。

我初次碰到上述情况是在对电影编剧阿尔文·萨金特采访的时候。他的作品包括《普通人》《茱莉亚》，以及他在80岁左右创作的《蜘蛛侠》系列等。我发现他的桌子上有一大堆稿纸，问他那是

列夫·托尔斯泰
（1828—1910）

托尔斯泰的小说有《战争与和平》《安娜·卡列尼娜》《伊凡·伊里奇之死》等。他因小说中的极端观点被逐出俄国东正教会。他认为莎士比亚的作品乏味无趣、让人反感，老年时又通读了莎士比亚的所有作品，看看它们是否会让他有不同的感受，结果没有。

什么。他说是为下个剧本所准备的材料。看上去差不多有300余页，所以我问他是不是像史诗一样宏伟的剧本。他说不是，解释说自己是在通过假想各种情境下人物的反应来了解他们。有些和情节有关，有些则无关。那只是他了解他们的方法。

有时候，找到一个合适的人物可能像从众多的应聘者中选择一个合适的人选一样。安·康明斯透露说：

> 事实上，对于《黄色蛋糕》，我尝试了很多自认为比较有趣的人物。童年时期，我有很多想象中的小伙伴，他们非常活泼，个个都比我有趣。我写小说只是为了满足儿时贪玩的欲望。我常常被邪恶的人物类型吸引。我确实发现在人物发展的过程中，自己特别青睐这一类型的人物，甚至是恶棍。在我看来，他们很有人味儿。

里克·穆迪说：

> 当一个人物很难理解时，我就会想象自己曾经采访过他或她。如果避免使用预先准备的采访材料，这样会更有效。可以试着提出下面的问题：他喜欢地毯还是挂毯？她曾经故意让一个同事丢了工作吗？他有多想避税？拿这一类问题向一个人物发问真的很有趣，而且这个方法有助于你更好地了解他的声音。声音之于人物发展就像化妆和服装之于演员，它可以使创作意图合法化，消除假冒伪劣成分。

当你充分了解了你的人物时，有一点是不言而喻的：在不同的情况下，他们有不同的表现。就如托尔斯泰指出的：

> 一个流传最广的说法是：每个人都有自己特殊的、特定的品质，比如，有的人精力充沛，有的人冷漠无情，等等。人不是这样分类的……人就像是河流……这里窄些，那里宽些，这里缓些，那里疾些，时而清澈，时而凛冽，时而温暖。人亦如是。每个人的性格都有很多面，有时候表现出其中一面，有时候表现出另一面，而且一个人常常表现得不像他自己，但依然是同一个人。

他们会随着时间而改变么?

影视剧本特别强调“人物弧线”的概念，指的是人物角色的世界观和价值观会随着故事的发展而变化。主人公的改头换面也是很多小说的一个特征，经典的例子是《圣诞颂歌》中的艾柏纳则·斯克鲁奇：一开始是个吝啬鬼和厌世者，但是圣诞精灵的出现让他最后变成了一个友善慷慨的人。在后面的章节中，我们会再细说他，不过现在你思考的可能是：故事中要不要描写主人公或者其他人物的变化过程？如果要写，那么在你的小说或者影视剧本结束时，“他或她会怎么做？”对这个问题的答案可能和作品开始时是不同的。

我们将在下一章讨论了解人物的另一种方法，即他们想要什么、他们需要什么。

从建议到行动!

行动：想象自己可以随时采访你的人物。找一个安静的地方，留出 15 或 20 分钟。闭上眼睛，想象他们就坐在你面前。睁开眼睛看完下面的问题，再闭上眼睛，问他们所有的问题（可以大声说出来，也可以在心里默问），然后想象人物的回答。如果他们不想回答某一个问题，那就接着问下一个（有时候，沉默不语也是一种回答）。你可以在问答过程中或结束时记下这些答案。

- 你如何描述你的童年？
- 童年时期，你想长大后成为一个什么样的人？
- 如果从你父亲的人生中吸取一个经验或者教训，那会是什么？从你母亲的人生中呢？
- 对你来说，生命中最重要的是什么？
- 做过的事情中，你最骄傲的是什么？
- 你最羞愧的是什么？
- 你最怕什么？
- 你有多袒护对你来说最重要的人？
- 哪件事情你希望换种方式去做？要怎么做呢？
- 你钦佩谁？为什么？
- 你鄙视谁？为什么？
- 你最好的品质是什么？
- 你最糟的品质是什么？
- 在你百年之后，希望别人怎么评说你？

当然，你也可以自己设计一些问题，尤其是那些与你正在创作的故事相关的。

你也可以把自己的人物置于你所读过的小说中，看他们怎么反应。比如说，在加布里尔·加西亚·马尔克斯的《霍乱时期的爱情》中，我们读到：

> 那天早晨6点钟，正在做最后一圈夜间巡逻的保安发现临街的一扇门上钉着一张纸条：“无须敲门，请进，烦请

通报警察。”

你的主人公会按照纸条上的指示去做吗?或者他会让别人进去,还是完全忽视这张纸条,选择置身事外?

同样,问题的目的不一定是为了产生你可以直接使用的素材,而是要你完全了解这些人物。你可以自己设置一些情景,下面列出的情景可能对你有所帮助。想象这些情景时最好闭上眼睛——要想象而不是决定人物的反应;如果什么都没发生,继续下一个。

在下面情形下,你的人物会怎么做?

- 在百货商店看见一个少年偷东西。
- 一个无家可归的人来寻求帮助。
- 买彩票赢了很多钱。
- 捡到一个装满现金的钱包或者皮夹(里面还有失主的身份证)。
- 看到一个老人正在被抢劫。
- 必须要选择让自己受伤或者让最好的朋友受伤。
- 火灾中必须要从房子里抢出一样东西。
- 被要求在才艺秀节目中表演。
- 在餐馆的汤里发现了虫子。
- 碰到一个崇拜的著名演员。
- 单独困在电梯里。
- 被诬告犯罪。
- 被告知还能活 90 天。

一个更高阶的练习是,想象你的两个人物遇到了同样的情形,比如他们发现了一个装满现金的钱包。他们会达成一致吗?如果不能,如何让对方认可自己的选择?

第七章 他们想要什么？他们需要什么？为什么会如此复杂？

一个有用的、会引发行动的问题是：你的人物想要什么？库特·冯内古特说：

> 过去上创意写作课的时候，我常常让学生命令他们的人物即刻想要点什么——即使只是一杯水。即便因为现代生活的毫无意义而麻木不仁的人也还是要喝水的。

乔希·埃蒙斯认可这一观点，而且提供了一些经典的例子：

> 大部分引人入胜的人物都想要得到某些东西：他们想要杀掉白鲸，报断腿之仇；他们想和性感少女发生关系；他们想要结婚；他们想毁灭代表世上所有邪恶势力的魔戒；他们想找到一个真诚的人；他们想过骑士般纯粹而冒险的日子；他们想得到虚情假意的女儿们的阿谀奉承；他们想从战场回到家中……总之，他们想拥有自己没有的（或者认为自己没有的）东西，而且他们为之所付出的努力使他们生动有趣且让人同情。但是这个规则也有例外——有些

人物心满意足，不想有任何改变，并且所做的事情毫无吸引人之处，也无任何显示其魅力的品质——通常情况下事实就是这样。

如果你的人物很容易得到想要的东西，就不会产生任何冲突；如果没有冲突，通常故事都不会太长，或者至少不是一个可以贯穿整本书或者整个剧本的故事（与短篇小说相比）。但是，如果有什么东西阻碍你的人物得到他们想要的东西，而且如果读者和人物一样，很在乎那些他们想要的东西，那你很有可能写出一个好故事。

剧作家大卫·马梅给电视连续剧《秘密行动组》的编剧团队写了一封信，他同时也是此剧的执行制作人。这封信后来公布在网站 movieline.com 上。通篇都是大写字母，但是我尽量不让它向你咆哮。下面是这封信对戏剧下的定义：

安·兰德（1905—1982）

兰德最著名的作品是《源泉》《阿特拉斯耸耸肩》和《我们，活着的人》。十几岁的时候，她在克里米亚和不识字的红军战士在一起，教他们读书识字。在卖出她的小说之前，兰德是个临时演员，后来在好莱坞做电影编剧。她的第一个电影剧本在 1932 年卖出，但是由于其中的反苏联倾向，从未被拍摄。

每一场必须是戏剧化的。这就意味着：人物必须要有一个简单的、直接的、迫切的需要，这个需要会推动他或者她出场。这是他们出现的理由，也是“场”的意义。一场结束的时候，他们得不到自己想要的东西——每一场必须要这样结束，那么，这个失败一定会促使我们进入下一场。所有的这些努力贯穿整个剧本，构成了故事情节。

当一个人物超越了模式化形象，他们可能会有相互矛盾的念头，也就是说，他们想要的东西可能会相互排斥。安·兰德指出：

我想强调的是，一个人物自身可能会有很多冲突和矛盾，但它们必须是一致的。你必须要精心选择他的行为让读者明白："这就是这个人物的问题。"比如，盖尔·威纳德行为中的矛盾贯穿整本《源泉》，但这些矛盾都有一个终极根源。如果一个人物本身充满矛盾，"我理解他"这句话就意味着："我理解他行为背后的冲突"。

我们来看看赫尔曼·麦尔维尔的亚哈船长是如何反映这种矛盾的。

《白鲸》

亚哈船长是一个充满矛盾冲突的典型人物。他本质上是个体面的人，对大鲸鱼的痴迷掩盖了其他的一切。麦尔维尔借以实玛利想见船长的请求为我们引入了亚哈。以实玛利这样听人说：

> 不过我想你可能见不到他。我不知道他到底怎么了，他总是足不出户，也许他病了吧，但看上去又不像是病了。事实上，他没病；但是不，他也不太健康。不管怎么说，年轻人，他不常见我，所以我想他也不会见你。亚哈船长是一个怪人——有些人这样认为。其实，他是一个好人。噢，你不用怕，你会很喜欢他的。他是一个了不起的人，他不信神却像一尊神。他说话不多，但是他一说起来，你最好用心好好地听他讲。你要记住，别说我没提醒过你：亚哈绝非凡夫俗子。他读过大学，也在食人生番聚居的蛮荒之地待过，比海浪还深不可测的事儿他也见过不少，他那杆鱼枪对付过比大鲸鱼更可怕更强大的敌人。说到他的鱼枪，那可是我们全岛最尖锐的，他有百发百中的神功！噢，他不是比勒达船长。不，他也不是法勒船长。他是亚哈，孩子，古代的以色列王亚哈，你知道，那个居高临下的君王！

注意所有的矛盾——他没病，但他也不健康。不敬神却像一尊神，在食人生番中待过，也读过大学。麦尔维尔把亚哈塑造成一个和自己抗争、也和大鲸鱼抗争的人。

另外一个有着激烈思想冲突的极端人物是杰基尔博士，当然，他变成了海德先生。如上文提到过的，这个故事源自罗伯特·路易斯·史蒂文森的一个梦。据说史蒂文森的妻子建议他强调这个故事的寓言性，因此他烧了第一稿，又重新开始写。不到一周作品就完成了——有人说他借助可卡因提神。之后他花了几周的时间来修改和润色这部小说，1886 年这部小说在英国和美国同时发行，大获成功。

想要的与需要的

人物想要的和需要的东西之间通常存在冲突。我们常常无视自己真正需要什么，却拼尽全力去追寻想要的。比如，某个中年男人想重温年轻时光，把钱花在跑车、接发植发和年轻的情人身上，而他真正需要的却是接受自己正在变老的事实。

也可能是人物渴望一种不现实或者不恰当的关系，比如《远大前程》。这是主人公匹普第一次遇见艾丝黛拉时的情形：

> 尽管她老喊我“孩子”，非常随便，毫无礼貌可言，其实她和我差不多大。她看上去比我成熟很多，当然，她是一个漂亮迷人的姑娘。她瞧不上我的样子就好像她自己已经是成年人了，好像自己是个女王。

当郝薇香小姐让艾丝黛拉和匹普去玩的时候，艾丝黛拉说：

> 和这个小孩儿玩？为什么？他只是一个普通的干粗活的小子！

匹普说：

> 我想我无意中听到了郝薇香小姐的回答——只是不敢相信自己的耳朵——她说，“要知道，你会伤透了他的心。”

在好莱坞电影里，这些背景悬殊的人物会纠缠 90 分钟，坠入爱河，最后走到一起，皆大欢喜。不过狄更斯的世界更现实一些，这个故事的结束就像开始一样糟糕。匹普应该知道他需要碰到一个能爱他的女孩——但是他的欲望遮蔽了现实。

同理，一个心理学家可能会说，尽管亚哈船长想要报复白鲸，但他需要的却是接受自己的伤残，继续生活。这是幸福生活的一剂良药，但对于戏剧来讲却是比较糟糕的处方。在主人公需要和想要的东西之间寻找一个大家都感兴趣的冲突并且把它戏剧化，不失为一个让故事引人入胜的方法。

从建议到行动！

可以使用需求层次理论来探索人物的需要和欲望。心理学家亚伯拉罕·马斯洛在其 1943 年的论文《人类激励理论》中提出了这个理论，它指出了人成长的几个阶段，以及我们在每个阶段所追求的东西。通常用金字塔的形状来描述，最底部是人类最基本的需求：生理需求，包括呼吸、吃饭、性欲、睡眠和其他最基本的生理机能。

往上一层是安全需求，即个体的基本安全、家人、住所，等等。

再往上一个层次是关于爱和归属的需求，指个人渴望与家人、配偶或恋人、朋友好好相处。

再往上是尊重需求，包括尊重他人和自尊、成就感和权力欲。

金字塔顶部，是马斯洛所称的自我实现。这里是创造力、精神和道德的王国。他认为人类必须先满足低层次的需求之后，才有能力考虑高层次的需求。

很多故事都是随着主人公由低向高的需求层次向前发展，先是最基本的生存受到威胁，随着故事的发展会面临更复杂的挑战。狄更斯的主人公基本上都是这样。与此相反，卡夫卡的人物通常一开始就接近最高层次的需求，但是他们很快并且很容易就被命运扔到最底层，而他们还不理解做了什么活该沦落至此（如果真有什么活该不活该的话）。

行动：考虑一下你的主人公在马斯洛需求层次中所处的位置。他们满意自己的处境吗？他们渴望更高层次的需求吗？再考虑一下故事的发展对他们有什么影响——是沿着金字塔的向上之旅还是向下之行？他们对此感受如何？他们做了什么来反抗或者促成这种变动？

复杂的人物刻画

考察人物想要的和需要的东西及二者之间的冲突方式是认识人物的有用方法，此外我们还可以探究人物的灵魂深处，以发现他们本性中的善与恶。

只有在肤浅的小说中，主人公才会一点瑕疵都没有，而恶棍一点优点都没有，就像本·尼伯格指出的那样：

> 有时候，人物角色的异常行为是作家强迫使然。因为作家试图证明他的某种观点、抱负或者只是在发泄沮丧的情绪……作家被赋予上帝般造人的神力的同时，也承担着同样大的责任去理解他们，去尽可能公正并且充满同情心地呈现他们。

恶棍之所以是恶棍，就因为他失去了理智，这是很多作者的普遍做法。小说家尼伯格则反对这种解决方法：

> 即使是穷凶极恶的人也需要邪恶的心之外的因素来推动他们。无论一个挥霍无度的人或花花公子的恶行有多重，一个优秀的作家都会好好解释这样的行为，使它符合常理和人性……这也导致了另一种常见的、对作家“特权”的滥用：以失去理智为由解释一切行为。在现实世界中无论多么公正的辩护，在小说的法庭上，它都只是一种搪塞……小说里的“疯狂”总要有一种令人信服的展示办法。

为了证明每条规则都有例外，我们以丹弗斯太太为例。她是达夫妮·杜穆里埃于1938年出版并且大获成功的《蝴蝶梦》中的人物。丹弗斯太太本人几乎没有任何矛盾冲突。下面是德温特夫人第一次遇见这个女管家时的部分描述——这个管家差点把德温特夫人折磨得自杀：

> “这是丹弗斯太太，”迈克西姆介绍说。她开始讲话，握着我的手一动不动，死了一般，空洞无神的眼睛一直盯着我看。不堪她的注视，我移开目光，直到那时，她的手在我手里才开始松动，似乎又有了生气，我感觉到一种不安和耻辱。

德温特夫人手套掉了，丹弗斯太太捡了起来：

> 她把手套交给我的时候，我看到她唇间有一丝鄙夷的微笑，我立刻就猜到她一定在嘲笑我缺乏教养。

丹弗斯太太对迈克西姆的第一位夫人吕蓓卡迷恋到病态的程度，尤其是在我们知道吕蓓卡实际上是一个品质多么恶劣的人之后，这一点就更重要了。可能她对仆人很好。在电视版的《蝴蝶梦》中，饰演丹弗斯太太的女演员安娜·玛西认为，这位女管家对吕蓓卡可能有一种疯狂的身体上的迷恋。《卫报》上有一篇文章这样写道：

我不知道丹弗斯太太是否是个潜在的女同性恋。但她肯定是在恋爱，完全地、彻底地迷恋吕蓓卡。这本书里到处都是性的象征——精心摆在床上的毛刷和女睡衣。

当然，德温特夫人的不安全感——按照马斯洛的理论，她无法掌控自身的自尊需求——使得丹弗斯太太轻而易举地就操控了她的情绪。这个例子充分说明，以合情合理的方式将受害者和施害者联系起来是很重要的。

模棱两可的人物——像我们一样善恶品质的综合体——通常是最有趣的，主人公更应如此。露丝林·布朗说：

对我来讲，通常是当一个人物开始让人伤脑筋的时候，他或者她才变得有趣起来。我们会因为李尔王在重要的时刻搞砸了就排斥他吗？我们会因为契诃夫的《带哈巴狗的女人》中古罗夫的放荡行为而谴责他吗？虽然他用情不专、虚伪，并且引诱一个单纯的已婚女人进入婚外恋，从而给很多人带来痛苦。尽管简·奥斯汀的伊丽莎白讨人喜欢，她的爱玛却不然。

没有一个作家能忽视生活的阴暗面，就如契诃夫说过的：

对化学家来说，人世间根本就没有不纯净的东西。作家应该像化学家一样客观，他应该从日常生活的主观性中解放出来，承认粪堆在风景中也占有很可敬的地位，而且邪恶的感情和善良的感情都是生活的一部分。

他进一步论述道：

文学作为一门艺术得到认可，是因为它描写了生活本真的样子。它的目标是揭示无条件的、真实的公理……作家不是糕点师，不是化妆师，也不是表演者。他是一个被

简·奥斯汀
（1775—1817）

奥斯汀的小说有《傲慢与偏见》《理智与情感》《爱玛》等。她早期的作品编成了青少年读物，其讽刺风格被认为是蒙迪·佩登式的。只有一个男人向她求过婚，她答应了，但次日就解除了婚约。

契约捆绑在责任感和道德感上的人。他一旦承担了自己的使命，就不能找任何借口，而且无论多可怕，也必须和他的神经质作斗争，用生活中的污垢来弄脏他的想象力。他就像是一个普通的记者。如果一个报刊记者出于神经质或者取悦读者的愿望，只描写诚实的市政要员、品格高尚的女士和品行端正的铁路工人，你会怎么看呢？

爱玛

我们来看一个好坏参半的主角，简·奥斯汀的爱玛：

> 我要写一个大家都不喜欢但是我自己会很喜欢的女主角。

奥斯汀这样介绍她，明白无误地陈述了她的缺点及其带来的误解和心碎：

> 爱玛·伍德豪斯小姐端庄大方，聪明伶俐，生活富足，家庭和睦，生性快乐，占尽了世间一切美好。近21年的生命里几乎没有什么让她伤心或者苦恼的事情。
>
> 她是家里两个女儿中最小的那个，慈爱的父亲非常疼爱她们，甚至可以说是溺爱。姐姐出嫁后，她早早地成了家里的女主人。母亲太早过世，让她对母亲的慈爱只有一丁点模糊的记忆。一位优秀的家庭女教师填补了母亲的空缺，她所给的爱丝毫不亚于一位母亲所能给予的爱。
>
> 泰勒小姐在伍德豪斯家已经生活了16年，与其说是一

个家庭教师，不如说是家里的一个朋友，两个女儿她都喜欢，尤其喜欢爱玛。说她们是师生，不如说是姐妹。泰勒小姐脾气温和，在之前执教的时候，对她们也几乎不加任何限制。现在，教师的权威早就烟消云散了，她们一直以朋友的身份住在一起，彼此依恋。爱玛只做自己喜欢的事情，她非常尊重泰勒小姐的意见，但做起事情来主要还是自己拿主意。

的确，对于爱玛这种情况，真正的不幸是她太能自行其是了，而且自视过高，这些缺点威胁并且削弱了她的很多快乐。但是，危险就这样不知不觉降临，以致她都没有意识到这是什么不幸。

爱玛做很多事情的初衷都是好的。她的主要缺点是高估了自己做媒或者准确读懂别人情绪的能力。她家境富裕，又备受溺爱，不需要为了经济上的安稳结婚，常常掺和到其他人物的浪漫感情中，因此伤了很多人的心。她是一个讨人喜欢的复杂人物，做的很多事情都让别人痛苦。她是一个很好的例子，充分说明了这一事实：主人公不必总是好的，甚至不必讨人喜欢——只要足够有趣就能吸引我们的注意力。

影视剧中的人物刻画

塑造影视剧中复杂人物的困难是，不使用画外音就很难揭示他们内心的想法。当一个有才华的编剧遇见一个有才华的导演和一群有才华的演员时，这个问题可以克服，但也是一个挑战。对于大部分电影来说，另外一个问题就像编剧保罗·施拉德指出的那样：

当今美国最差的创作是电影，最好的创作是电视剧，比如《黑道家族》。那是因为电视剧讲述人和人之间的行为，而不是地心旅行。电影已经越来越关注宏伟壮观的场面而不是好的剧本创作，所以电影编剧不再重要了。现在电影里最激动人心的对话是这样的台词："看，它来了！"或者"跑！跑！跑！"。

不过他还是充满希望地说：

> 但随着屏幕变小（从电视到电脑，再到移动电话），壮观的场面不再那么重要，电影编剧的重要性将被重建。

特别是在电视剧领域，"恶棍"的概念正在改变。说到电视剧《嗜血判官》（关于连环杀手）和《盾牌》（关于腐败的警察），我的同事托尼·迈克纳布指出：

> 我们一向青睐焦躁不安的人物，例如小说和故事片中自行其是的警察、间谍和精神病患者。残酷无情和缺乏道德感的人物对我们来说并不新鲜，但是让我们和这些人物共处却很罕见。这样的主角出现在小说或者电影里面是一回事，出现在电视剧里面又是另外一回事……现在我们希望他们就在我们的起居室里，一周又一周地追捕敌人，让我们知道敌人和我们一样强大、危险……他们不是反英雄，也不是对我们道德标准的讽刺性挑战，而是反反英雄，他们在一个危险的新世界里做着不得不做的事情，在这里，道德被重新定义，新的神话也被构建。

据说无法使用阴暗面塑造人物的作家可能是因为害怕面对自己的阴暗面，以及自己性格中比较消极或者具有破坏性的方面。卡尔·荣格这样解释：

> 不幸的是，所有人都毫无疑问没有自己想象的或者想要成为的好。每个人都有阴暗面，而且在清醒的时候呈现

得越少，那一面就越黑、越浓。

在小说里探索这一点——创作或者阅读——可以让我们安全地认识到自己的阴暗面，并加以淡化。也许就是因为这样，关于连环杀手的犯罪小说才如此受欢迎。

人物的地位问题是人物刻画的一个重要方面，但在文学创作中却不被经常谈到。下一章中，你会看到它如何影响人物的一言一行。

从建议到行动！

如果你喜欢更深入地触及自己的阴暗面，下面的几个练习可能对你有所帮助。

行动：列出他人最让你恼火的十个方面，比如自私、贪婪、粗鲁和傲慢。（现在就把它们列出来，然后再往下读。）

列出了吗？列好之后，想想自己身上是否也有这些你最讨厌的性格特征。你能记起自己什么时候曾表现出这些惹人生厌的特征吗？心理学家说我们之所以讨厌别人的某些方面，是因为我们惧怕自己也会这样。

接下来，设想一个能够体现这些特征的人物。他们是什么样的？什么样的故事可以展示这样一个人物？如果他在故事中不是一个十足的恶棍，那能否成为一个合适的反面角色？

同时考虑一下你的主人公性格中的负面特征。较多地表现这些弱点，能否让他们显得更真实？你的主人公是否为之挣扎，并且发现是它们阻拦了自己得到想要的或者需要的东西？

第八章 他们的身份地位是什么？

找到自己在社会中的位置，或努力到达一个自己认为应该处于的位置——社会地位——可能是人类最基本的动力之一。在《即兴喜剧》一书中，即兴大师凯斯·约翰斯通认为，人们对地位的追求是他们所有努力的关键。有些人想要得到比较高的社会地位，从而感觉自己高人一等。有些人觉得处在较低的位置更舒服自在。在上一章中，我们遇到两个人物，地位对她们都很重要：丹弗斯太太，她作为管家本来身份卑微，却让新来的地位不稳的女主人德温特夫人感到自卑。

这两种人的例子你可能都碰到过。如果你和同事聊起刚刚度过的假期，比你地位高的人肯定会表示已经去过那个地方，而且他当时去的时候，那地方比现在好得多。比你地位低的人则会羡慕你可以去那么美的地方。

有时候，有的人听上去明明在讲自己地位低下，其实真正想表达的是他比谁都强，因为他比谁都能吃苦。蒙迪·佩登有一个经典描述，说的是几个人竞相用年轻时艰苦奋斗的经历来彰显自己。一个人说："我家屋顶上全是洞，下雨的时候，屋子到处漏雨。"另外一个人说："你家有屋顶？"

当然，地位高低是相对的。比如，一个男人可能在工作单位比较有地位，但是回到家里在妻子面前就没什么地位。

我们甚至可以用火车站的售票机来表达地位这个概念。如果售票机没有吐出票来，有的人会狠狠拍打机器，有的人却会悄悄溜走，希望别人不要看到他操作失败的尴尬。

此外，人们所使用的东西也能表明他们的身份，或者至少是他们想要表明的。你的主人公戴的手表是劳力士还是斯沃琪？他开的车是保时捷还是精灵？

约翰斯通写道：

> 你一旦懂得每个声音和姿势都表明一种地位，那么你看这个世界的方式就会截然不同，而且这种改变很可能是永远的。在我看来，真正技艺高超的演员、导演和剧作家对主宰人际关系的地位有一种良好的直觉。从寻常行为中洞察其潜在动机，这种能力是可以教、可以学的……一个好的剧本可以巧妙地表现和逆转人物之间的地位。

从莎士比亚到巴兹尔·弗尔蒂

莎士比亚的任何一个剧本都值得从这个角度去研究。比如，在《麦克白》中，对更高地位的追求把麦克白和他的妻子带上了不归路。当麦克白听到女巫称呼他为考特爵士（考特爵士那时还另有其人）和君王（邓肯的位置）的时候，最初他不敢相信，并且问她们：

> 且慢，你们这些闪烁其词的预言者，明白一点告诉我：
> 西纳尔[①]死了以后，我知道我已经晋封为葛莱密斯爵士；

① 西纳尔是麦克白的父亲。

可是怎么会做起考特爵士来呢？考特爵士现在还活着，
他的势力非常煊赫；至于说我是未来的君王，
那正像说我是考特爵士一样难以置信。说，
你们这种奇怪的消息是从什么地方得来的？为什么
你们要在这荒凉的旷野，
用这种预言式的称呼使我们止步？说，我命令你们。①

女巫们没有再多解释，但是当麦克白发现邓肯君王把叛变的考特爵士头衔赐予自己时，开始想女巫的其他预言说不定也会实现。他的妻子真心希望他可以成为君王，无论付出什么代价。她担心丈夫不会走捷径：弑君。而且确实，麦克白表示君王封他为考特爵士已经足够：

我们还是不要进行这一件事情吧。
他最近给我极大的尊荣；
我也好容易从各种人的嘴里博到了
无上的美誉，
我的名声现在正在发射最灿烂的光彩，
不能这么快就把它丢弃了。②

麦克白夫人不满足于此，她质疑挑衅起丈夫的男子汉气概。麦克白感觉受辱，决心谋杀邓肯。随着故事的进展，他们的地位得到改变，而且他们为了保住新位置所作出的背叛行径把戏剧推至暴风雨般的尾声。

在《李尔王》中，李尔王的小女儿考狄利娅不愿像她的两个姐姐一样花言巧语地表达对父亲的爱，李尔王大怒，取消了她的继承

① 引自《麦克白》，见《莎士比亚全集》，朱生豪译，10页，北京，人民文学出版社，2010。

② 同上。

权。另外两个女儿曲意逢迎，但是私下却认为他又老又蠢。她们一拿到自己想要的东西，就不再厚待她们的父亲。他先前的地位一落千丈，其他人也为至高无上的权力斗得头破血流。

对于更高地位的追求是大家公认的最伟大的小说之一《包法利夫人》的核心内容。受到所读的浪漫小说的启发，爱玛·包法利厌倦了外省一成不变的生活，不久又厌倦了自己的婚姻和已为人母的身份。她红杏出墙，肆意挥霍，希望过上梦想的戏剧般的生活。福楼拜在描写年轻时的爱玛时就对此作了伏笔：

> 一直过着平淡无奇的生活，她反而开始喜欢追求刺激。她只爱海上的暴风雨，以及青草地里的废墟。
>
> 她想从所有事物中都得到一些切身的好处，凡不能引起其内心欲望的东西她均视为无用之物，弃之不顾。她这种习性与其说是一种艺术气质，不如说是一种多愁善感的天性，所以她追求的是风景，而不是风景中的情感。

阿瑟·米勒的《推销员之死》是一个现代悲剧，主角威利·洛曼渐渐认识到自己的推销风格已经落伍，其出人头地的梦想也随之破灭。他的妻子很难接受他因为年事已高、再难取得过去的销售成绩而被抛弃。她告诉他们的儿子比夫：

> 他不是一个大人物。威利·洛曼从来没有赚过大钱，他的名字从来没有上过报纸。他也不是什么最杰出的人。但他是一个人，他正在遭遇一件倒霉的事情，所以必须得关心他，不能让他像一只老狗一样倒进自己的坟墓里。必须要关心这样一个人。你们说他疯了……不，很多人认为他失去了他的……平衡。但是再笨的人也知道他的麻烦所在，这个人精疲力竭了，一个小人物是可以和大人物一样精疲力竭的。到今年3月份他就为这家公司工作36年了，

为他们的品牌开拓了前所未有的新市场。现在他老了，公司竟然停了他的薪水。……他给他们带来生意的时候，他年轻的时候，他们非常欢迎他。但是现在，一直爱他并且在关键时刻给他拉订单的老朋友、老顾客——他们一个个都死了，退休了。他过去在波士顿常常一天跑六七家商行呢。现在他把箱子从车里拿出来，放进去，又拿出来。他累了，走不动了，现在只能靠嘴皮子推销了。他开了七百里路的车到达那里的时候，再没有人认识他，也没有人欢迎他。

地位关系也是经典电视剧《弗尔蒂旅馆》的核心内容。约翰·克里斯饰演巴兹尔·弗尔蒂，一家不景气的旅馆老板。他非常骄傲地掌管整个旅店，但是自己又完全受控于妻子，在妻子面前难以捍卫自己的地位。于是他就找可怜的马努尔——地位最低的侍者——来发泄。大部分幽默来自于弗尔蒂对自己及他那可怜的基业的幻象。另一方面，真遇见贵族的时候，他就立马贬低自己。在《阶级接触》这一集中，一个客人入住旅馆签字时只签了一个姓氏，他很生气，当客人解释说："我是梅柏瑞勋爵，所以我只签'梅柏瑞'，"他沉默了好一会儿，然后——

巴兹尔：非常抱歉让您久等，勋爵先生……我诚挚地向您道歉，请原谅我。现在，有什么，有什么任何事情我可以为您效劳的吗？任何事情？

梅柏瑞问他要入住登记表。

巴兹尔：噢，您就不用费这个心了。（他拿出表格，扔在一边。）那么，您有什么特别要求吗？……单间？标间？套房？……呃，我们没有套房了……

贬低别人，抬高自己

亨里克·易卜生的《玩偶之家》中有通过贬低别人来抬高自己的例子。有一场戏是一个老朋友来看娜拉，这位朋友现在是个寡妇，又没有孩子，还特别需要一份工作：

娜拉：一个人孤孤单单的！这种日子怎么受得了！我有三个顶可爱的孩子！现在他们都跟保姆出去了，不能叫来给你瞧瞧。可是现在你得把你的事全都告诉我。

林丹太太：不，不，我要先听听你的——

娜拉：不，你先说。今天我不愿意净说自己的事。今天我只想听你的。哦！可是有件事我得告诉你——也许你已经听说我们交了好运?

林丹太太：没听说。什么好运?

娜拉：你想想！我丈夫当了合资银行经理了。[①]

句句直戳别人的痛处啊！

易卜生的另外一个人物海达·高布乐也同样善于贬低别人。海达的丈夫泰斯曼称赞他善良的姑姑朱黎阿（即泰斯曼小姐）戴了一顶新帽子，她说那是为了和海达外出时不丢海达的人。她也给泰斯曼带来了他最爱的那双拖鞋：

泰斯曼：是的，我心里实在忘不了这双拖鞋。（走近她）现在你可以看一看了，海达！

海达（走向火炉）：谢谢，我实在懒得看。

泰斯曼（跟着她）：你只要想一想，吕纳姑姑病到那步田地，还打起精神，挣扎着给我绣鞋。唉，你不知道这双

① 引自《玩偶之家》，潘家洵译，14~15页，北京，人民文学出版社，1963。

拖鞋上头有多少情意。

海达（在桌子旁边）：跟我没什么相干。[1]

过了一会儿，海达说她和仆人柏特合不来：

海达（用手指着）：你瞧，她把自己的旧帽子搁在那张椅子上。

泰斯曼（心里一慌张，手里的拖鞋掉在地上）：喔，海达！

海达：你想，要是有人进来看见了像什么样子！

泰斯曼：海达，那是——那是朱黎阿姑姑的帽子。

海达：是吗？

泰斯曼小姐（拿起帽子）：是的，是我的帽子，并且也不旧，海达夫人。

海达：对不起，我没看仔细，泰斯曼小姐。

泰斯曼小姐（试戴帽子）：不瞒你说，今天我还是头一回戴它呢——真是头一回。

泰斯曼：而且是一顶很好的帽子——漂亮得很。

泰斯曼小姐：嗯，这算不了什么，乔治。（四面张望）我的阳伞在哪儿？喔，在这儿。（拿阳伞）这也是我的。（自言自语）不是柏特的。

泰斯曼：一顶新帽子，一把新阳伞，是吧，海达。

海达：真好看。[2]

可以看出，关于地位的表达可以产生喜剧或戏剧化的效果，无须直接描述，就能让我们深刻地了解人物。

---

① 引自《海达 · 高布乐》，潘家洵译，见《易卜生戏剧集》，205~206页，北京，人民文学出版社，1956。

② 同上，206页。

地位的逆转

很多喜剧和戏剧都是基于地位的逆转，也就是说，一个地位高的人沦为地位低的人，或者相反。在影视世界里，这常被称为“离水之鱼，不得其所”。

电影《交易所》直接沿用了这种方法，为了达到喜剧效果，让一个穷人和富人交换了位子。在戏剧中也可以这样用，比如经典剧《仆人》中，德克·博加德饰演的一个诡计多端的仆人反仆为主，设法过上了主人的生活。

另外一个例子是《圣经》中约伯的故事。为了考验他对上帝的忠诚，可怜的约伯被施以了常人难以想象和无法忍受的磨难。

很多犯罪、悬疑和间谍小说也使用地位逆转的方法。故事中常常发生的是，一个正直的市民被冤枉为谋杀嫌疑犯，或者在毫不知情的情况下拥有了装有宝贵信息的微缩照片或存储卡。

这种逆转之所以如此吸引人，是因为它允许我们像上帝对待约伯一样，去发现这个人物到底是什么样的。

技艺高超的作家在塑造人物的时候，会从自己及熟悉的人身上参考多少?这个过程以及它的优点和潜在的危险是下一章的主要内容。

从建议到行动!

考虑人物需要什么、想要什么之后，再思考一下这些东西是否和他们渴望的地位有关，以及如何关联。考虑下面的问题：

- 他们认为自己处于什么地位?
- 别人认为他们处于什么地位?

- 如果二者之间有差异，你能运用这种差异来达到喜剧或者悲剧效果吗？
- 你的主要人物之间的地位关系如何？这对他们之间的冲突有什么影响？
- 什么财产可以反映他们实际或想要的地位？
- 调整人物之间的地位会让他们更有意思，还是会增加故事的张力，加剧故事的冲突？
- 你的故事中有地位逆转的元素吗？可能有吗？如果真的发生了逆转，你的人物会如何反应？

镜中的人物 第九章

每个小说家都经常遇到的两个问题是："你的人物在现实生活中有原型吗？""你的主人公身上有你的影子吗？"作家的答案常常是"不全是"。但是，作家的经历肯定是很重要的灵感来源。

《生命不能承受之轻》中的叙述者——他是正在写这本书的人，但他可能是也可能不是真正的作者米兰·昆德拉（一个很喜欢玩身份游戏的作者）——说道：

> 像我之前已经指出的那样，人物角色的诞生不同于常人，他们不是女人生的。他们诞生于一个场景、一个句子。简言之，那种隐喻包含着一种人类的基本可能性，是别人没有发现过或没有论述过的事情。但是难道我们不能说一个作者只能写他自己吗？……我小说中的人物都是我自己没有实现的可能性。所以我很喜欢他们，也害怕他们。每个人都跨越了我自己可能会避开的界限。吸引我的是那个被跨越的界限（跨过那个界限，就是"我"终结的地方）。小说的秘密始于界限之外。小说不是作者的自白，它是对困在世界这个牢笼中的生命的探究。

莎拉·派瑞斯基说道：

> 我已经写了五部小说，主角是同一个女人，私人侦探维艾·华沙斯基。她独居，但是有一个年长她约20岁的医生密友，罗蒂·赫歇尔。人们有时候问，如果罗蒂在现实生活中有原型，那维艾是不是我？不是。你不能把现实生活中的人放在小说里面，至少我做不到。如果我试图描写一个现实生活中的人，并且让小说中的某个人物像他一样行为处事，那一切都会很僵化。这个人物做起事情来笨拙、做作，因为我的想象力被那个现实生活中的人给困住了。

其他作家承认人物和他们本人之间有亲密关系，比如罗迪·道伊尔说：

> 我的书有一半都是以第一人称写的，所以，是的，我会与叙述者产生共鸣。为了找到推动故事的语言、环境和幽默等，我必须要和他们产生共鸣。我的第一本书《承诺》更像一支合奏曲，但我依然选择通过其中一个人物吉米·拉比特的视角来描述。那是他的书。

斯蒂芬·金说：

> 一切都始于我自己。即使我在努力模仿现实生活中的某个人——迪克·切尼……是一个人物试金石，它很明显出自于我的想象。

V.S. 奈保尔承认他小说中的人物和自己差不多：

> 每当必须要写一部小说时，我总是要塑造一个和自己背景大致相同的人物。为了解决这个问题，我思考了很多年。答案就是勇敢地面对它——不是要创造一个虚假的人

物，而是要创造一个人物成长中的不同阶段。

村上春树也差不多，他用相当戏剧化的方式来解释这一点：

请这样想：我有一个双胞胎弟弟。两岁那年，我们中的一个——另外一个——被绑架了。他被带去一个遥远的地方，从此我们再没见过彼此。我认为我的主角是他。那是我的一部分，但不是我，我们已经很久没有见面。某种程度上他是另一个我。从DNA的角度来看，我们是相同的，但是我们的环境一直都不一样，所以我们的思维方式不一样。每次写书，我都尝试不同的角度，因为有时候我厌倦了成为自己。如果你不能幻想，那写书还有什么意义呢？

田纳西·威廉斯没说他的写作直接来自于自己，但说自己喜欢写某些类型的人：

我发现更容易与处于歇斯底里边缘的人、害怕生活的人，及非常愿意帮助别人的人产生共鸣。这些看上去比较脆弱的人实则很坚强。

在BBC的采访中，E. M. 福斯特说道：

我非常确信自己不是一个伟大的小说家，因为我只写三种类型的人：一种是我眼中的自己，一种是激怒我的人，还有一种是我想成为的人。当你碰到像托尔斯泰这样真正伟大的作家的时候，你会发现他们能驾驭所有类型的人。

尤多拉·韦尔蒂同意下面这个观点：

人物有时候是碰巧才有生命的，但我认为当你全然忘我地描述另外一个人的皮肤、心灵、思维和灵魂的时候，那个人物会在字里行间自行成为另外一个人。

电影世界也是这样，一些剧作家主要借电影探索自己的性格。伍迪·艾伦就是个很好的例子，他后期电影存在的不足之处可能是因为他已经过了可以饰演中年神经质人物的年龄。

尤多拉·韦尔蒂
（1909—2001）

韦尔蒂最著名的作品是《乐观者的女儿》《沉思的心》和短篇小说《熟路》等。她的家乡密西西比州设定每年的5月2日为尤多拉·韦尔蒂日，以此来纪念她。她在美国大萧条期间为WPA写名人传记，后来的创作灵感多来源于此。

那是我吗？

作家有时候担心家人或者朋友在作品里认出他们。卡罗尔·希尔兹说：

> 刚开始写作时，我就下定决心不写家人和朋友，因为我想让他们一直是我的家人和朋友。其他人似乎也有相同的观点。有人曾经问小说家罗伯逊·戴维斯为什么要到60岁才写《德普特福德三部曲》这么棒的作品，停顿许久，他略带迟疑地回答："呃，有些人已经离世了，你知道。"

但是也有人认为写自己想写的更重要，并且不必顾及后果如何。邦妮·弗里德曼说：

> 一个朋友把自己的烦恼都留存起来，以备写传记时可以用到，他跟我说："我认为写作的时候不能考虑对自己的影响，要解放自己、原谅自己，而且要写出最真实的东西——它们往往是最丑陋和最美丽的。"

欧内斯特·海明威的想法相当不同寻常，并且可能很危险（从诉讼的角度而言），他认为，如果你用现实生活中的人作原型，必须每个方面都真实。他批评弗·司各特·菲茨杰拉德在《夜色温柔》中没有这样做：

> 一开始非常精彩地描写莎拉和吉拉德……然后你就开始愚弄他们，把他们变成别人，你不能这样做，司各特。如果你以现实生活中的人为模型，你不能把别人的父母安排给他们（他们的父母和他们的经历造就了他们），你不能让他们做他们不会去做的事情。你可以写我、泽尔达或者波利娜、哈德利、莎拉、吉拉德，但是你必须如实写，你只能让他们做他们会去做的事情。你不能张冠李戴。创造是最好的事情，但是你不能编造根本不会发生的事情。

要塑造令人难忘的人物，不仅可以通过他们的行为，还可以通过他们的语言和说话方式。如何写好对话是下一章的主题。

从建议到行动！

行动：要想在写作中使用自己的经历，请考虑下面的问题：

- 你自己的哪些部分在日常生活中表现不出来，但在小说里写起来会比较有趣？
- 哪些经历影响、造就了你？如果没有这些经历，你会有什么不同？
- 你认为你性格中最有趣的部分是什么？
- 你经历的最有趣的、可以在小说中进一步挖掘的事情是什么？

要想在写作中使用别人的经历，请考虑下面的问题：

- 谁是你最难忘的人？为什么难忘？
- 如果你最难忘的两个人碰在一起会发生什么？
- 你见过的最戏剧化的事件是什么？它是否值得深入探索？可能要通过与这件事情前后相关的人来考虑。

第十章 让他们说话

人物通过行动和对话来展示自己。尤多拉·韦尔蒂的建议是：

> 对话不仅要揭示说话者本人能自行彰显的部分，还要展示说话者本人不自知而其他人物却知道的情况。

她也提到对话可能没有看上去那么容易：

> 一开始，如果你耳朵敏锐，对话是世界上最容易写的，我感觉自己还行。但是如果要继续写下去，它却是最难写的部分，因为对话承载着很多任务。有时候我需要让一段话同时做到三件、四件甚至五件事情——不仅要揭示人物所说的话，还要能表达他对自己所说的话的看法，以及他所隐藏的、别人对他所说的话的理解，还有他们的误解等等，这些都要包含在他那一席话里。这些话必须要保持这个人物的本质和他独特的观点，而且要简明扼要。这并不是说我做到了，但是我想这就是对话能在写作中给我带来最大乐趣的所在。

欧内斯特·海明威
（1899—1961）

海明威的小说有《永别了，武器》《太阳照常升起》及《丧钟为谁而鸣》等。他不喜欢自己的名字，因为它让人想起奥斯卡·王尔德《认真的重要》中的同名主人公。他和埃兹拉·庞德和詹姆斯·乔伊斯来往甚密。

糟糕的对话会削弱人物的真实性。有些新手作家常常犯错误，把对话写成一个合乎逻辑的信息交换。如果记录生活中的任何一个对话，我们就会发现它实际上非常混乱，我们时常打断自己和对方的对话，而且经常话说一半就不说了。对话写得太精确可能会使你的人物听上去像个十足的笨蛋。我们能体谅生活中糟糕的对话，却容不得小说人物这么说。

欧内斯特·海明威指出，当人物在说话的时候，重要的是，确实是人物而不是作家在说话：

> 如果作家塑造的人物谈论过去的大师、音乐、绘画、文学或者科学，那么他们就应该在小说里谈论这些话题。如果不是他们在谈那些话题而是作家让他们说，那么作家就是在冒充人物。如果他自己谈论这些话题借以显示自己所知甚多，那么他就是在炫耀……作家把个人沉思写成随笔卖不了多少钱，但是如果把它变成虚构人物的话写进小说，卖的钱会多些。这可能是比较好的经济学原理，但绝不是文学。

越了解自己的人物，你就越容易知道他们会说什么、怎么说。这受很多因素的影响：他们的年龄、教育水平、工作经历、他们是否在试图说服别人相信自己的社会地位、他们的种族和价值观，以及很多其他因素。

佩内洛普·菲茨杰拉德指出，电视可能会降低对话的重要性：

> 电视可能会让我们来不及反对、指责喜剧剧本的内容。小说可以给我们足够的时间来慢慢感觉对话的美妙。

欧内斯特·海明威提醒我们，对俚语的滥用是另一个危险：

除非是在对话中，且只有在万不得已时才使用俚语，其他任何时候都不要用。因为所有的俚语很快都会变味。

怎么让自己擅长写对话呢？海明威说，一切诀窍都在聆听中：

人们说话的时候，只管去听，不要去想自己要说什么。大部分人从来不听，也不观察。当你走出一个房间时，你应该知道自己在那里看到的一切，而且还不止那些。如果那个房间给你一种感觉，你应该弄清楚具体是什么给了你那种感觉。要多尝试那样的练习。当你在城里的时候，站在剧院外面，看看人们从出租车或者摩托车上下来的方式有什么不同。有很多方法可以练习这种技能。思考时总是要设身处地。

安妮·普鲁就是这样做的：

在酒吧和咖啡店排队结账的时候，我留心听当地人说话时独特的发音和节奏、生动的表达和枯燥的日常对话。在墨尔本我付钱给街头的诗歌朗诵者，听他朗诵《育空之咒》；在伦敦听出租车司机讲述他在巴黎的变态弟弟的故事；在跨太平洋的飞机上听新西兰的工程师讲述搭建跨越新几内亚的管道的种种细节。

研究戏剧的对话特别有帮助：它不像电影、电视或小说，可以用动作来表达思想，戏剧主要是通过对话来表达。但学习经典戏剧的时候，你可能会发现一开始是一大段的解释说明，有时是借两个女仆的口说出，她们在打扫的时候会热心地给对方解释情况。无须多言，你如果不是要戏仿谁的话也用不到这一点。

上下文中的对话

尽管我们一直把对话当成作品中一个独立的元素来谈，但是在短篇小说、长篇小说或影视剧本中，它还是要和人物正在做的事情融合在一起。如果是小说的话，作家还可以评论其他元素。D. H. 劳伦斯的《恋爱中的女人》综合了所有这些情况：

一天早晨，在贝多弗父亲的房子里，布兰文家两姐妹厄秀拉和戈珍坐在飘窗窗台上，边干活边聊天。厄秀拉在绣一件色彩艳丽的刺绣。戈珍膝盖上放着一块画板在画着什么。

大部分时间她们都默默地忙自己手头的事情，只是偶尔想到什么就说点什么。

"厄秀拉，"戈珍说，"你真的不想结婚吗？"厄秀拉把刺绣摊在膝上抬起头。她神情平静，思索许久，说："我不知道，这要看你是指什么了。"

戈珍有点惊讶，她盯着姐姐看了好几分钟。

"哎呀，"戈珍调侃地说，"通常就是指那一个意思啊！但是，不管怎么说，你不觉得结了婚，你可能——"她神情稍有黯淡，"比现在的处境会好一点。"

厄秀拉的脸上蒙上一层阴影。

"可能吧，"她说，"不过我没把握。"

戈珍又不说话了，有点生气，她想要一个确定的答复。

"你觉着一个人不需要有结婚的经历吗？"她问。

"你认为结婚必须是一种经历吗？"厄秀拉反问。

"从某种意义上来讲肯定是。"戈珍冷静地说，"可能这经历不尽如人意，但肯定是一种经历。"

"那未必，"厄秀拉说，"更可能是经历的结束呢。"

戈珍坐得笔直，认真听厄秀拉说这话。

“当然了，”她说，“是要想到那一点。”说完这句话，谈话就告一段落了。戈珍几乎是气呼呼地抓起橡皮，擦掉画上去的一些东西。厄秀拉全神贯注地绣她的刺绣。

“有像样的人求婚你不考虑吗？”戈珍问。

“我想我都回绝了好几个了。”厄秀拉说。

“真的！”戈珍的脸涨得通红，“什么事情值得你这么做啊？你不会心里真有人了吧？”

“是的，他每年有一千镑的收入，而且人特别好，我太喜欢他了。”厄秀拉说。

“真的！你怕是被人家引诱了吧？”

“理论上是，但实际上没有。”厄秀拉说，“真到那个时候，一个人根本就不用被引诱——要是我让人家引诱了，我就会马上结婚。我只受到了不结婚的引诱。”两姐妹乐得脸都亮起来了。

“太棒了，”戈珍喊道，“这引诱力也太强了，不结婚！”她们两人相对大笑起来。内心却感到了恐惧。

这真是精心的安排：家常的氛围，随意却有趣的对话，还有一句启示性的话“内心却感到了恐惧”，突然改变了我们对她们和事态的看法。

潜台词

说出的话（文本）和未说出的话（潜台词）之间的反差是各种小说家都可以使用的重要手段。

你已经在探讨地位那一章的部分例子中见识它的作用了。比如，你刚买了一辆新车，有人可能会说，“这辆小车多实用啊！我真的很羡慕那些买车只考虑实用性的人。”表面上看是恭维，但是潜台词却是你选的车难看。

潜台词的另外一种运用方式是：描写所说的话和所做的事之间的差别。比如，某人可能很热情地跟另外一个人打招呼，但是拥抱的时候，身体却保持最大的距离。

既然我们都经常所说非所指，那么潜台词就可以是一种很重要的揭示性格的方法。

属性词

作家埃尔莫尔·伦纳德建议把“说”用作标准的属性词，而不是诸如“他大笑 / 咯咯笑 / 大喊”之类的。我在《你的写作教练》这本书里认可了他的建议，有读者就此观点给我发了一封电子邮件。这位读者写道：

> 我当了33年小学教师，最近五年当代课教师。有趣的是，老师总是教孩子用比“说”更有意思的词汇。事实上，除了“说”什么都可以用。现在很明显，大部分被这样教的孩子成不了作家，但是有一些能。您知道这一点吗？您怎么看这件事情？因为我发现自己在写作中使用了很多“说”的近义词。

不，我不知道这种情况，但它让我明白了很多！（我惊呼自己也是这样。）问题是，很多时候，我们只“说”。而且如果我们笑的话，通常不是恰恰就在我们说话的时候，所以如果这样写会更精确：“‘我希望你不要怪我，’莉迪亚笑着说道。”，而不是“‘我希望你不要怪我，’莉迪亚笑道。”。

像“断言”“叽里咕噜地说”“哇哇叫道”“透露道”“暗示道”“坚持道”“指出”或者“咆哮道”这类“说”的同义词，重点在这些词本身而不是具体说的内容。看到第三个或第四个这样的词，我们便似乎看到一个手捧大辞典的作家。

尽管很多的“说”在书上看着很显眼，但是我们阅读的时候，它们基本上就消失不见了。很多时候，它们附着于某个名字。我们真正想知道的是：谁在说？通常来讲，即使没有属性词，我们也知道是谁在说。最好的作家写出的对话本身就能告诉我们这些话是怎么说出来的。

有时候人物会告诉你他们想说什么、做什么。在下一章，我们将看看哪些作家喜欢这种方式，而哪些作家嘲笑这种方式，如果换作是你，你又怎么处理？

从建议到行动！

行动：如果想让耳朵对对话敏感，就要学会谨慎的偷听艺术。可能的话，观察一对情侣的对话，但是要站在听不清对话内容的地方，在心里想象他们可能说什么。然后靠近他们去听。他们说的和你想象的有什么不一样？他们说话的方式和你想象的有何不同？你能听懂任何潜台词吗？如果能，此前他们有什么肢体语言的表达吗？他们离开之后，在心里或在纸上把他们的对话继续下去。

写对话的时候，可以参考以下问题：

- 你写的是这个人物可能会说的话吗？
- 它有言外之意吗？
- 如果你用了俚语，它和人物及作品的背景时间吻合吗？

第十一章 故事交给他们了！

很多作家都说，一旦熟悉了自己的人物，他们就有了生命，有时候能把故事引向作家预料不到的方向。

威廉·福克纳这样描述：

> 故事通常始于一个人物，但是一旦他站起来，开始走动，我能做的就是拿着一张纸、一支笔跟在他身后一路小跑，紧跟着记下他的一言一行。

埃利·威塞尔把这个过程比喻成分娩：

> 这些人物想出来呼吸新鲜空气，分享友谊之酒，如果不让他们出来，他们会强行冲破墙壁。是他们迫使作家讲述他们的故事。

在雷·布拉德伯里看来，让人物替你做事是创作出好故事的关键。在1997年《本周图书销售》对他的采访中，他说道：

> 昨天晚上我去了一家书店，那里的一个店员跟我说："我的小说写不下去了。我这样做、那样做都不行。"我说：

“不要那样做”——不要写提纲，不要写计划。让你的人物来写这本书。是亚哈创作了《白鲸》，不是麦尔维尔。是蒙泰戈创作了《华氏 451 度》，不是我。如果你赋予人物生命，别挡住他们的路，你就可能创作出自己的作品了。

在《图书杂志》对他的采访中，他说：

　　我从来都不知道哪天再写哪本书。早晨 7 点躺在床上，我的人物跟我对话。他们控制了一切。我赶紧写下来，希望能弄清楚接下来会发生什么。

帕特里夏·海史密斯建议作家们要容忍人物的各种喜好：

　　一个不顺从的人物角色可能会把故事引向一个比你最初预想更好的方向。否则，他或她可能不得不被限制、改变或抹掉重写。这样的问题值得想几天，而且通常也需要想这么久。如果这个人物既固执又有趣，你写出来的书可能会和开始预想的不一样，可能更好，也可能一样好，但是肯定和先前的不一样。你不要为此烦恼。没有一本书或者一幅画能和开始设想的一模一样。

阿伦·格加纳斯说，他并不是在创造人物：

　　我们总是能听到自己的声音及与之相同或者不同的声音。二十余年创作生涯的部分乐趣就是当我坐在这里的时候，我似乎是一个人在这里，但事实上，有六十几个人陪着我。他们就是我创作的人物，如果精确点说，也是我发现的人物，因为他们在我之前就已经存在了。他们一直在那儿，等着我倾听。

或许没有哪个作家能比艾丽斯·沃克更听从人物角色的指令了。

她说创作《紫色》的时候，人物告诉她他们想让她住在哪里：

> 每次探头向外看的时候，他们不想看见公共汽车、小轿车或其他人。“我们不想看到这些东西，”他们说，“它们让我们无法思考。”……幸运的是，在朋友的帮助下我在城里找到一个非常便宜的住所。这也是我的人物促成的一个决定。只要我没有按照他们想要的方式（基本上要安静，不被打扰）满足他们，他们就不出来。

对我来讲，由人物角色说出他们想住的地方还太遥远，但是这种方法确实产生了《紫色》这样经典的作品，所以这至少对于艾丽斯·沃克起作用。托妮·莫里森则持相反的观点：

> 我掌控着他们（人物）。他们都是我精心想象的产物。我感觉自己熟悉他们的一切，甚至包括那些没有写出来的内容，比如他们怎么梳头发。他们像幽灵一样，只顾自己，只对自己感兴趣。所以你不能让他们为你写书。我读过一些书，知道有这样的事情——一个人物完全代替作者。我对自己说，你做不到。如果这些人物能写书，他们就写，但是他们不能，你能，所以你必须说：住口。别烦我，我正写着呢。

当你塑造的人物有血有肉时，写完一本书或者完成一个影视剧本时，你会觉得和他们难分难舍。查尔斯·狄更斯就是这样。在1850年版的《大卫·科波菲尔》的前言中他说：

> 刚意识到这本书已经完成的时候，我发现自己很难从中抽身，更不要说心平气和地去为它写序了。我对这本书怀有强烈的感情，喜爱如初；这本书让我既愉快又遗憾——愉快的是它终于如期完成，遗憾的是我要离开这么

> 多的伙伴。我的自信和偏爱可能会让挚爱的读者生厌……也许，读者不会太在意我在完成两年苦思冥想的任务时，撂下笔让我有多难过；他们也很少在意那些伙伴永远离我而去时，作为作者的我是多么失落，我感觉自己的某些部分遗失在他们所在的地方。

尽管很少有人物会告诉作家要住在哪里，但人物住在哪里真的对你的小说很有影响，这是下一章的主要内容。

从建议到行动！

如果要达到让人物接管故事的水平，最重要的“窍门”是运用本部分的相关技巧尽可能地了解他们。人物主导故事的发展这一现象很像心理学家米哈里·契克森米哈赖描述的“心流”状态，即：你完全沉浸在自己所做的事情中，所有的情绪都融入其中。你感到愉悦，也没了时间概念。

行动：虽然你不能掌控“心流”状态出现的条件，但你可以做一些事情，让自己进入这种状态的可能性更大些。最优秀的作家可以本能地做这些事情：

- 你必须要有明确的目标。对于一个作家来说，可能是写一个场景或一章内容。
- 你必须要有信心完成这个任务，尽管有难度。“心流”的主要障碍就是“内心批评家”，因为它质疑我们是否具备必需的技能。因此要进入“心流”状态，必须无视这个内心批评家。第三十二章主要讨论作家的创作障碍，会给你相关的建议。

- 需要有一个反馈机制让你明白自己是不是在正确的轨道上，如果不在正确的轨道上，它会指导你调整你的行为。在创作过程中，必须要让它成为本能。内心会告诉你是否已经找对目标。事实上，如果停下来检查每个句子或段落，很有可能会阻碍“心流”出现的可能性。所以很多作家都建议，灵感来的时候，不要顾虑标点符号或语法，一直往下写，过一段时间再回过头来修改。

第十二章 背景：在哪里？什么时候？

在有关人物的这一部分加入背景的讨论是有道理的，因为它们不可分割。你的人物存在于你创造的世界里，从某种意义上说，这个世界也变成了另一个角色。这个世界可以小至一座监狱，也可以大到整个地球，甚或是外太空。

侦探小说作家彼得·詹姆斯告诉《图书季刊》，是格雷厄姆·格林的《布赖顿棒糖》让 14 岁的他决定成为作家，并希望有朝一日写一部以家乡布赖顿为背景的小说。《罗伊·格里斯》系列小说实现了他的梦想。他说：

> 布赖顿和霍夫市同罗伊·格里斯及其团队里的成员一样也成了一个角色。我有一个观点：世界上每个最有活力的城市都暗涌着犯罪。在英国，我们有很多惬意的海滨胜地著称于世，但是其中只有布赖顿 70 年来以"英格兰罪都"闻名。格雷厄姆·格林把它放在了地图上。我想我在努力把它留在那儿。

对于侦探小说家菲利普·科尔来说，20 世纪 30 年代的柏林是重要的背景城市，他以贝尔尼·甘瑟为主人公的系列侦探小说都以那里为背景。对于《高尔基公园》的作者马丁·克鲁兹·史密斯来说，莫斯科是俄国民警阿卡迪·伦科活动的世界。一个背景甚至可以成为一部电视剧的主题，比如《欲望都市》中的纽约。

背景包括故事发生的日期、月份、季节和年份，天气、历史或当前事件的影响，自然环境，以及房间装潢这样的细节。

我们来看一些大师是如何介绍故事所发生的地点和时间的。

《杀死一只知更鸟》

在《杀死一只知更鸟》这本书里，哈珀·李描写了斯各特·芬奇所生活的城市。注意她是从一幅较大的画面慢慢过渡到一系列特写镜头的，来看看她怎么做到既让你了解背景又让你知道背景对其中的人和动物的影响的：

> 梅岗是一座古老的城镇，我刚知道它的时候，它已经破败不堪了。每逢下雨天，街道上就污水横流。人行道上杂草横生，广场上的法院大楼摇摇欲坠。不知怎的，那时天气更热些：黑毛狗忍受着夏日的痛苦；瘦骨嶙峋的骡子拴在胡佛大车上，在广场的橡树下摇着尾巴驱赶苍蝇。男人们笔挺的衣领在上午9点钟就软塌塌的了。女人们常常在午前冲个澡，下午3点午睡后又要冲个澡，但是到日落西山的时候，她们又是一身汗水，混杂着涂上的爽身粉，让她们变得像软软的茶点饼一样。

在开场白里，李没有告诉我们故事发生的确切时间，但是男人们笔挺的衣领告诉我们那是在很久以前，其他的小细节很快就能让我们猜到那是在大萧条时期。

她所列举的人和事物以及她的描述方式——比如，把女人们比作柔软的茶点饼——为故事奠定了一个柔和、轻幽默的基调。我们不会期待马上发生很多事情，但是我们知道这种慢节奏的生活会突然被打破。后来，剧烈变动真正发生的时候，与之前轻松的氛围形成了强烈的对比。

《罪与罚》

在《罪与罚》中，陀思妥耶夫斯基从外面开始写起，然后把我们带入主人公的住所：

> 7 月上旬一个特别热的晚上，一个年轻人从 S 广场所租住的阁楼里走出来，慢慢悠悠，好像有些犹豫不决地走向 K 桥。
>
> 在楼梯上他如愿地避开了房东太太。他的小屋在一座五层楼的顶楼，房间小得更像是一个衣柜。房东太太不仅提供食宿，还照顾他的日常起居。她住在楼下，每次他出去都必须经过她的厨房，厨房的门总是开着。每次经过，这个年轻人都会有一种病恹恹、恐惧的感觉，这种感觉让他面露愁容，羞愧难当。没钱交拖欠的房租，他害怕碰见房东太太。

对于背景我们所知甚少，但是我们确实知道的信息——天很热，房间很小，房间的位置使得他每次进出必须要经过房东太太的房间——能让我们感到这个年轻人所感受到的幽闭和焦虑。后来，我们了解到外面的情形，发现他在外面也丝毫得不到解脱：

> 街上热得吓人：空气很闷，到处都很吵，周围都是水泥、脚手架、砖头、灰尘，还有夏天没条件外出避暑的所有居民都很熟悉的圣彼得广场那特有的臭味——所有这一

切让这位已经很紧张的年轻人更加痛苦。

又一次，细节、语调及相当客观和平淡的描写反映出整个故事的本质，让我们很快进入了这个人物的内心和外在世界。

《巴比特》

辛克莱·刘易斯在《巴比特》的开头描写了一个虚构的城市：泽尼斯。背景很快预示出这本书的主题——商业是新的宗教：

> 泽尼斯的塔楼高耸在迷蒙的晨雾之上；钢铁、水泥、花岗岩铸就的庄严塔楼挺拔如万丈悬崖，精致若银色杖杆。它们既非城堡也非教堂，它们只是漂亮的办公大楼。

这个年代对于传统或古老事物的不屑反映在下一段中：

> 晨雾怜惜地笼罩着那些被腐蚀和磨损了的早年建筑物：屋顶板变了形的孟莎顶邮政局，清真寺院庞大、笨重、破旧的红砖塔顶，窗户狭小并且满是烟垢的工厂厂房，还有泥巴色的廉租公寓。整座城市里全都是奇形怪状的老建筑，但干净的塔楼从商业中心拔地而起，远处的山坡上也都是闪亮的新居，这些破旧建筑物似乎就是为了被嘲笑才存在的。

像电影里惯用的一样，刘易斯从长镜头换至中镜头：

> 一辆高级轿车从一座混凝土大桥上飞驰而来，长长的引擎罩闪闪发亮，发动时也安静无声。这些身穿晚礼服的人从一场小剧院的话剧彻夜彩排现场赶回，先前喝的香槟酒给他们的艺术表演增色不少。

然后他用了一系列近镜头展示更多细节：

在其中的一座摩天大厦中，美联社的电报接发工作刚刚结束。电报员们在结束了与巴黎和北京的一夜通话之后，疲惫不堪地取下了赛璐珞护眼罩。整座大厦中到处都是清洁女工，她们打着哈欠打扫卫生，老旧的鞋子在地板上啪嗒作响……

铺垫好背景，刘易斯就把我们带进主人公乔治·巴比特的生活，同时告诉我们这个故事发生的时间：

他叫乔治·F. 巴比特，今年 46 岁。现在是 1920 年的 4 月……

把背景和行动联系起来

在经典文学作品里，作者通常用很长的篇幅描述故事发生的城镇或乡村，然后再介绍主人公的身世来历，往往要追溯到几代人以前——之后故事才开始。如今的读者没什么耐心，所以现在的作品往往把对背景和人物的描述交织在一起。

在《霍乱时期的爱情》的开头，马尔克斯就是这样做的。注意一下背景的细节描写，看他如何做到既能让你想象出故事地点，又能获悉胡维纳尔·乌尔比诺医生发现的那个死人的诸多信息：

这是无法避免的：苦杏仁的气味总让他想起自己情场失意的命运。胡维纳尔·乌尔比诺医生刚走进那间黑漆漆的房中就想到了这一点。他匆忙地赶到那里本是为了进行急救，多年以来他已经对这样的紧急事件习以为常。那位安第列斯群岛的逃亡者、残疾老兵、儿童摄影师，又是最能跟他产生共鸣的象棋对手，赫雷米亚·德圣阿莫尔，此刻已在氰化物挥发出来的气味中彻底逃离了回忆的折磨。

医生发现尸体停在行军床上，身上盖了一条毛毯。赫雷米亚生前常睡在这张床上，旁边有个小板凳，凳子上放着一个实验托盘，那是他用来蒸发毒药的。床腿上拴了一只胸脯雪白的黑色大丹犬，眼下直挺挺地躺在地板上，旁边立着他的拐杖。那间令人窒息的拥挤房间，既是卧室，也是实验室。晨曦透过一扇窗射进来，光亮足以让人们马上看出他确实死了。房间其他的窗户及所有缝隙不是塞满了破布就是用黑色的硬纸板封起来了，这让房间更显压抑。屋内有一个小柜台，上面堆满了没有商标的瓶瓶罐罐。台子上还有两个有裂缝的白蜡托盘，上面放着一盏用红纸包着的普通灯泡。尸体旁边还有一只托盘，里面盛着定影剂。屋内到处都是过期的杂志和报纸，玻璃板上堆满了底片，家具破破烂烂，但是那双勤劳的手曾把这里收拾得一尘不染。

调动感官

在上面的节选中，注意我们是如何通过各种感官获取信息的。先是闻到氰化物挥发的苦杏仁气味，然后看到了房间里的很多细节，还感受到沉重、窒息的氛围。没有声音，不过我们并不指望横着尸体的逼仄房间里有什么声响。

如果可能的话，让读者通过视觉、听觉、感觉（比如一个房间的压迫感或一块布料的质感）、嗅觉来感受背景。有时候，也可以通过味觉来感受。

把背景和人物动机联系起来

在一些作品中，背景对主人公或其他人物的思想和行动有很大影响。下文摘自普鲁斯特的《去斯万家那边》。叙述者用很长的篇幅描述失眠的折磨之后，描绘了自己的卧室。注意一下背景是如何几乎扮演了对手这样一个角色的：

在贡布雷，每当傍晚降临而黑夜未至之时，没到我上楼睡觉的时间，也不到去床上躺着的时间，距离和妈妈及外婆告别也还有好一会儿，在那个时候，床就让我惆怅不堪、焦虑难耐了。家里人发觉我一到晚上就异常难过，便想方设法让我开心。他们居然弄来一盏魔幻灯，趁着晚饭前，把它套在我房间的吊灯上。它按照哥特时期建筑师和彩画玻璃匠的方式，用捉摸不定的绚丽色彩和五光十色的灵异形象占据了不透光的四壁。绘上了传奇故事的灯片变幻不定，时隐时现，而这只是徒增了我的难过。因为我对房内的一切早已习惯，除了在里面睡觉是一种折磨，房间本身倒还可以忍受。现在，照明变了，比什么都更能破坏我对房间的惯常印象。我已经认不出自己的房间了，进去之后非常不安，就像刚下火车踏进租赁的房间或者某个旅馆的房间一样。

多少背景描写才算够？

现在读者的品位已经变了。几百年前，小说家常常特别详细地描述故事背景，而现在的背景描写则非常简练。部分因为现代读者对故事发生的地方通常非常熟悉，即使他们没有去过那里，也常在电视和电影里面见到。比如，无论你去没去过法庭，都知道法庭是什么样的。你可能从来没有参观过金字塔，但是你已经很熟悉它们。所以，现在的挑战是要发现大家不知道的细节，但描写又不能太琐碎，就像索尔·斯坦因在他的《斯坦因论写作》一书中指出的那样：

你是讲故事的人，不是室内设计师。

影视剧作家最擅长此道。如果他们想把某一场戏放在法庭上，只要写“法庭内——某月某日”即可，然后继续写这一场戏的内容。但是，即使是在影视剧本里，也应该考虑如何通过背景描写来传递人物信息或整个故事的氛围。如果这一场戏设在主角的起居室里，就需要描述一下室内装潢、房间大小，以及窗帘是拉开的还是合上的。这样的话，无须解释就能让大家对住在这里的人有一个具体的印象。

剧作家描述背景的篇幅往往介于小说和电影之间。它通常用来配合人物的上下场，但是也能暗示剧本的主题或者整体的感觉。举例来说，下面是 J. B. 普里斯特利在《探长登门》中对伯令家的描述：

> **场景：** 北米德兰郡的一个工业城市，布伦利市伯令家餐厅。1912 年春天的一个晚上。
>
> 这是郊区一幢豪宅的餐厅，此豪宅属于一个特别富有的制造商。餐厅房间方方正正，很结实，配有那个时代结实的好家具。只有一扇门，在舞台后部的左侧墙上。舞台后部的中央是一个凹室，里面放着一个巨大的餐柜，上面有银制的酒瓶架、烛台、香槟冷藏器及各种各样的残羹剩饭。壁炉在右侧墙上。门旁是一张书桌，桌前有一把椅子。壁炉旁挂着一部电话机。舞台中间偏后方是一个不太大但非常结实的椭圆形餐桌，周围有一套结实的餐椅。餐桌上铺着白色的桌布，上面是快要结束的晚餐。壁炉前方有一把皮制扶手椅。墙上挂着几幅华丽但很俗气的画，还有很大的版画，壁炉左右及门旁都有灯架。只有壁炉旁的灯亮着。餐厅总体的感觉是壮观、舒适、老式，但是一点都不惬意，不像一个家。

1992年国家剧院制作这部话剧的时候，由斯蒂芬·道德利导演，伊恩·麦克尼尔负责舞台设计，舞台成了这次演出的亮点。整个故事讲述的是伯令一家的没落，这起于警察来家调查一个年轻女工的死亡之后。国家剧院的舞台就像踩在高跷上的巨大的玩偶之家，随着越来越多的家庭秘密被揭露而慢慢倒塌。这个制作也融合了非同凡响的灯光、音乐和声效，营造了一种电影般的感觉。

背景要合适

如果你的背景信息有误，就会有潮水般的电子邮件和信件纠正你，而且经常伴有诋毁之辞。这不免让你奇怪是否有些人就是为了夸大这些错误而生的。愤怒的巴黎人让丹·布朗意识到这一点，他们指出《达·芬奇密码》中罗伯特·兰登的逃跑路线不可信。

最好的方法是认真研究你的故事背景。如果能亲临实地是最佳选择，但是现在网络提供了绝好的第二选择。当然我不是指官方网站，尽管它们也很有用。官网往往重点描述旅游景点，不一定有凸显这个地方特别之处的细节描写。

我推荐个人博客。数以百万的人在网上记录他们的日常生活，读者大都是博主的亲戚朋友，但并不妨碍你也看上一眼。他们谈论去过的餐馆、天气状况、停车问题，还有很多有助于你了解这个地方的其他细节。

怎么去找到这些私人博客呢？试着去搜索城市、小镇甚至是社区的名字。还可以使用“谷歌快讯”——设定一个搜索术语，谷歌便会每天发一封邮件给你，内容包括提到那些术语的网址和博客。找到相关的博客后，跟读一段时间。试着留一些评论，而且如果你对那个地方有什么疑惑，可以给博主发一封电子邮件——一般情况下，他们会很乐意帮你。

如果要找视频资料的话，www.Flickr.com 是一个绝佳的网站。

如果你的故事发生在过去，读一下那个时代还健在的人写的回忆录和自传会大有裨益。有时候还需要重新核对那些资料，因为很多此类书籍的写作依赖于作者的记忆，而作者的记忆也会有误。有些杂志和报纸（包括《纽约时报》）可以在网上查到它们往年的资料，有时候免费，有时候需要付一点费用。

通过网络，你还可以很容易地找到历史学家和其他专家。你可能会吃惊地发现，他们都愿意无偿帮助你。如果你得到了他们的帮助，最好在致谢部分表达对他们的感激。

从其他小说里查找资料时，你要当心，因为它们的作者也可能犯错或是故意扭曲一些信息。尤其当你想要从电影里面寻找事实时更要当心。他们常常改变一些事实，加快故事的节奏，以创造出本来不存在的浪漫元素，或是为了节省有限的预算。

作为一个小说家，历史上的空白可以给你足够的想象空间。比如，如果历史没有记载两个人物是否碰过面，你可以在小说里创造这样一个机会。推理小说也可以这样做，比如，罗伯特·哈里斯的小说《祖国》就假想德国赢得了第二次世界大战。

对于科幻小说作家，你可以编造一些不存在的事物，但读者期望你不要弄错确定存在的事物。很多人也期望你在创造未来机器的时候不要违背公认的物理原理。奇幻写作也很少受制于事实。区别在什么地方？米利亚姆·艾伦·德福特说过，科幻小说体现的是一种不可能的可能性，奇幻小说体现的是一种貌似可信的不可能性。但两者不可能完全分得清，像 H. G. 威尔斯的《时间机器》可能刚好介于两者中间。

不仅仅是事实

从前面的例子可以看出，当你描写人物所处的地点和时间时，并不仅仅是为了告诉读者这些信息，你也在为整个故事、整本书或整个剧本奠定一个基调，还可以借此反映书的主题。在《巴比特》里，扭曲的背景描写——晨雾怜惜地笼罩着办公大楼等宏伟的建筑物——符合整本书的基调。

《霍乱时期的爱情》对于那个自杀男人的房间事无巨细的描写和马尔克斯在全书中对多种爱情的考察方式相吻合。以我的话剧《生存技能》为例，我讲述了一个失去梦想的女人。我想让她做一名教师，把故事背景放在学校里面，因为在那里，她的身边是一群年轻人，他们的梦想还没有湮灭在现实生活中，依然非常闪亮，与她形成了鲜明的对比。

从建议到行动！

同样的背景可以有很多种描述方式，不同的描述会对读者产生不同的影响。

行动：为了做这个实验，请想象一个宏伟的旧宾馆中的一个房间，描述三次。家具、风景和装潢都完全一样，但是你可以选择描述的内容和方式。

如果一个抑郁的推销员没有完成销售任务，决定在这个房间里自杀，这种情况下，你如何描述这个房间？

如果一对幸福的夫妻打算在这个房间里度过他们的新婚之夜，你如何描述这个房间？

如果一个第一次住宾馆的孩子住在这个房间里，你如何描述这个房间？

在你自己的写作中，检查一遍你对背景的描述，包括天气情况、所有的时间细节、物品，以及背景对人物的影响。想象一下假如你对自己的这本书或者这个剧本的情节、氛围一无所知，那么，这些背景描写能给你留下什么样的印象？这符合你的预期吗？如果不，怎样写会好些？

接下来，看看你是否调动了所有的感官，可否拓宽描述，增加几种感觉？

最后，确定一下你确实是把人物的行为与故事背景描写融合在了一起，而不是单独作了一大段的解释说明。如果你不是这么做的，想想如何把它们联系起来，以加快故事的节奏。

Your Creative Writing Masterclass

第三部分 塑造故事

人物只有在行动时才有生命，他们的行动构成了故事情节。有些写作种类，比如侦探小说，有它的传统结构——你既可遵循亦可打破这个结构。无论你选择什么样的结构，它必须能吸引读者一直读下去，而且读完后觉得没有白读。

很多成功的作家都承认，塑造人物是一种乐趣，而构思情节似乎是一件苦差事。

当然，重要的不只是故事情节，讲述故事的方式也很重要——这是写作风格中最难捉摸的部分。

在这一部分，我们会看到作家如何构思他们的故事，以及他们如何用与众不同的方式讲述故事。

叙述视角：谁在讲故事？ 第十三章

你可以从不同的视角讲述故事。叙述视角举足轻重，而且每种叙述视角都各有利弊。

第一人称视角

有一种方法可以让读者和人物迅速熟悉起来，那就是让人物用自己的话讲故事。马克·吐温的《哈克贝利·芬历险记》就是最有影响的例子。下面是第一段，哈克这样讲给我们听：

> 你要是没看过一本叫《汤姆·索亚历险记》的书，你就不会知道我是谁。不过，这也没关系。那本书是马克·吐温先生写的，他讲的基本上是真事。也有些是吹牛，不过大部分是真的。其实，这也无所谓。我根本没见过不撒一两次谎的人，除非是波丽姨妈，或是那个寡妇，或是像玛丽那样的人。波丽姨妈——她是汤姆的姨妈，还有玛丽，还有道格拉斯寡妇，那本书都讲到了——讲的多半儿是真事，当然也有些是吹牛，就像我刚才说的那样。

吐温马上就建立了一种幽默的基调，引入了一个我们愿意与之同行的人物。

欧内斯特·海明威说过：

> 所有的现代美国文学都来自一本书，那就是马克·吐温的《哈克贝利·芬历险记》。

当你阅读 J. D. 塞林格的《麦田里的守望者》的开头时，你会发现这个观点确凿无疑：

> 要是你真想听我说，那你想知道的第一件事极有可能是我出生在什么地方，我那无趣的童年是什么样的，父母在生我之前忙些什么，以及诸如此类大卫·科波菲尔式的废话。实话跟你讲，我可不想说这些。首先，这类事情很无聊；其次，我要是谈论父母的私事细节，他俩说不准会做出啥离谱的事情。他们对这类事儿最敏感，尤其是我父亲。他们人的确很好——我不是要说他们的坏话，可他们的确很容易生气。再说了，我也没打算把我的整个自身情况什么的全都告诉你他妈的。

通常，叙述者用过去时讲故事，但是偶尔也有例外，比如村上春树的《海边的卡夫卡》，其中有几个部分是用现在时写的：

> 他从小柜子里拿出一小盒柠檬味水果糖，往嘴里塞了一颗。他示意我拿一颗，我照做了。

有时候，叙述者讲述的是别人的故事，如《白鲸》中的以实玛利、《了不起的盖茨比》中的尼克·卡罗威。在电影《公民凯恩》中，记者杰瑞·汤姆逊讲述了对凯恩遗言“玫瑰花蕾”的背后真相及其一生的探究。

无论叙述者是谁，他们的措辞必须符合他们的背景、性格、教育水平。一个刚刚恋爱、没受过教育的勤杂工不可能和神经质的心理治疗师用同样的语言书写他们的故事。

就如以上所言，第一人称视角的最大优点是可以很快地建立读者和人物之间的联系，缺点是你无法揭示叙述者不知道的事情。

对于这一点，在电影中，第一人称视角可以让主角使用“画外音”或让他直接对观众说话（对着镜头说），不过第二种方法不太常用。从严格意义上讲，我们只能看到主角所做的事情，但是如果“画外音”想让我们看到过去发生的事情，他可能会说：“当然，我那时不知道哥哥正在谋划着背叛我。”然后，画面就会转移到哥哥谋划背叛他的场景。

如果你选择使用“画外音”叙述，很重要的一点就是，不要用它告诉我们可以从其他镜头获悉的信息。换句话说，如果某个画面展示的是一家人在海滩上玩得很开心，叙述者就不必说：“我们在海滩上玩得很开心。”“画外音”应该告诉我们在屏幕上看不到的东西。以这个海滩上玩耍的画面为例，他可以说：“那是我最后一次看到父亲活着的样子。”这能影响我们观看这个画面的感受。

多重第一人称叙述者

有些作家让很多人从各自的角度来讲述同一个故事。一个现代小说的例子是凯瑟琳·斯多克特的《相助》，这本小说的叙述者是两个黑佣：艾比里恩和米妮，以及白人雇主家大学毕业的女儿斯基特。前两章是艾比里恩的叙述，接着两章是米妮的叙述，再接着两章由斯基特小姐来叙述。后面的顺序基本没有什么变化。每一章都是以叙述者的名字作为题目。

不可靠的叙述者

作家们常常在故事中使用“不可靠的叙述者”。也就是说，叙述者可能因为这样或那样的原因讲述得不准确或不真实，也或者他不了解整体情况和故事真相。对于读者来讲，阅读的乐趣部分在于突然意识到故事的真相和实际描述的并不相符。

《飞越疯人院》中的印第安人齐弗就是一个不可靠的叙述者。患精神病的他讲述了几件疯狂的事情。电影《罗生门》中，多个叙述者讲述了他们对同一事件的不同看法。电影《非常嫌疑犯》中，叙述者为了自保向警察撒谎，直到最后一刻，观众才发现自己也被愚弄了。

有时候，故事的真相会在最后揭晓。但是有时候，故事的真相要由读者或者观众来决定。

第二人称视角

在第二人称视角中，叙述者向“你”讲述这个故事，或者把自己视为“你”。早期文学的一个例子是纳撒尼尔·霍桑的《重讲一遍的故事》中的“神魂不安”。

> 你突然间很拼命、很挣扎地从有意识的睡梦中惊醒，瞪着眼睛环视床的四周，就好像那些魔鬼真在那里。与此同时，壁炉里余烬散发出的微光把整个客厅映得苍白，透过卧室的门缝可以看到若隐若现的火光，但是这光亮不足以驱散黑暗。你的眼睛到处搜寻可以把你拉回现实的证据。你观察得非常仔细，注意到壁炉旁边有一张桌子，一本中间夹了一把象牙刀的书，一封没有打开的信，一顶帽子和一副掉在地上的手套。火光逐渐熄灭，整个画面也随之不见，尽管那个画面在黑暗吞噬现实的一瞬间在你心中停留了片刻。

另外一个例子是杰·麦彦拿维的《明亮的灯光·巨大的城市》：

> 你不是那种在早晨还待在这种地方的人。但是你在这里，而且你不能说对这里的地形完全不熟，尽管你可能不是每一个细节都很清楚。你正在夜店里和一个光头女孩讲话。

这种视角试图让你感觉自己是叙述者。阅读一段时间之后，很多读者都不喜欢第二人称视角，他们可能比较抗拒被频繁告知发生在自己身上的事情；无论谁和光头女孩讲话，他们都不介意，但是他们知道自己没有这样做。

第二人称视角常常使用的时态是现在时，比如“你正走在”，而不是“你已经走过”。

第三人称有限视角

最常见的叙述视角是第三人称视角，用过去时描述人物的行为动作。讲故事的人身份不定，在这种有限视角下，只能知道一个人物的思想感受；他当然也会描述其他人物的行为，但是我们不知道这些人物内心在想什么。

下面是纳撒尼尔·韦斯特的《蝗虫之日》选段，是一个第三人称有限视角的例子，它描述了作者对好莱坞的悲观看法：

> 她邀请他去房间里抽一支烟。她坐在床边，他挨着她坐下。她穿着睡裤和破旧的白色沙滩袍，搭配非常得当。他想吻她，但是又害怕，不是害怕她会拒绝，而是害怕她总是把这件事弄得没有意思。

韦斯特能与我们分享主角托德的感受，但却对另外一个人物的感受一无所知。

读者能洞察视角人物的内心——当然没有在第一人称视角中了

解的多，但这种视角确实让叙述者有机会揭示第一人称叙述者没有经历或者不知道的事情。

有时候，一个作家会使用多重第三人称视角，他在每一章甚至每个场景都换一个视角人物。帕特里夏·海史密斯说过：

> 我喜欢在一部小说里面使用两个叙述视角，但是我并不总这样做……使用两个叙述视角——就像我在《列车上的陌生人》中做的那样：从两个截然不同的年轻男主角的角度分别叙述。在《这个杀人凶手》中，沃尔特和基默尔又是两个完全不同的人，这能带来一种非常有趣的节奏和情绪转换。

第三人称有限视角是小说家最喜欢使用的，有时他们还会夹杂着使用第一人称视角。比如，你正在写一部关于绑架的小说，可能有一章是年幼受害者的母亲用第一人称叙述的，其他章节则用第三人称视角揭示绑架者的所作所为。

电影常常以一个人物或者有限的几个人物为主线索。比如，它可能从被绑架的孩子父母的角度、孩子的角度及警察局局长的角度来展开这个绑架故事，但是不会从绑架者的角度来描述这个故事（尽管我们常常看到他与以上任何一个人在场的画面）。

第三人称全知全能视角

在第三人称全知全能视角小说里，叙述者可以在同一章或同一场景里展示多个人物的内心。尽管这可以使作者传递更多的信息，但也让读者多少有些距离感，而且有时很困惑。但是，很多伟大的作品都是采用这种视角的。

托尔斯泰很擅长变换叙述视角。厄休拉·勒奎恩这样谈论《战争与和平》：

> 这本小说能神不知鬼不觉地从作者的叙述转换到某个人物的叙述，使用极其简洁的语言来吐露一个男人、女人，甚至是一只猎狗的内心，然后又转换到作者的思想……直到最后，你才感觉经历了很多人的生活：这可能是小说能给你的最了不起的礼物。

在《战争与和平》的第一章，安娜·帕夫洛夫娜正在和公爵讲话。托尔斯泰不仅告诉了我们公爵在做什么，还让我们知道了他行为背后的思想或感受：

> “要是他们知道您有这样的心愿，庆祝就肯定取消了。”公爵说道。他俨然像一个上紧发条的钟表，出于习惯说出一些他甚至不希望对方相信的话。

稍后，托尔斯泰告诉我们：

> 瓦西里公爵讲起话来总是无精打采的样子，像一个演员说着重复了很多遍的台词。安娜·帕夫洛夫娜·舍列尔却刚好相反，虽然她已年满40岁，却充满了活力和各种冲动。做一个满腔热情的人已经变成了她的社会职业，即使有时她并不愿意这样做，依然能热情四射，为的是不辜负那些熟悉她的人。她嘴角常挂着淡淡的微笑，尽管这和她日渐憔悴衰老的容貌不相称，但就像一个娇生惯养的孩子一样，她用此不断地表明自己能意识到自身可爱的小缺陷。至于这缺陷，她不想、也不能，甚至认为没有必要去纠正。

通过揭示人物的动机和行为，托尔斯泰把我们带入他们的内在和外在世界，然而所有这些都做得如此自然，我们几乎难以察觉。

第三人称全知全能视角特别适合史诗故事，因为这种故事历时很长，人物众多。

在一部电影里，与此相同的方法是把镜头随时切换到任何地方。脚本和影视剧本使用第三人称全知全能视角，时态是现在时（“乔治打开橱柜，惊奇地发现里面空荡荡的”）。

要慢慢来

要熟练掌握适合自己故事的叙述视角，你需要练习很长时间。约翰·欧文指出：

> 叙述方式是一个技巧问题，离哪个人物近、离哪个人物远，用这种或那种视角，这些都是可以学习的。你可以学习了解使用第一人称视角的优点和缺点，也可以学习了解第三人称视角的利弊，它总是假定一种久远的年代感（比如传记作者的叙述）。讲故事时有很多立场和态度供你选择，这些都可以刻意为之，都可以由作者掌控，方法其实比门外汉所了解的要多得多。当然，不能让读者意识到太多类似的内容。比如，格拉斯时而称奥斯卡·马策拉特为“他”或者“奥斯卡”，时而——有时候在同一个句子里——把奥斯卡称为“我”，他在同一个句子里既是第一人称叙述者又是第三人称叙述者。但是，所有这些都做得天衣无缝，不会让你意识到这些转变。我不喜欢那些哗众取宠的叙述方式和风格。

你需要知道，我们从谁的角度观看或经历这个故事？还有多少其他元素必须要在写作开始之前就准备好？下一章中，你能找到著名作家对这个问题的回答。

从建议到行动!

行动：在决定使用哪种叙述视角的时候，考虑以下问题：

- 在读者和主人公之间迅速建立一个密切的联系有多重要?
- 如果由主人公来叙述故事，他会突显什么样的性格特征? 如果由其他人物来描述呢? 如果你选择全知全能的视角呢?
- 有没有一些在故事中举足轻重，但是你的主人公毫不知情的事件? 如果确实有，但是你又想使用第一人称视角，有没有别的方法揭示这些事件? 比如让其他人物告诉主人公? 但是他只能告诉主人公已经过去的事，而且没有现场的感觉，这会降低戏剧效果。
- 混合不同的视角叙事对你的故事有什么好处? 有什么弊端?

回答完这些问题，选出最适合你的叙述视角。如果在写作过程中发现自己选择的视角限制了写作，你可以增加其他的视角。

你还可以试着分别用第一人称视角、第三人称有限视角和全知全能视角写故事开头，这有助于你选出一个自己感觉最舒服、也最适合的叙述视角。

第十四章 要不要事先安排好情节？

关于是否要安排好故事情节，有两种极端的观点：一种观点认为，付诸笔端之前你应该对故事情节了然于胸；另外一种观点认为，事先计划故事情节会让整个创作过程损失很多惊喜和乐趣。

事先安排故事情节的人

埃德加·爱伦·坡极力宣扬要事先安排好故事情节。他说过：

> 再没有比这更清楚的了：在每个故事动笔之前，作家必须按照故事的结局精心构思每一个称得上情节的情节。只有经常想着故事的结局，我们才能使故事中的事件，尤其是所有关键点的基调，符合作家的创作意图，从而使得故事情节环环相扣，因果相承。

P. G. 伍德豪斯描述了他的切身体会：

> 呃，那仅仅是一个耐心的问题。我只是坐下，不停地一页接一页地写笔记，大概能写到400多页。事实上，所

有这些都完全没有价值，到最后，一个场景会接上另一个场景。这有点像填字谜，你填出竖行的，然后必须猜出横行的，只有两个刚刚好你才可以继续做下去……开始一部小说之前，我必须知道自己要写什么，我知道所有的情节。

即兴创作者（暂且用之）

和坡及伍德豪斯完全相反，谢莉·杰克逊说自己在写作之前对于情节一无所知，并且补充道：

如果提前知道自己要写什么，我就没有兴趣写下去了。

著名侦探小说家乔治·佩勒卡诺斯没那么极端。写作之前他只知道一点点，但是内心已经有了一个场景，而且对结局有了一点模糊的想法。他说道：

我更专注于寻找人物。一旦那样做，这本书就开始自动书写了。

另外一个指望人物指引写作的是剧作家爱德华·阿尔比。他描述了这个过程：

坐在书桌前，我不知道这个剧本的第一行台词是什么。我知道结局是什么，但是我不知道怎么抵达那里。我让人物自己决定方向。他们的行为决定着故事何去何从。

斯蒂芬·金也说他对故事的发展“几乎一无所知”。

在完全或几近空白的状态下开始写作，这听上去有点吓人。但是 E. L. 多克特罗这样说：

写作是一次探险。开始时你什么都不知道，随着探险的展开你慢慢有所了解……写作就像黑夜里在雾中驾车，你只能看到车灯照到的地方，但即使这样你也可以到达目的地……写作是一种社会认可的精神分裂。

当情节自行展示给作家的时候，有时会有意料之外的惊喜。剧作家约翰·格尔说道：

我仍然记得，在想到《蓝叶之屋》的结局时，我手舞足蹈——结局是歌曲创作者认识到自己作品的真正价值之后，不得不杀死自己的妻子，因为她还是拿旧眼光看他。

两者之间的人

很多作家处于以上两种极端的中间地带。保罗·奥斯特就是其中之一，他说他开始创作的时候：

对于故事的轮廓有个总体的概念，对开头、中间和结尾怎么写都有一种感觉，但是一旦开始创作，情况就会改变，最终写成的书常常与开始时的构思大相径庭。

迈克尔·查帮会列提纲：

但不是在开始的时候列提纲，而且从来不会列出所有的细节。通常是写了五分之三以后，我开始偏离计划，而且再也回不到原来的计划中。到最后我往往很讨厌写该死的提纲的那个人。

当谭恩美被问到是否列提纲的时候，她说：

我过去常常说不，但我想那是在撒谎。我用某种方式列提纲——不是按照小学老师教的那样去做。有时候我会很快地写下自己构思的故事框架。那种模糊不清的笔记只有我才能懂。有时候我会坐下写个总结——用三到十页写出自己想到的故事，或者写完一个具体的章节。这样做很有好处，因为我可以接着写下一部分，然后说：哦，我需要把这写进去。

马尔克斯表示说，开始写作时对你行之有效的策略，从长远来讲，可能不是最佳的方法：

在最初写的几个故事中，我对作品的基调有个大致的概念，但是我常常注意写作过程中突然出现的想法。我早年得到的最好的建议是：年轻的时候这样做完全可以，因为那时有很多灵感。但是有人告诉我如果不学习技巧，等到以后灵感枯竭的时候，就会遇到麻烦。灵感不在的时候需要技巧来补偿。如果没有及时地知道这一点，我现在就列不出故事结构的提纲。结构纯粹是技术问题，如果不早学，你永远学不会。

在写待售影视剧本时，你不必提前作任何计划，也就是说，你完全是在为自己而写。如果你期望接受别人的委托，他们很可能想先看到一个完整的故事大纲，才付钱给你。这个大纲常常以摘要的形式写出，可以分成三幕（第十七章对此有更多的介绍）。

无论你是提前想好故事情节，还是边写边想，你的人物都必须要和你想写的故事珠联璧合。下一章会探讨这种关系。

从建议到行动!

大部分作家发现自己喜欢边写边改。但是，特别是在写作生涯初期，你可以采取一些措施来节省时间和精力。

行动：如果你不确定在创作前规划多少内容合适，请回答以下问题：

- 一般来讲，“即兴”让你感到舒服吗？如果你不习惯生活中的即兴发挥，那么你可能也不习惯即兴创作。
- 试着即兴写作。如果你很快遇到障碍或走进死胡同，那就说明你需要事先安排好情节。
- 写作的时候，定期停下来，然后迅速写下你认为接下来会发生的事情。看看自己能想多远。
- 如果你决定事先详细构思好故事情节，但很快就发现自己不喜欢这样做，那就撕掉大纲，让人物和直觉指引你前行。

人物成为情节（反之亦然） 第十五章

关于先有人物还是先有故事的争辩或许永无定论。它几乎是一个悬案，反正一个故事需要有人物角色（当然它们并不总是人）。只要人物角色开始互动，那就可能发生一个故事。

E. M. 福斯特给了一个开门见山的定义：

> 我们来给情节下一个定义。我们已经把故事定义为对有先后顺序事件的叙述。情节也是对事件的叙述，只是重点落在因果关系上。“国王去世了，王后也去世了”，这是一个故事。“国王去世了，王后死于哀伤”，这是情节。

但是有一点是确定的：人物和情节必须相关。人物角色合乎逻辑的行为会让情节构思更加容易，如果过多地考虑故事情节而忽略人物的真实性，则会适得其反。本·尼伯格说道：

> 大部分不切实际的情节构思往往是想让人物进行一些超出其能力或者意愿之外的冒险，让他必须做他做不到的（有时候甚至是谁都做不到的）或者是正常思维的人都不可能去做的事情。

在某些体裁的作品中，这是可以接受的，比如恐怖小说中柔弱的年轻女子会不顾危险跟随某种奇怪的声音进入地下室。但是通常来讲，这会让人物和情节非常不可信。

情节和人物弧线

就像我们在人物部分探讨的那样，小说和电影中常常会有“人物弧线”，即人物在某种意义上的转变。

在大部分好莱坞电影中，这种转变是从某种负面的状态（自私自利、麻木不仁、贪得无厌）变成正面的状态（关心他人、充满爱心、慷慨大方）。小说中也是这样，比如，辛克莱·刘易斯的《孔雀夫人》讲述了乔治·道兹沃斯的故事。他一开始是 20 世纪 20 年代典型的美国商人，一名只顾自己事业的汽车界业务总管，但是婚姻破裂后，他最终变成一个痴迷于欧洲历史和文化的人。

有时候，这种改变是从正面沦为负面的，比如《麦克白》中的麦克白和电影《教父》三部曲中的迈克尔·克里昂。如果能掌控这个弧线，人物的变化就很自然。但是，三个常见的问题常常让人物的转变看上去非常做作。

人物转变的幅度和引起转变的事件不符

如果一个角色贪婪成性，那么他不可能和乞丐谈一次话后就突然变得很无私。根据我们的经验和观察，一个大的转变通常是由一个比较大的事件引起的。如果你了解什么事情最能让人产生压力，就特别有帮助：一次濒死经历，痛失自己挚爱的人，大病一场，离婚，失业。如果想让人物改头换面，你必须让他在故事中不断经历大的变故。要记住，斯克鲁奇需要遇到三个精灵才最终变成一个好人，一个精灵的分量不够。

有时候，人物的转变几乎没有什么动因。比如在《死亡诗社》

中，罗宾·威廉姆斯饰演的教师是一个古怪的人物，他教自己班上的男生要挑战传统、勇于冒险，并且无视社会规则，做真正的自己。你可能会纳闷，一所这么传统的学校为什么会雇用他。事实是，在汤姆·舒尔曼最初的剧本里，这位老师本来是一个中规中矩的人，但是后来发现自己得了不治之症，才意识到他从来没有掌握过自己的人生，他决定教学生避免他的错误。导演彼得·韦尔认为这样太过于悲观，所以改了剧本，让它能够有一个更美好的结局。这样做似乎并没有影响到作品，因为这个剧本最后赢得了奥斯卡最佳原创剧本奖。但是，据 Bookrag.com 报道，彼得·韦尔曾经说过，他希望自己使用的是最初版本的结局。

除了导演的改编，焦点小组[①]或者试验观众的反应也会导致故事情节的改变和情节推进动力的缺失。在电影《红粉佳人》中，莫莉·林沃德饰演的一个贫民窟女孩与富家子坠入爱河。那位富家子的好友认为这姑娘跟他不合适，他就听信了好友的话甩掉了她。在学校舞会上，这位富家子意识到了自己的错误，想和这个女孩重归于好。但就在那时，女孩发现她最好的朋友，一个叫达奇的古怪男孩一直爱着她，于是她与达奇相恋，拒绝了富家子。

是的，她确实这样做了，但是电影的目标观众——一些年轻女孩试看之后，想让女孩和富家子在一起。所以，尽管从人物动机来讲是一件很难的事，但是最终放映的时候，结局就成了女孩接受了富家子的道歉，他们重归于好，电影也随便安排了一个女孩爱上怪男孩达奇，但是这女孩本是那种根本不会看他第二眼的人。

我希望电影是原来的结局，但是票房成绩（本土 4 050 万美元，这在 1986 年算是不错了）说明人物和故事的瑕疵也不一定会把电影搞砸。

① 焦点小组，也称焦点团体、焦点群众，通过询问和面谈的方式采访一个群体就某一产品等的看法，以知其观点和评价。

人物转变是单维的

我们来举一个男人中年危机的例子。是的，明显的变化可能是这个男人买了一部红色跑车，但其他的细微变化也能反映出来：可能是他的新发型（或是戴了假发，或是进行了接发植发），也可能是穿衣风格的变化，或者加入了健身俱乐部，等等。我并不是说你必须要把所有这些都包括进去，那也未免太过夸张。但是你肯定想从几个方面来反映这种变化，而且如果你能发现某些更细微的变化，则越多越好。每一个细节都会影响人物之间的关系，所以这些细节有助于你的表达。

人物转变过于顺利

人很难转变，转变之途也很少平稳（而且平稳的转变过程也写不成有趣的作品）。转变的过程中应该出现一些挫折和退缩。

尽管很多好作品确实有这样的变化，戴安娜·勒费却认为：

> 我不认为人生阅历会教给我们同样戏剧化的（也是令人沮丧的）真理：尽管有冲突、对抗和危机，但是人们通常没有、不能也不会改变。

即使在好莱坞电影中，也不是每一个主角都会经历这样的变化。詹姆斯·邦德就没多少变化。电影《老无所依》中的杀手、《虎豹小霸王》中的主角、查尔斯·福斯特·凯恩都没多少改变。我正在写一部年轻人的小说，有个少年是小说中唯一知道事情真相（比较糟糕的事情）的人，但是没人相信他。这个故事讲述了他立志要让大家相信的过程，即使说出真相意味着要毁掉他的父亲。尽管与故事开始时相比他的变化不大，只是稍微成熟了一点，我仍然认为这个故事合情合理。

底线：如果在你的故事中，主人公的转变不是故事自然发展的需要，那就不要强迫自己削足适履。

喜剧的诱惑

特别是在喜剧领域，作家很想让人物角色为了满足观看者而做一些事情，比如博读者或观众一笑，而不是出于人物自身的需要而去做那些事。丹尼·西蒙是我这方面的导师，他一直苦恼的事情是，虽然他本人是成功的喜剧作家，但仍被称为尼尔·西蒙的弟弟。他的箴言是“永远不要为了好笑而牺牲人物的真实性”。而且确实，我早年为好莱坞写过的所有作品中，仍然被记得或者至少还在重播的是《本森》和《家庭关系》这类的电影，虽然是喜剧，但这些电影中的每个人物都经过了精雕细琢。

在构思喜剧的情节时，我通常按照普通戏剧来思考；让其最终成为一个喜剧的关键是故事中人物的态度。想想伍迪·艾伦编写过的《哈姆雷特》——尽管是个黑色喜剧，它还是很受欢迎。滑稽大师雷·库尼在《时代周刊》对他的采访中也表达了类似的意思：

> 一部好的滑稽剧，其情节也应该能放进悲剧中。大部分悲剧是关于个人对不可抗力的抗争及为击败更强大力量所付出的努力。除此之外，还有人物面对自己的性格弱点无能为力的痛苦。这些也都是我的大部分滑稽剧的主题。

在为喜剧脚本进行故事加工时，我总发现故事越真实，剧本就越有趣。这并不是说故事要中规中矩，而是要与已有的人物及背景相吻合。这一点会让很多新作家感到吃惊，因为在他们看来，让剧本更有趣的是妙语如珠或更夸张的行为。

无论是喜剧还是普通戏剧，关键点是一样的：人物和情节必须珠联璧合、忠于彼此。

库尔特·冯内古特
(1922—2007)

冯内古特的小说有《五号屠场》《猫的摇篮》和《夜母》等。在根据他的小说改编的电影里，冯内古特客串出演过几次，在1986年的电影《回到学校》中，他扮演了自己。成为有名的小说家之前，他是一个失败的体育记者。

故事的类型

库尔特·冯内古特在一次关于写作的谈话中，指出童话故事的普适性，并把民间故事《灰姑娘》的结构框架作为每个人都能使用的范例。灰姑娘起初是个被欺负的弱者，在后妈及其女儿手中受苦。突然间，舞会的邀请让故事有了转机。但是还存在一个障碍——后妈和姐姐们不准她去。神仙教母再次给她带来了希望，她为灰姑娘制作了漂亮的礼服和水晶舞鞋，并安排一辆马车带她前往。在舞会上，一切都很顺利，看起来似乎灰姑娘就要取得最后的胜利。但是灾难在午夜降临了，她必须快速离开。匆忙中，她遗落了一只水晶鞋。体验过幸福的时刻，她此刻比当初更悲伤。幸运的是，王子因为爱她心切，并没有放弃寻找她。通过屡试水晶舞鞋，他找到了她，从此他们开始了幸福的生活。

在有些版本里面，姐姐们祈求灰姑娘的原谅，灰姑娘也原谅了她们。有的版本中，这些坏姐姐们的眼睛被鸽子啄走了。在更可怕的版本中，她们把自己的脚砍下一部分，以便能够穿上水晶鞋。你明白为什么迪斯尼电影采用了那个比较折中的版本。

这个“弱者在最后胜出”的故事到今天还行得通。《洛奇》完全符合这个模式，甚至《国王的演讲》这样的电影也有同样的元素。从社会地位来讲，国王不是弱者，但他必须克服口吃这个毛病。在如今的故事中，人物往往通过自己的努力而不是只靠漂亮的脸蛋来对抗压迫或克服自身残疾，但故事结构和《灰姑娘》是一样的。

神话、民间传说及童话故事中还有其他一些惯常的情节，它们依然被沿用着，构成了当代小说、电影、剧本和短篇小说的基础框架。专家们就这些故事模式的数量存在分歧，有人说有 7 种，有人说有 36 种，但试图确定精确的数字可能是一种时间的浪费。下面是一些故事模式的例子。

寻找

约瑟夫·坎贝尔的《千面英雄》对此类型有详尽的论述，也称为英雄的旅程。主人公致力于寻找和带回某些奖励——金银财宝，或公主的爱，或神奇的护身符。这种模式在电影界非常知名，乔治·卢卡斯按这样的结构创作了《星球大战》。

神话学家坎贝尔发现，不同文化中的探索都有相同之处，比如会出现一个引路人来鼓励和指引这位英雄。关于英雄的旅程，不同的书及教程有不同的版本，其中一个版本认为英雄的旅程中有 500 多个步骤或元素。

重获新生

故事中的主角受到某种邪恶咒语或者自身缺陷的影响，必须通过爱或者无私的行为来寻求救赎，《圣诞颂歌》的故事就是基于此。

战胜怪物

在这类故事中，主人公必须击败威胁人类的某种力量。《弗兰肯斯坦》是一个经典的例子。《永不妥协》是一个现代版本，在这个故事中，怪物就是那致命的污染。

旅程和重返

这个故事模式是主人公去往另一个世界，在那里学到一些东西，回到自己的世界之后就发生了改变。《绿野仙踪》和《阿凡达》就是这类结构。

白手起家

主人公在故事开始时一无所有，后来变得有权有势，但是又得而复失，他们必须努力回到曾经有权势的身份地位。《灰姑娘》和《远大前程》等均基于此。

有的故事可能综合了几种情节类型的元素。比如，在《公民凯恩》中，凯恩白手起家，却发现财富不能帮他追求其他的东西——它买不到爱情。在《吉姆老爷》中，主人公想象着自己是个英雄，可以战胜威胁人类生命的怪兽，但是在海上发现自己做不到这些。在追寻救赎的途中，他最终发现自己能做的就是接受命运。《星球大战》把英雄的旅途与摧毁达斯·维达所代表的怪物综合在一起。

无论你想讲述哪种类型的故事，最核心的部分必须存在某种冲突。下一章我们将探讨冲突的类型及它们是如何塑造你的故事的。

从建议到行动!

行动：如果你发现自己构思不出故事情节，那就先看看你的人物。你为他们设定的背景能让他们——或者至少有点可能性——去做你想让他们做的事情吗？比如，很多恐怖小说和电影通常让一个凡夫俗子突然变成詹姆斯·邦德这种神通人物，这一点都不可信。虽然那些只想在沙滩或者飞机上随手翻阅的读者能接受，但这样的作品是不会长久的。

随着故事的推进，你要经常检查一下人物的行为是否和他们的价值观及阅历相冲突，或者说，如果你想让他们表现得不像他们自己，那就检查一下你是否已经营造了足够有力的环境来确保这种变化。

如果你想让任何人物有变化的弧线，考虑以下问题：

- 他们在故事开始时是什么样的？

- 他们在故事结束时是什么样的？
- 引起变化的关键事件是什么？
- 改变的过程中遭遇了什么挫折？

如果你不确定你的故事应该有什么样的情节，回想一下对你影响最深的童话故事、民间传说或者神话：

- 它们的故事模式是什么样的？
- 它们和你的经历有何相关之处？
- 你愿意以此为基础讲述一个现代的故事吗？

第十六章 冲突

大部分情节的核心是冲突。侦探恐怖小说家约翰·勒卡雷用最简单的方式阐述了这一点：

> 一般来讲，我通常先塑造一个人物，到后来可能是两个，而且他们之间存在矛盾。“猫坐在垫子上”不是故事，“猫坐在狗的垫子上”才是一个故事。

冲突的程度各有不同。有些作家喜欢渲染尽可能多的冲突，比如安·兰德，她这样写道：

> 雨果认为故事中作者借以达意的行为动作越夸张，故事就越好。在这点上我认同雨果。如果你能把两者结合起来，如果你能通过切题的、合乎逻辑的形体动作表达出内心的冲突，那么你就能写出比较高水平的作品。

有时候，冲突即使不是整本书的开始，也是故事的起点。伊丽莎白·鲍恩给我们举了一个例子：

> 我通常都是先考虑故事背景。某种很极端的情况，比

如一个人要把另一个人扔下悬崖。我就在想那个要被丢下悬崖的人是谁，扔人的那位为什么如此愤怒……你想想这样的事情、行动或灾难最有可能发生在谁身上，为什么会发生，然后人物角色就开始自己成形了。

雷蒙德·钱德勒
（1888—1959）

钱德勒著名的作品是《长眠不醒》《漫长的告别》和《湖底女人》等。他生于美国，两岁时移居英国，19 岁时加入英国国籍，49 岁时才恢复美国国籍。他小说中的地名都是洛杉矶城中的真实地方，只不过换了一个名字。

冲突的类型

每个故事都有一个关键问题：人物面临什么危险？什么冲突性的力量阻碍了他们得到自己渴望的东西？

冲突的类型有几种，一种或两种甚至多种冲突的结合常常会推动小说和电影情节的发展，也是构成短篇小说的重要元素。因为短篇小说更像一张快照而不是一部电影，有时候冲突是暗含其中的，我们只能看到冲突的结果或者冲突的瞬间。

马斯洛的需求层次理论可以帮助我们了解冲突的多样性。

最基础层次的生理需求可能在人与自然的冲突中受到威胁。笛福的《鲁滨孙漂流记》、杰克·伦敦的《野性的呼唤》（尽管这本小说是关于狗与自然及人类的冲突）与海明威的《老人与海》等探索了生存需求。

在安全需求的层次上，可能存在人与人之间的冲突。这在电影和侦探小说中很常见：罪犯和警察的冲突，黑帮老大和劲敌对手的冲突，詹姆斯·邦德和诺博士的冲突。这也是《悲惨世界》、《铁面人》、夏洛克·福尔摩斯系列故事和其他无数的类似故事中的重要成分。

雷蒙德·钱德勒建议：

迟疑不决时，让一个男人手持枪支破门而入。

也就是说，要想吸引读者，须得让你的主人公面临某种威胁。

人与人之间也有心理层面的冲突，比如父母双方争抢孩子的监护权，或者两个女人爱上了同一个男人，又或者父子之间争夺权力的斗争。

在关于尊重、被人尊重和尊重自己、有成就感或者发挥重要作用等方面，可能有体育、学术或工作方面的竞争，就如大卫·马梅的剧作《拜金一族》所展示的那样。

人与社会的对抗表现在主人公和社会各方面主流价值观的抵牾，相悖的可能是政治、商业或一般的道德准则。《红字》中的海丝特以女通奸者的身份对抗这个社会，而不是尽力掩藏或者逃离。拉尔夫·艾里森的《看不见的人》和哈珀·李的《杀死一只知更鸟》都是关于某个人与社会上种族歧视的对抗。

在需求的最高层次自我实现方面，冲突体现为主角与自己的冲突。一个人面对抉择不知何去何从时就会产生内在的冲突。有时当人物意识到自己需要的并不是最初想要的东西时，冲突会加剧。比如，在经典喜剧电影《窈窕淑男》中，迈克尔·杜丝一心想成为一名成功的演员，所以感情对他来说就不那么重要了。他通过假扮女人实现了梦想，以女人的身份获得了一个电视剧中的好角色。后来他爱上了同剧组的一个女演员，但是他必须揭示他的男人身份才能向她表白，而揭示身份又会让他丢掉这个角色。

内在冲突可能包括某人努力克服某种上瘾、恐惧、沉迷或是其他疾病或弱点。例如，麦尔坎·劳瑞的半自传体小说《在火山下》记载了男主人公的酗酒对其夫妻关系的影响及他想写一本书的渴望。

一些评论家补充了其他的冲突类型，包括人与上帝之间的冲突、人与超自然力量（鬼神、吸血鬼、狼人、外星人）之间的冲突，以及人与科技（如机器人）之间的冲突。

很难把这些冲突区分清楚，而且大部分复杂的故事都有多种冲突。比如在《堂吉诃德》中，主人公是他自己幻象的受害者，而且他与那些欺辱他的人之间也有冲突。

通常来讲，一种冲突会导致另外一种冲突。在《蝇王》中，拉尔夫最初是与杰克一对一的冲突，但到后来，当男孩们接受杰克作为他们的头儿后，拉尔夫就与一个小团体对抗了。

下一章中，我们将探讨你把人物之间的冲突写成故事情节时可以使用的故事结构。

从建议到行动！

伟大的作品都充满了波澜壮阔的史诗般的冲突（《战争与和平》）和琐细的家庭冲突（简·奥斯汀的作品）。只要读者开始关心你的人物及他们的遭遇，你就可以根据自己想讲的故事类型来决定冲突的等级。

行动：当你构思一个故事的时候，下面的问题可能对你有所帮助：

- 故事的核心冲突是什么？你的主人公对抗的是自然、另外一个人、社会、他自己，还是以上全部？
- 怎样才能让读者关注这种冲突的结果？你塑造的人物能让读者产生共鸣或者为之陶醉吗？
- 你的冲突会随着时间变化吗？是什么引起了这种变化？

第十七章 构建情节

如果具备了有趣的人物角色和冲突，你就有了基本的故事情节。我们已经看到，有些作家不赞成提前安排好情节，但通常他们都是功成名就的作家，充足的经验和极好的直觉能让他们有效地架构一个故事。

有很多传统的故事模式，最著名的是“三幕结构”。简言之，即开头大约占故事的四分之一，中间大约占二分之一，结局是最后的四分之一。

在第一幕中，你确定人物，构建他们的世界，引入一个事件，即促进人物启程达成某种目标的新事件。

在第二幕中，你的主人公遭遇很多障碍和挫折。有些版本认为在这一幕中间，主人公可能会经历大的逆转或变化，以至于改变自己的追求和人生目标。目标本身在这个过程中也可能发生变化，就像我们在“想要的和需要的”那一章提到的。主人公的追求会在第二幕结束时达到高潮，这个时刻的结果可能对主人公很有利，也可能很不利，通常这也是最危险的时刻。失败可能意味着失去一切，包括生命本身。

在第三幕中，你会揭示事情的真相以及主人公的命运。

这个结构是亚里士多德在其著作《诗学》中提出的。当然，现在没有明确的分幕；即使在剧院，通常也只有一次休息，大概是在戏剧中间。

有些剧的编剧宁愿把剧本分成四幕，也就是把传统的第二幕分成两幕，通常逆转会发生在这两幕中间。

我的同事迈克尔·豪奇认为，所有成功的好莱坞电影都符合六幕剧的情节结构。也就是说，传统的第一幕包括开始和新场景，传统的第二幕包括故事的进展、纠纷和更大的冒险，第三幕包含最后一搏及后果。即便真是这样，你可能仍然不愿意写一部传统的好莱坞电影。

作家的诸多选择

关于如何组织情节，你有太多选择，不可能把它们一一列出，特别是对小说而言。你可能想从一个人物的视角按照时间先后叙述所有的事件，也可以通过倒叙让人物回忆过去的事件，把过去融合到现在正在发生的事情中。

或者你可以有多个叙述者，而且这些叙述者不一定都必须是人类。

你可以根据我们所熟悉的生活规则来讲故事，也可以使用魔幻现实主义手法让你的人物有一些不可思议的经历，过一种非同寻常的生活。

太多的选择让你感到自由的同时也会让你不知所措。如果犹豫不决，尤其是在开始写故事时，可以考虑传统的故事结构，不要轻易改变它，除非你认为新的结构更适合这个故事。

就电影来讲，范围就没有那么宽广了，但是像《记忆碎片》《低俗小说》《死亡幻觉》等，特别是欧洲电影的实践表明，在电影领域，同样可以使用非传统的结构。

找到你的路径和方法

很多作家都有展开故事的独特方法。爱玛·泰南特说道：

很多年以来，我的床下塞满了没有完成的草稿，直到我最终遇见科幻作家迈克尔·莫科克。他告诉我："你不懂怎么组织材料。你的160页草稿可以分成四个部分，分别是'人物介绍'、'人物发展'等等。"他用彩笔把这些全部列了出来。我对此永远心存感激，而且总是想告诉人们，我们必须非常谦虚并且认真思考：这是我的160页，我将它们分成几个部分，它们就没那么吓人了。如果你告诉自己："这是前十页，在前十页中，我必须介绍一半的人物"，那么你就有了事情要做，即介绍人物以及能彰显他们性格的环境。这样，故事会自动带你思考它的去向。尽管这方法听上去又笨又原始，而且好像只适用于那些孩子气的科幻故事，但它能让一个作家思路通畅，而不必担心那些未完成的堆积如山的稿纸。对你来说，这是一个通用的模式。

奥尔罕·帕慕克说道：

把故事分章节非常有益于我的思考。写小说的时候，如果提前知道故事情节——大部分时候我是知道的，我就把它们分成几章，然后再思考每一章发生的细节。我不一定从第一章开始写，也不一定非得按顺序写。思路受阻的时候，我并不觉得这是一件多大的事儿，我会继续跟着想象走。我可能会从第一章写到第五章，然后如果不喜欢这样写了，我会跳到第十五章，从那里开始写。

从建议到行动！

无论你什么时候决定思考故事的结构，下面的问题都能对你有所帮助。它们反映了传统的情节结构。尽管很多作家常常打破这些结构规则，他们也大都知道这些还是有用的，而且如果你真的不这样写，需要有一个和故事相关的充分理由。

- 故事开头的情景或第一章吸引读者吗？
- 故事情节的进展符合逻辑——或者至少可信吗？
- 故事情节会升级并且加剧冲突从而让故事更有张力吗（要给读者喘息的机会和时间）？
- 主要冲突最后会化解吗？
- 如果你设计了次要情节，它们也被解决了吗？当然，除非你有意让它们悬而未决。
- 把你喜欢的书从后面向前理一遍，弄明白它们的情节结构。列出情节发展的关键部分，注意它们如何分成了几个章节或者部分，然后看看作家是怎么吸引你一直读下去的。

索引卡方法

索引卡方法有助于你组织故事情节。首先，使用索引卡记录下你日常生活中发生的事情。作家兼写作教师安·拉莫特是这样使用它们的：

> 我房间里到处都是索引卡和笔——床边、浴室里、厨房里、电话机旁边以及汽车的杂物箱里。我遛狗的时候会在裤子后面的口袋里放一张。如果你想知道具体怎么放的，

> 我跟你讲，事实上，我把索引卡竖着折起来，希望这样不会看上去鼓鼓囊囊的。你可能也想这样做。我甚至都不知道你是谁，但是我敢说你完全可以放心，无须顾虑自己是否看上去太臃肿。所以，无论我什么时候出去，只要不带钱包——钱包里有记事本，更不消说索引卡了——我会把一张索引卡竖着对折放进裤子后面的口袋里，再放一支钢笔，就出去了。要是我突然有什么想法，或是看到什么可爱的或离奇的以及任何值得记住的事情，我就可以在索引卡上草草记下，以便事后忆起。有时候，如果我无意听到或是突然想到一句准确的对白或转折句，我会逐字记下，再把卡片放回口袋。我可能在盐碱滩上散步、在凤凰湖边郊游或者在西夫韦超市的快速结账处结账时，突然听到让我想笑或打个响指的美妙事情——就好像我刚刚想到了这些事情，我会迅速拿出索引卡把它记下来。

你也可以在索引卡上迅速记下故事的单个片段，然后把它们按顺序排列。你可以从中看出故事是否流畅，哪里遗漏了什么，哪里又是多余的。弗拉基米尔·纳博科夫的很多小说，包括《洛丽塔》，都是用这种方法写出来的。《阿达》是用 2 000 张卡片写出来的。不仅自己这样做，纳博科夫还让他在《微暗的火》中虚构的诗人约翰·谢德使用这种方法创作。

罗伯特·波西格的小说《寻找莱拉》中的主角也使用此方法创作自己的作品。在下面的摘录中，波西格描述了索引卡较之传统提纲的优越之处：

> 菲德拉斯之所以使用小纸片而不是整张纸，是因为装满小纸片的卡片匣用起来比较方便。一小块一小块随意排序的信息比井然有序的信息更有价值。比如，按照这个方法管理一家邮局就好得多：如果所有收信人的邮箱都有编

号，大家就可以在任何时候来打开这些信箱。但是如果大家都必须在同一个时间来排队从乔那里取邮件，乔必须每次都按字母顺序把所有的信件排好，他患有风湿病，而且很快就要退休，所以根本不在意那些排队的人愿不愿意等，这样就很糟糕。如果任何信件分发都按照严格的顺序模式，期间的变通由乔这样的人独断决定，那么，这种严格做法必死无疑。

希拉里·曼特尔描述了自己使用卡片的方法：

　　有时候很少的几句话会生发出几百个句子。我把这些句子记在卡片上，打乱顺序随意放在一起，直到有一天我能理清其中的顺序和逻辑。然后我会重新拼接它们，大概按照我认为的顺序把它们排好。连续几周下来，所有这些纸片——最初的卡片及在此基础上累积的所有卡片——会组成一个活页文件夹。拿着文件夹，可以方便地浏览这些纸片——可能现在你仍然不需要去理清事件的顺序。你可以继续增加和置换纸页，但是那时你已经能看到自己的书完成了多少。某些事件……将得到充分的描绘，某些人物会有完整的个人资料、对话片段、外貌及讲话方式。书的其他部分当然不会“自行完成”——它们等着你集中精力去做。但是你知道——确实，你也可以看到——你有多少工作必须要做……

这种方法让人很放心，就是你永远不必担心会写到江郎才尽。它特别灵活。直到你坐下来按顺序写第一稿，你都不必使用线性叙事。我很诧异地发现，只要你给它们一个机会，并且不要那么早否定各种可能性，这些想法就会非常轻而易举地变得井然有序，并且自行展开。这可能不是写书的方法，但绝对是酝酿构思一本书的好方法。

行动 / 反应网

构思情节的另一个方法是用我自己设计并称之为“行动 / 反应网”的一个图表。左边第一列是某个人物的行动，右边几列是其他人物的反应。下面是一个例子，图表下面有解释。

行动	乔治	妻子玛丽	儿子	女儿	乔治的母亲
乔治失业了		责骂他	很开心——因为可以和父亲在一起的时间多了	担心再也得不到礼物了	很同情他
玛丽责骂乔治	喝醉了，与别的女人过夜		藏在房间里	站在玛丽一边	警告玛丽婚姻告急
乔治醉酒，欺骗妻子				看见他从房子里出来	
女儿告诉玛丽	对女儿大发脾气	回娘家	和父亲站在一边		对乔治很失望
玛丽回娘家	喝酒更多了		告诉老师	责备乔治	开始管家

这个表格假定我们想写一个短篇小说甚或是一部长篇小说，内容是关于一个男人失业之后家里所发生的事情。所以男人的失业是第一个行动，位于第一行的开始。在图表右侧我们可以看到故事中的其他人物：妻子玛丽、儿子、女儿和乔治的母亲，母亲与他们住在一起。我们可以决定选择哪个人物的反应做重点描述。

比如说，我们想重点描述玛丽的反应，因为她最先知道消息，而且是受影响最深的一个人（这就需要我们使用第三人称全知全能视角或第三人称有限视角，而不是第一人称视角）。我们也可以描述其他人的反应，但是第二个场景以玛丽为中心，她责备了失业的丈夫。

在图表右侧我们可以看到其他人的反应：他们争吵的时候，儿子藏在房间里，女儿站在玛丽一边，乔治的妈妈警告玛丽婚姻告急，然后乔治在酒吧喝醉了，与在那里安慰他的女人厮混了一夜。

很明显，乔治的反应最戏剧化、最有意思，所以我们把它当做第三个场景。这个过程贯穿了整个故事。这个表格不仅可以让你组织情节，还能帮你真正了解各个人物，因为你必须要知道他们对故事中主要事件的反应，即使这件事情和他们并无直接关系。

如果你喜欢事先计划，可以使用这个方法构建你的故事；如果不喜欢这样做，可以用它写出第一稿，若有些故事情节不符合整个故事的基调或者不够有趣，你可以参照表格选择弃留。如果是后一种情况，关注其中一个人物的反应能让你想出一个或者几个更丰富的场景。

接下来的三章中，我们会仔细看看如何架构故事的开始、中间和结局部分。

从建议到行动！

行动：下面是索引卡方法的使用步骤：

- 构思故事的时候，迅速写下一些想法、人物性格特征、对话以及你能想到的任何相关内容。一张索引卡写一个想法。
- 准备好之后把索引卡分类，可以分成故事情节、人物性格特征、对话和其他类别。
- 把与情节相关的卡片贴在软木板上，或把它们按照你认为故事发生的顺序摊开放到一个平面上。它们可能会帮你把这些事件组织成第一幕、第二幕和第三幕。
- 分析一下遗漏了什么，然后自由联想，看看如何填补这些空缺。把想法写在索引卡上，然后放在空缺位置上。
- 分析是否有你不需要的卡片，把这些卡片去掉。

- 浏览和人物相关的卡片，然后注意你对人物的理解是否有漏洞。使用“塑造人物”部分描述的方法把漏洞填上。把新的想法写在卡片上，和原来的卡片放在一起。
- 想好在开始写作前你想构思到多详细的程度。很显然，纳博科夫的 2 000 张卡片代表了一个极其详细的故事。其他人可能喜欢只用几张卡片，还有人可能想用 100 张。
- 当你想写某个场景或某个章节的时候，再看一遍和人物、行动及对话相关的卡片。

在使用索引卡方法之前以及之后，你可能都想试用一下行动 / 反应网，看看哪一种方法更适合你，或者如何让两种方法相得益彰。

第十八章 开头、伏笔和第一幕

人们在浏览一本书以决定是否购买的时候，影响他们的因素排序如下：

- 封面
- 封底
- 开头

如果开头不吸引他们，他们就不会再看下去了——他们在书店或在网上浏览，决定是否购买这本书的时候确实是这样做的。

怎样才能有一个好的开篇呢？亚历山大·大仲马这样建议我们：

> 开篇的内容要有趣而不能乏味；要描写行动而不是介绍背景；人物出现之后再介绍他们，而不是介绍之后再让他们出现。

一些经典小说通常都是先不紧不慢地介绍天气、风景、建筑物，然后才介绍主要人物或者其他人物。如今的读者没有耐心读这些内

菲利普·罗斯
（1933—2018）

罗斯的小说有《再见哥伦布》《波特诺的抱怨》和《美国牧歌》等。他通常把自己和朋友及家人写进小说中。在他看来，小说阅读在今后25年之内会成为一种像宗教一样的“神圣”行为。

容。事实上，即使契诃夫也这样告诫他的同行：

故事应该以这样的句子开始：“沙莫夫看上去很烦。”在此之前的一切事物——关于云朵、麻雀、无垠的旷野，所有这些元素都只是对常规写法的致敬。

有时候，作家很害怕写下第一句话，尽管回过头来再修改或者换掉它十分容易。菲利普·罗斯对开篇很头痛：

我用打字机打出的故事开头都很糟糕，大都像是以前作品的无意识翻版，我原本是想要摆脱它们的影响的。我需要某种力量直抵小说中心，它能像磁铁一样把所有相关的内容都吸附在周围。如果我决定写新的内容，那么前几个月都是用来寻找这种力量的。我通常必须要写一百多页或更多，才能写出一段有活力的内容。然后我就跟自己说：好吧，这个可以作为故事的开头，就从这里开始写。那是整本书的第一段。回头再翻看前六个月的工作，用红笔标出一个段落、一句话，有时候，还会有几个短语，它们似乎有点活力，然后我把这些全部打在一张纸上。通常不会超过一张纸，但是如果足够幸运可以凑够一页纸的话，那就是第一页了。我从中寻找生机来定下整个故事的基调。痛苦的开头之后，是几个月信马由缰的写作。这样之后，危机就来了，你又开始对自己的材料不满，讨厌自己写的这部书。

加布里尔·加西亚·马尔克斯同样是一位总是在故事开头挣扎的作家：

> 最难写的就是第一段。第一段我通常要写几个月，一旦写好它，其他的就容易多了。第一段解决了一本书的很多问题。它定义了小说主题、作品风格和基调。至少，在我看来，第一段是整本书其他部分可以参考的模板。

关于故事的开头应该是什么样子并没有一个万能的公式，就像戴安娜·勒费指出的那样：

> 卡夫卡的《变形记》的开头是最富戏剧性的画面："一天清晨，格里高尔·萨姆沙从烦乱不安的睡梦中醒来，发现自己躺在床上变成了一只可怕的甲虫。"我可以想象现在的写作工作室的老师会告诉卡夫卡，这个变形很明显是故事的高潮时刻，它必须要发生在故事快要结束的时候。

这是一个精彩的例子，很好地展示了如何通过第一句让读者马上知道这是个什么样的故事：兼具魔幻和现实。

乔治·佩勒卡诺斯总结了第一章必须要对作者和读者起到的作用：

> 从作者的角度来讲，阅读它应该能激发你继续写下去，并且能推动故事的发展。你应该看着它并且说：我这里是有料的。我不是在说"故事的第一段应该吸引读者"这样的废话。我的意思是，故事的叙述应该铿锵有力并且能够引人入胜。

柯南·道尔的夏洛克·福尔摩斯系列小说的开头表明，你不必马上进入故事情节中；如果你有一个足够有趣的人物，你可以从他或她开始。还有，要注意故事的及时性——华生医生刚刚从阿富汗战场上回来，福尔摩斯先生恰好需要有人帮忙。

《四签名》

夏洛克·福尔摩斯从壁炉台的角落里拿出他的瓶子，再从整洁的摩洛哥皮革箱子里拿出皮下注射器。[我们马上就会想，他拿皮下注射器做什么。]他用颀长白皙的手指紧张地调试好了精细的针头，撸起了左臂的衬衫袖口。有片刻的时间，他若有所思地盯着自己健壮的前臂和手腕，上面满是数不清的点点刺痕。最后他按下针管，将针头深深地刺入手臂，然后心满意足地坐回天鹅绒的沙发内。[这可能是我们没有料到的，所以它一下子就激起了我们的好奇心。]

连续数月，我每天能看到三次这样的行为，但是依然接受不了这样的事情。[现在我们开始猜测这个“我”是谁，他与福尔摩斯是什么关系。]相反，日复一日看到这个画面让我愈加烦躁，一想到我没有勇气阻止他这样做，每天晚上便觉良心不安。我一次又一次地起誓要全力解决这件事情，但是我那同伴冷静、淡定的神情让人不忍从他身边拿走任何东西。他的神通广大，他那精通一切的神情，及我所见证的他那优秀的品质，所有的一切让我一想到他就感觉倍加自卑和羞怯。[我们怀疑他一直逃避的冲突可能马上就要出现了，但是我们又不知道它最终如何解决。]

但是那天下午，也许是因为午餐时所饮的葡萄酒，又抑或是他那极端从容的神情所引起的我的恼怒，我突然觉得再也忍不住了。[太好了，冲突说来就来了。]

“今天注射了什么？”我问道，“吗啡还是可卡因？”

他慵懒地把眼睛从正在阅读的一本旧书上移开。“可卡因，”他说道，“百分之七的溶液。你想试试么？”

> “完全不用，”我毫不客气地回答他，“我的身体还没有从阿富汗的战役中恢复过来。我不能再折腾它了。”[对于这个讲故事的人我们又有了一点有趣的线索。]

当华生进一步指责他的时候，福尔摩斯解释道：

> “我的脑袋，”他说道，“接受不了任何停滞的东西。给我难题，让我工作，给我最难解的密码或最复杂的分析工作，这样我才觉得最舒服。那时我才可以不再需要任何人造的兴奋剂。但是我痛恨一成不变的生活。我渴望精神上的狂喜。所以我才选择了现在的职业——或者说创造了它，因为我在这个世界上是独一无二的。”[到了这时，我们明白，我们正在阅读一个独一无二、有吸引力的人物。]

这是一种激发读者心中的疑问，并且随着故事的进展慢慢解开所有疑惑的方式，它可以贯穿到整个故事的叙述方式中。你的目标是让读者开始阅读，并且吸引他一直读下去。为了实现这个目标，你可以不断地激起他们的好奇心，并且偶尔释疑以使读者不会感觉困惑或沮丧。

你的故事导入部分是长还是短？

我们已经看到，有些故事开头很轰动，有些故事进展较慢，但是从预热到燃烧的过程让人耳目一新。

现在的电影和小说，往往一上来就是一件很轰动的事件。有时候，一本书在前言中透露这样的场景，然后在第一章又及时地回来。这个前言允诺了将要发生的行动和张力，这样你就会耐心地读下去。

这两种开头都有潜在的风险。

导入部分太长的故事风险在于：读者很容易还没有看到真正的

冲突就失去了兴趣。这就意味着，像福尔摩斯这种情况，你的人物必须足够吸引人，而且你必须预示一些激烈的故事会发生。

导入部分太短的故事风险在于：轰动的开头容易让读者期待同样轰动的情节。如果深陷于此，你会发现自己可能把握不了故事的发展，或者你可能会写不下去，像电视剧《迷失》那样。开头有那么多神秘难测的行动，以至于最后作家没有办法让故事令人满意地持续下去。

有些作家喜欢在创作前思考这个问题，有的作家则一直写下去，到修改的时候再思考这个问题。但是你迟早都要考虑哪种导入方式比较适合你的故事，以及如何持续保持读者的兴趣。

从第一句开始就有很多方法可以引起读者的兴趣，重要的是找到一种和故事基调及目的相吻合的方法。

开篇句

下面是一些经过岁月考验的开篇句。这些句子依靠矛盾类比或者明显的冲突来唤起读者的兴趣：

> 那是最美好的时代，那是最糟糕的时代；那是智慧的年代，那是愚昧的年代；那是信仰的时代，那是怀疑的时代；那是光明的季节，那是黑暗的季节；那是希望的春天，那是绝望的冬天。（查尔斯·狄更斯，《双城记》）

这个开篇不仅激起了我们对这些矛盾的好奇心，也立刻确定了这是一本跨度很大的书。

> 我是一个看不见的人。（拉尔夫·艾里森，《看不见的人》）

从这个开篇句我们知道要看到的是一个人的个人经历。

> 我这故事是一点一点从不同的人那里听来的，而且通常，每次听到的都不一样。（伊迪丝·华顿，《伊桑·弗罗姆》）

这句话表明我们将要从几个不同的角度来听一个故事，或许需要我们自己得出结论。

下面这个开篇句激起了读者对于奇异事件背后原因的好奇：

> 一定有人诬陷了约瑟夫. K，因为一天早上，他没有做什么错事，就被逮捕了。（弗朗茨·卡夫卡，《审判》）

从这个开场白中，我们知道自己将要读到一个被冤枉的人和不明力量抗争的故事。

最后，一个在字面上激起读者好奇心的句子可能对应着一种隐喻，至少已到中年的读者会如此理解：

> 人生旅途走到一半的时候，我偏离了大道，突然发现自己只身一人孤单单地站在阴暗的树林中。（但丁，《神曲·地狱篇》）

从建议到行动！

你可以选择即兴写一个开头，或是精心计划它应该包含的内容。无论用哪种方法，分析开头部分都会对你有用。为此，你可能想认真考虑故事的第一行、第一段、第一页，甚至是第一章的内容。关于故事开头，你可以思考以下问题：

- 它介绍了故事中一个关键人物吗？如果有，你揭示了他的什么特征，能够激发读者的好奇心，想更多地了解他？

- 它是否预示了某种冲突？
- 它是否暗示了故事中将要展开的那些重要元素？
- 它激起了读者心中的什么疑问？它是否回答了一些问题，并且提出了更多问题？
- 它的基调和风格与故事的其他部分是否一致？
- 如果它不能把我们直接带进故事中，什么会吸引读者继续读下去？

伏笔

伏笔是对于将要发生的重要事情所做的暗示或提供的线索。就像一个很好的开篇句，它引起我们的好奇心，使我们想继续读下去。伏笔也意味着，当重要的事情真正发生的时候，尽管我们会很吃惊，但是在某种程度上我们早就准备好了。比如说，在鬼故事中，鬼魂真正出现之前，已经有一些迹象表明它会出现，尽管当时我们可能有另外一种解释。

玛丽·雪莱用 R. 沃顿写给他姐姐的一封信开始了《弗兰肯斯坦》，或叫《现代的普罗米修斯》。沃顿是第一个看到弗兰肯斯坦博士的创造物的人。从现代的标准来看，开篇的这封信非常随意，但是要注意作者是如何从第一句话就暗示了悲剧性的结局：

> 第一封信
>
> 圣彼得堡，12 月 11 日，17—
>
> 给萨维尔夫人，英国
>
> 你肯定很开心听到我在探险初始并无灾难，一切安全；你先前对此的不祥预感并没成为事实。[有人对此有不祥的预感引起了我们的兴趣，并且让我们好奇这人会是谁。] 我昨天到达这里，第一件事情就是要让我亲爱的姐姐放心，

并且对我探险事业的成功充满信心。[现在我们知道有不祥预感的是写信人的姐姐。]

我现在位于距伦敦千里之遥的北方，当我走在圣彼得堡的街头，一阵寒冷的微风迎面吹来，这让我精神一振，感觉非常惬意。你能体会我这种感受吗？来自于我此次探险目的地的冷风让我提前感受了那个冰天雪地的地方。在这充满希望的微风的启发下，我的白日梦愈加炙热和生动。[“炙热和生动”听上去让我们感觉他几乎处于发狂状态，很好地预示了将要发生的事情。]我试图说服自己，极地是荒凉、严寒之地，但总是徒劳。我的想象中所呈现的总是一片让人赏心悦目的美丽土地。[这铺垫了我们将要看到的弗兰肯斯坦博士对于他的创造物的浪漫想象与残酷的现实的对比。]玛格丽特，在那里，太阳永不落下，一直都在，像一个巨大的圆盘始终沿着地平线运行，散发出永远灿烂的光辉。那儿——请原谅，我的姐姐，我还是多少有些相信以往的航海家的——冰霜已经融化，我们将航行在一片平静的海面上，然后也许会漂到一块比迄今为止人类所居住的任何地方都美丽、奇幻的土地上。[作家告诉我们，在这样的地方任何事情都可能发生。]它的物产和地貌可能是绝无仅有的，就像那些天体毫无疑问地存在于人类的视线之外。在一个永远光明的国度里，还有什么是不能期待的呢？

你不知道将要发生什么，我们从这些所指中也看不出什么，但是就像所有最好的伏笔一样，它们都是悄无声息埋下的。

在电影中，我们常常见到一些对话很早就预示了电影的主要冲突或主题。比如，在电影《窈窕淑男》的前几个场景中，天才演员迈克尔·杜丝当时身为一个侍者，他的室友问他为什么非要努力成为最好的演员迈克尔·杜丝，或最好的侍者迈克尔·杜丝，而不是努力成为最好的迈克尔·杜丝。那是整部电影的主题：迈克尔追求的是与人的联系，尤其是与女人的联系。当然，这些台词不能太明显，只有在最不明显的时候效果才最好。

从建议到行动！

行动：翻看你的开篇几页，看看是否预示了下面的内容：

- 一个要到后来才会出现的关键人物（如果这符合你的故事）。
- 故事后面才会发生的重要事件。你可能描述了一个幸福家庭的画面，但是如果最后想置他们于某种恐惧之中，你可能想先给个暗示。比如，如果后来有人侵入这个家中，某个家庭成员可能会注意到有些不太正常的地方（后来你会揭示劫匪早就在没人的时候藏在了家里）。
- 后半部分故事的基调。还是以鬼故事为例，一开始可能很正常，但某个人物的噩梦或许让她不安，这可能让原来欢乐的氛围生出一些焦虑。

开始部分

到目前为止，我们一直在讲开篇句。现在考虑一下整个第一部分，也就是三幕中的第一幕。我们可以看看约瑟夫·康拉德在《吉姆老爷》中是如何描写第一部分的。

《吉姆老爷》：开始部分

约瑟夫·康拉德的《吉姆老爷》是关于一个年轻的英国水手的

故事，讲述了影响这个水手一生的一个时刻，以及他追求救赎的过程。这本书以第三人称全知全能的视角开始，描述吉姆和他的背景。下面是第一段：

> 他将近六英尺高，只差一两英寸，身强体健，迎面向你走来时，双肩微垂，头朝前倾，眼睛总是从下往上翻着看人，令人想到一头向前冲的公牛。他的声音低沉、响亮，做起事来总是固执己见、自作主张，但并不咄咄逼人。他看上去似乎非这样不可，很显然他对己对人一个样儿。他从头到脚穿了一身白，一尘不染，非常干净。他混迹在东部的很多港口，通过为船具商人拉生意谋生，他在那一带很有人缘。

作家对吉姆“自作主张”的评价激起了我们的兴趣，然后他继续描写吉姆的工作，到第二页的时候，他暗示了一件构成故事主题的事件：

> 对于做水边生意的白人和很多船长们来讲，他只是吉姆——仅此而已。他当然有另外一个名字，但是他很害怕别人喊出它。他隐姓埋名，其中漏洞百出，像筛子眼一样多，但他并不是为了隐瞒自己的身份，而是为了隐瞒一个事实。每当那个事实戳穿了他的假身份，他就会马上离开，去往另一个港口——通常是越走越往东去。他在海港混，因为他是一个被放逐的水手。

在激起了我们的好奇心，而且赢得了我们的耐心之后，康拉德描述了吉姆的童年、他的梦想，以及他第一次出海的经历，包括那件让他差点成为梦想中的英雄的事。我们知道他一直在搬家，一直隐姓埋名，很明显是在逃离过去发生的事情。

然后这本书讲述了他如何成为了帕特纳船上的大副。这是一艘蒸汽船，载了很多去麦加的朝圣者。不知什么原因，这艘船不停晃动，所有船员都认为它撞到了什么东西，可能会沉船。在此处，我们会猜测吉姆作何反应。

第四章始于一个月后，在官员的问询中，吉姆说他认为帕特纳船是撞到了什么，而且眼看船就要沉掉，乘客们都很惊慌。第三人称全知全能视角让我们知道了吉姆作证时的所思所感。看着那些盯着他作证的人，吉姆注意到了马洛，并且感觉自己和他有一些关系。

从第五章开始，马洛开始讲这个故事。很多迫不及待想听故事的人和他一起坐在游廊里。这是不寻常的视角更换，但是转接得很自然。

马洛对吉姆十分着迷，他给那些听众描述了他们认识的过程。他说两人认识后吉姆请他吃饭，并且在饭桌上讲述了船出事那晚的情况，还讲了全体船员决定放弃那艘船让乘客们自生自灭的事情。船上的灯灭了，全体船员认为那只船沉没了。他们编造了一个故事为他们的行为辩护。事实上，这艘船只是翻了，除了一个白人之外，其他人都被安然无恙地救了出来。

马洛讲述了官方通过调查如何吊销了吉姆的水手证，他再也不能成为一个水手了。

这些事情发生在故事的三分之一处，代表了故事开始部分的终结，也就是我们所谓“第一幕”的终结。我们可以从这一部分零碎的叙述中得知吉姆过去的荣耀，他破碎的海上梦想，以及他被剥夺的谋生方式。

康拉德的方法

康拉德激起了我们对吉姆及他所要逃避的事情的好奇。这种好奇心也推动了马洛，这个第五章的叙述者，时常说他是“我们中的一员”。我们之所以要读下去，原因之一就是要弄明白帕特纳船到底发生了什么，但是康拉德迟迟不告诉我们故事的真相。这是一个绝好的方法，使用悬疑故事作为框架来探究某个人物，并探究像荣誉和自我形象的本质等很多抽象的主题。

从建议到行动!

除了要有一个好的开头及针对更大故事的伏笔之外，检查一下你的第一章，确定它们是否：

- 介绍了主要人物；
- 确定或者至少暗示了他们的关系；
- 铺垫好了背景（可能是你的主角从此地出发去完成他们的旅程，也可能是整个行动发生的地方）；
- 确立或者暗示了主题（如果你写第一稿时没有考虑故事的主题，修改的时候可能会想到）；
- 揭示某个促使主人公踏上新征程的事件或行为。

第十九章 麻烦的中间部分

故事的中间部分通常是作家最犯愁的部分。要怎么做才能让读者对这个故事一直保持兴趣呢？一个行动/反应网会对此有帮助，因为表格中次要人物的行动和反应会给作者提供一个次要的情节或故事线索。

通常来讲，有三个有用的策略：

- **“避免故事的可预测性”**。如果我们感觉自己知道会发生什么故事，并且发现自己是对的，我们就没有兴趣读下去了。
- **“不要透露过多信息”**。如果我们对人物的了解会随着故事的推进逐渐增多，我们会继续读下去。
- **“要有多样性”**。不要每一章的长度都一样。出其不意的元素不必只限定在内容方面，也可以是故事的叙述方式。如果合适的话，还可以使用一封信、一篇报纸文章、一连串的鸟鸣或其他方式来传递信息。

就像上面第一点建议的那样，为读者创造一些惊喜，让他们继续读下去。当然，这些惊喜必须能在故事中说得通。以下是任何体裁的作品都可以使用的四个诀窍：

一个表里不一的人

有时候朋友突然成了敌人，有时候敌人最终却成了朋友。比如，在恐怖作品中，一个看似中情局的人其实是双重间谍。在言情作品中，给主人公是否接受求婚出谋划策的朋友事实上自己想要嫁给那个求婚者。在科幻作品中，看似充满敌意的外星人，其潜在动机却是拯救人类。

有时候，人物角色之间的敌友关系会经历一些改变。通常在面对第三方敌人的时候，他们会联手。而在击败共同的敌人之后，他们会再回到最初的敌对状态。

意料之外的复杂

使用这一技巧的较好方法是问自己："此时，所能发生的最糟糕的事情是什么？"你当然可以使用巧合让你的主人公陷入麻烦之中，但当你再使用巧合让他们挣脱困境的时候，会让人感觉像是一场骗局。所以，可以这样做：在恐怖作品中，一群坏人正在追赶你的主人公，恰在此时，她跌倒了，摔断了腿。在言情作品中，富有的女主人公扮成贫穷的姑娘来检验男人是否为了她的钱而爱她，但是在约会的时候，却碰到了一个银行家，和她谈起她的投资。在科幻作品的情节中，掌握着人类秘密的外星人感冒了——这可能会致他于死地。

顺境的逆转

你的人物占了上风，但是"天有不测风云"。这通常是"才出龙潭又入虎穴"的效果。例如，恐怖作品的主人公刚找到能证明自己不是凶手的证据，就在此刻，真正的凶手盯上了她。或者你的言情作品中的主人公找到了她的真命天子，却发现他得了绝症。还有可能是两个先前敌对的国家联手击败了威胁人类的外星人，但是共同的威胁刚解除，他们又打了起来，而且这次武器更强大，使用的是战胜外星人时的武器。

艰难的选择

这和顺境的逆转有些相似，不过在这种情况下，你的主人公可以作出选择。她可以得到自己特别渴望或者需要的东西，但是必须放弃同样珍贵的东西或者置别人于险境。你的恐怖作品中的主人公发现大家都在寻找的文件藏在孩子们的夏令营中，但如果去那里取的话，会把坏人引过去，孩子们就会面临危险。你的言情作品中的主人公可以得到自己想要的工作，但是她必须离开她爱的那个男人。你的科幻作品中的科学家发现了能让他多活 50 年的药物，但那意味着他所有认识和爱的人都会先他而死去。

当中间部分遇到问题的时候，可以去第一部分寻找解决方法。你在第一部分种下的种子会在第二部分开花结果。契诃夫有句名言：如果你在第一幕显示了手枪，那么在第二幕中最好有人开枪。反之，如果有人在第二幕中开枪，那么它应该在第一幕中有所暗示。

我们来看看康拉德是如何组织《吉姆老爷》的中间部分的。

《吉姆老爷》：中间部分

马洛感觉自己对吉姆负有责任，而且感觉和他关系亲近，所以就为这个名声扫地的前海员在碾米厂谋了一份差事。吉姆接受了，但是六个月后，他离开了，因为帕特纳船的另外一个船员也去了那里。他找到一份新工作，但是当别人谈起那艘他曾经遗弃掉的船时他又离开了。类似的事情一再发生，后来马洛设法让吉姆和自己的朋友斯坦因待在一起，斯坦因也有着悲伤的过去。吉姆去往遥远的帕图森岛，在某个商栈做起经理，在那里，人们不可能知道他的过去。

故事发展到吉姆事业有成，马洛去拜访他。看上去吉姆已经卸下了过去的精神负担，获得了新生。他勇敢地与全副武装的敌人抗争，并且成功地逃离阿郎酋长的囚禁——酋长想控制他的贸易。在那里，在当地人中，他成了“吉姆老爷”。

故事的另一个线索是吉姆与一个叫“珠儿”的女人的关系，珠儿是被吉姆顶替的柯涅柳斯的妻子的女儿。酋长的同盟派刺客刺杀吉姆，珠儿则帮助他成功逃离。

就如他对帕特纳船上的乘客负有责任一样，他现在对他的属下也是如此。马洛注意到：

> 吉姆老爷从哪方面来说都是一个被困住的人。土地、人们、友谊以及爱情，这一切满怀嫉妒地束缚着他的身躯。每过一天，那陌生的自由就多了一层束缚。

马洛离开时，吉姆请求他留下来帮助那些当地人，尽管他知道这样做非常危险（可能是考虑到他的过去），我们知道吉姆和马洛可能永远都不会见面了。

这就是我们所说的第二幕的结束，我们看到吉姆得到了救赎。但是，这个故事的多处伏笔预示着故事不会是个皆大欢喜的结局，而且吉姆的敌人们正在策划着对他的最后一击。

康拉德的方法

像那个年代的很多小说一样，《吉姆老爷》在杂志上以连载的形式出现，有时候这会让故事的中间部分有些散乱、不连贯。康拉德其他的小说也有同样的问题。他在“作者后记”中强调了这一点：

> 当这部小说初次成书时，有人说我无法掌控这个故事。

> 有些评论家认为这部最初是短篇小说的作品已经超出了作者的控制……事实上，我一开始构思的只是一篇关于朝圣轮船的短篇小说，再也没有其他内容了。那是一个合情合理的构想，但是写了几页之后，我莫名其妙地感到不满意，然后就把它丢在一边了。直到已故的威廉·布莱克伍德先生建议我给他的杂志写点什么的时候，我才把那个稿子从抽屉里拿出来。直到那时，我才意识到朝圣船的插曲，对一个随意而曲折的故事来说，是一个不错的开头，而且它很可能为一个单纯而敏感的人物的“情感和存在”增色添彩。

在故事中，康拉德确实让马洛几次离题，但他总能把我们带回核心故事中来，而且仔细回想，不难看出这些插曲与吉姆的故事在主题上的相关性。

康拉德处理故事的一个突出方法是，他用积极的元素来中和故事的消极发展，反之亦然。康拉德的世界和我们的世界很像，光明和阴暗相伴而生。在某种意义上，这本是一个为怯懦的行为寻求救赎的故事，但是康拉德成功地把它写出了更加复杂的主题：对浪漫的梦想及摧毁梦想的现实进行本质上的探索。

次要情节

次要情节就是和主要故事同时展开的另外一条线索。通常它的人物和主要情节的人物不同，但是在主题、背景或者情感方面有些相通。虽然它始于第一幕，但是在故事中间部分，它的用处最大，它可以丰富并保持故事的趣味性。

通常来讲，故事的主要情节和次要情节之间存在着鲜明的对比。如果主要情节是严肃的，次要情节可能会有一些喜剧的缓冲。如果主要情节有很多行动，次要情节可能就是关于主角比较敏感的思想方面，或者是关于故事的反面人物，告诉我们一条不同的人生道路。

有时候，次要情节只是为了推动主要情节的发展。在《哈姆雷特》中，罗森格兰兹和吉尔登斯吞是国王召见来调查哈姆雷特离奇行为的次要人物，他们得到密令护送哈姆雷特去英国，并在那里处死哈姆雷特。但是哈姆雷特用计扭转了局面，转而杀死了他们两个。剧作家汤姆·斯托帕德很聪明地把这个情节改编成一个荒诞的版本《罗森格兰兹和吉尔登斯吞死了》。在这个剧本里，他们成了主要人物，哈姆雷特和其他人成了次要人物。

在萧伯纳的《皮格马利翁》中，主要情节是亨利·希金斯和伊莉莎·多里特尔之间的关系，次要情节是弗雷迪对伊莉莎的追求。弗雷迪和傲慢的亨利形成了鲜明的对比，伊莉莎决定放弃多里特尔的显贵姓氏转而嫁给弗雷迪的行为强调了这样的主题：你无法通过强力获得爱情，而必须要通过善意和真诚的关心才能赢得它。

如果次要情节一开始看上去和主要情节没有关联，它们可能最终会以某种方式相关。读者也可能因为好奇主次情节如何结合而把故事读完。

次要情节有自己的开始、发展和结束，和主要情节相互交织。通常来说，作家往往在主要情节发展到冲突的高潮之后笔锋一转，开始描写次要情节，让读者一直猜测和读下去，想知道主要情节的冲突到底如何解决。

在电影和电视剧中，次要情节常常被称为 B 故事，也可能还有一个 C 故事，一个更次要的情节。通常来讲，在动作电影中，次要情节就是情感故事。在犯罪片中，主要情节可能是谋杀或其他罪行，次要情节可能是主人公个人生活中发生的事情。有时候，次要情节是为了给主要情节中戏份不多的人物找些事情做，让观众能想着他们，同时也为了让演员们开心。

从建议到行动!

如果你正在考虑你的书或剧本的次要情节，可以思考以下问题：

- 它揭示了哪些主要情节没有揭示的内容？
- 它是如何增加我们对主要人物的理解的？
- 它是否改变了主要情节的节奏或基调？
- 如果它看似和主要情节无关，那最终是否会和主要情节融汇在一起？

结局和主题 第二十章

在很多小说和剧本的结局中，作家们常犯的一个错误是，借助巧合或凭空出现的力量来解决关键问题，而不是由主人公的行动来解决它。这让人感觉不真实，而且让读者感觉他们其实本不必阅读这本书的前三分之二。阿加莎·克里斯蒂可能不是写作风格最棒的作家，但在她的侦探小说中，有一点是特别棒的，那就是虽然你常常觉察不到问题是怎么解决的，但当你真正觉察到之后，你会发现它们完全可信。其实任何作品的结局都应该可信。

结局的喜或者悲取决于你要讲的故事类型，但是《世界读书日》几年前所做的一个调查发现，喜欢皆大欢喜结局的读者与喜欢悲剧结局的读者的比例是 50 比 1。

这并不是什么新发现。当《皮格马利翁》第一次在伦敦西区剧院演出时，出品人改变了故事的结局，暗示伊莉莎应该和希金斯教授而不是弗雷迪在一起。出品人告诉剧作者萧伯纳："我改的结局赚钱，你应该感激我。"

同样的压力也迫使狄更斯修改了《远大前程》的结局。最初的版本是匹普认识到自己不该以父亲为耻之后，去海外做生意，他回到伦敦后碰到了艾丝黛拉，她被郝薇香小姐培养成了报复男人的冷血女孩。故事不完全是悲剧式的结局，匹普和艾丝黛拉学着为对方变得更好。但是，他们永远也不可能在一起。

狄更斯的好朋友，小说家威尔基·柯林斯感觉故事需要一个更美好的结局，所以狄更斯写了另外一个版本。在新的结局中，匹普和艾丝黛拉在郝薇香小姐的别墅废墟旁重逢：

> “我们还是朋友。”我说道，起身弯腰扶她从长椅上站了起来。“分离之后，我们还是朋友。”艾丝黛拉说道。我握着她的手，一起走出这废墟。记得很久之前我初次离开铁匠铺的那个清晨，雾霭正在消散；此刻的夜晚，雾霭也在消散。沐浴在雾霭散去之后大片静寂的月光之中，我看到我们将永世相依，不再分离。

狄更斯生前只出版了这个版本的结局。包括萧伯纳和乔治·奥威尔在内的评论家都认为，原来的结局更好些，但是狄更斯对新结局明显没什么顾虑。他在给一个朋友的信中提到，他认为新版本更能被接受，而且对于这个故事来讲是最好的。

故事情节的结尾不一定是整本书的结局。很多小说都有一个终曲，最有力的要数《了不起的盖茨比》的结局：

> 当我坐在那里静静地缅怀那个古老的、未知的世界时，我想到了盖茨比初次辨认出黛西家的码头尽头那盏绿灯时的惊喜。他跋山涉水才来到这片蓝色的草坪之上，梦想肯定看似近在咫尺，自己不可能与它失之交臂。他不知道那个梦已经在他身后了，在漫过这个城市那无垠的混沌之中，在那里，共和国黑黝黝的田地在夜色中向前无限延伸。
>
> 盖茨比信奉那盏绿灯，那个一年年正远离我们而去的极乐未来。我们那时错过了它，不过那没什么——明天我

们跑得更快一点，把胳膊伸得更远一点……在一个风和日丽的早晨——

于是我们拼命向前，逆水行舟，却不停地被赶回到过去。

最后一部分通常不要引入新的人物角色，除非前面已经有很好的伏笔，或者他们能把前面的所有故事汇在一起。就如中间出现的问题其根源通常在开始就有交代，结局部分的问题其根源常常在中间就已做好铺垫。如果没有事先安排，你的故事结尾就很难有说服力。要是你不知道怎么结束故事，或有反馈说你的结局不可信，你就必须回到中间部分作调整。

一个好的结局最让人满意的地方就是，它能让我们感觉旅程结束，又回到了出发点，不过此时对开始部分有了更好的理解。很多主人公的旅程都有以下共同点：主人公赢得了奖赏之后，回到家里，在这个过程中变得更好。事实上，这个变化可能才是真正的奖赏，作为奖赏的财富只是开启旅程的一种方式。

我们来看看这一点如何反映在康拉德的《吉姆老爷》的结尾。

《吉姆老爷》：结尾

马洛最后一次离开吉姆之后，叙述又回到了故事开始时的全知全能视角。两年后，一个经常在游廊里听马洛讲故事的听众收到了他的包裹，里面有一封信，讲述了他离开吉姆后的事情、吉姆开始写的一些东西，以及吉姆在帕特纳就职之前他父亲写给他的一封信。

马洛的信讲述了余下的故事，因为他能把它们串在一起：他去拜访了吉姆的老板，在那里发现了珠儿及吉姆的仆人。珠儿认为吉姆背叛了她。

布朗，一个现代海盗，和他的手下趁吉姆不在的时候登陆他的小岛抢劫物资。当地人朝他们开枪，战斗打响。布朗一伙首先骗取了酋长的信任，击败了村民，然后又背叛了酋长。他得到了吉姆的敌人柯涅柳斯的帮助。

吉姆回来去见布朗。他似乎在布朗身上看到了自己的凄惨命运，布朗的话让他想起自己最大的耻辱。吉姆说他会给布朗及他的人一条生路。但是，布朗食言杀死了当地头人的儿子，吉姆因此失去了威信。他可以和珠儿及仆人逃走，但是却留了下来，他知道会发生什么——当地的头人会击毙他。故事在斯坦因的简短叙述中结束，是他给了吉姆在岛上的地位，但是现在他已年迈，就要死去，而珠儿一句话也不说，完全崩溃。

康拉德的方法

让人诧异的是，听马洛讲故事的人没有谁催他讲出吉姆发生了什么事情。他们带着不完整的故事离开。康拉德试着在第 36 章的开头解释说：

> 马洛用这些话结束了他的叙述，他的听众在他费解的、沉思的眼神中很快散去。人们结对或单独离开游廊，一刻也没耽搁，没作任何评论，就如同那个残缺的故事的最后画面。它的残缺本身，以及说话者的语调，使得任何讨论都没有用，任何评论都不可能。

尽管我们对这位伟大的作家尊敬之至，但这听上去确实有点可疑：这些人花了这么久的时间来听一个故事，但竟然没有人问故事的结局如何。一个也许说得通的猜测是，观众目瞪口呆、哑口无言的状态主要是因为，作者希望用一种特定方式叙述故事，而不是想要试图揭示人性。

小说的结束章节回应了开始章节，它们都有一个谜团：在第一部分，帕特纳到底发生了什么；在最后一部分，马洛离开后吉姆到底发生了什么。它也回到了故事开始时的叙述视角，成为另外一个让故事回到出发点的例子。

可能有人质疑布朗出现得太迟了，但他只是所有已经酝酿成熟的力量的催化剂。吉姆在布朗身上看到了破碎的自己，这表明吉姆永远挣脱不出他的本性及他先前的行为。

情节是完整的，但是小说留给读者很多思考的东西：命运、抉择、勇气、幻觉以及我们生命中其他复杂的方面。

从建议到行动!

当你构思结局时，问自己这些问题：

- 考虑到先前发生的事情，这个结局符合逻辑，甚或是不可避免的吗？
- 故事的结局是来自主人公的行动和选择，还是只是出于巧合？
- 故事的结局是否包括了次要情节？
- 故事的结局最终把主要情节、次要情节融合在一起了吗（不是非得不可，但是非常可取）？
- 故事的结局是否留下什么让读者思索的东西？

关于主题

读完一本书，我们可能会思考它的主题。说到主题，我指的是这个故事的真正内容。《白鲸》在一个层面上是关于一个人拼命杀死一只鲸鱼的故事，但那个情节是用来探索故事之外更多东西的，比如执著的代价等。就像我们看到的，《吉姆老爷》探索了浪漫幻想、严酷现实、命运，以及何为英雄、何为懦夫的主题。

还会出现这种情况：尽管你的情节多变，但你的故事自始至终不断证实的却是逃避命运的徒劳、人类灵魂中与生俱来的黑暗，或作为人的最本质的怀疑等等（可能这些主题不会同时出现）。

有人会告诉你应该提前知道自己的主题。拉约什·艾格瑞是有着巨大影响的《戏剧写作的艺术》的作者，他就持这样的观点。他认为在写作之前，你应该有一个他所谓的前提，比如“嫉妒会导致悲剧”，或“骄傲会导致失败”。

在我看来，如果以那样的假设开头，最终会变成说教文章，而不是伟大的小说或剧本。事实上，包括十分优秀的作家在内，他们有时是最后一个知道作品主题的人。他们写自己所热爱的，讲一些自己感觉不吐不快的故事，直到后来他们才意识到自己创作的更深内涵。

弗兰纳里·奥康纳写道：

> 人们习惯问“你故事的主题是什么？”，而且他们期待你能给一个答案：“我故事的主题是机器带给中产阶级的经济压力”——或者类似的荒诞说法。得到这样的回答，他们就开心地走开了，感觉没有必要再读这个故事……但是对于作家本人来说，整个故事就是意义所在，因为它是一段经历，而不是一个抽象概念。

全身心地去写一个故事，无论你是否意识到，这个故事都会有一个主题，而且读者会沉浸其中，并且还可能很好地理解它，只有上文学课的那些人才感觉必须要分析它。

努力去证明一个预设前提而不是使之自然浮现，这听上去像是把一部小说变成一个智力工具，这样做其实没有抓住要领，就如康拉德比较诗意地指出的那样：

> 但是艺术家调动的是我们非理性的部分：是我们天性

> 中存在而不是后天习得的部分，因此它更持久。他希望我们借以聆听的是我们的快乐和奇思妙想的能力，是环绕我们生命的神秘感；是我们的遗憾、美感和痛感；是与所有作品具有的潜在的共鸣——是微妙却不可战胜的信念。这种坚不可摧的信念把无数颗孤单的心凝聚在一起：我们根深蒂固的梦想、喜悦、悲伤、抱负、幻想、希望、恐惧，所有这些把人们相互联系在一起，所有这些把整个人类凝聚在一起——从死者到生者，从生者再到尚未出生者。

而且如果故事的主题或者假设太明显，它会害了整本书。D. H. 劳伦斯这样认为：

> 如果一本书被彻底看穿，一旦它被理解，它的意义被固定或确立，这本书就死了。一本书只有在能够感动我们，而且以不同的方式感动我们的时候才有生命；只有我们每次阅读都有新的感受，它才是活生生的。

从建议到行动！

关于你的主题，问自己以下问题：

- 主题是否深深地“埋藏”在人物的行动中，而不是以说教的形式出现？
- 能让读者只从故事情节层面去欣赏这个故事，而不一定非要弄清它的主题吗？
- 你是否留有一些模棱两可的内容，以便让那些不认同你的主题的人也能欣赏你的故事？

第二十一章 修改

罗尔德·达尔说过："好的作品从根本上说都是改出来的。"尽管有些作家说他们的作品改得很少，但我们绝大多数人发现修改确有必要。有些作家享受这个过程，有的作家则把它比作根管手术。

我们先看看作家兼教授雅克·巴尔赞对这个过程的描述：

> 修改在文学和出版界被称为修订，因为它源自重新审读稿子，也就是说再看一遍你的稿子——反复看，一遍又一遍。当你学会以一种超然、批评的眼光来看你的文字时，你会发现连续读上五六次，每次都有需要修改的地方。问题有时很初级：你想不到自己怎么用代词"它"来指代复数的主语。这种笔误很容易纠正。有的时候，你的写作把自己逼入死角，不能立刻找到出口。彼处的文字可能妨碍了此处的修改——因为重复、句法、逻辑或者一些其他障碍。你不知道如何协调两处文字的发音及清晰度。在这种困境下，你可能必须回去完全重写一句话。你的判断力越敏锐，你发现的问题就越多。所以很多精益求精的作家就某一我们熟悉的段落或者章节要修改六到七次。这样他们

才觉得合适，因为这满足了他们对艺术的每一个要求，及尽可能完美无瑕的追求。

乔纳森·斯威夫特的几行诗表明，这个过程不无压力：

涂掉，纠正，加字，精练，
增添，删减，写在行间；
要留心，没了想法，
挠头皮，咬指甲。

乔伊斯·卡罗尔·欧茨
（1938—　）

欧茨的作品有《漆黑的水》《我为何而活》和《浮生如梦》等。她儿时最喜欢的书是《爱丽丝梦游仙境》，她认为这本书对她的写作影响最大。在锡拉丘兹大学读书时，她写了很多小说，但是每篇小说都是一写完就扔掉。

修改者名单

有时你对初稿感到失望，不改上几稿就觉得无法忍受。如果你是这样的作家，那你并不孤单。以下是你的几个同伴和他们的观点：

我从来不认为自己是一个了不起的作家……但我是世界上最了不起的修改者之一。（詹姆斯·米切纳）

乐趣在于修改：只有写完最后一个句子后才知道第一个句子怎么写。这有点像禅语，但我不想使之含混不清或者对此故弄玄虚。任何作品的完成都需要修改。（乔伊斯·卡罗尔·欧茨）

我说写作的时候，噢，请相信，我心里主要想的是修改。（罗伯特·路易斯·史蒂文森）

对于像苏珊·桑塔格这样的作家，想到还能修改，就减小了第一稿的压力：

> 尽管修改——和重读——听上去很费力，但事实上它们是写作中最愉快、有时也是唯一让人感到愉快的部分。如果你脑子里有“文学”的概念，则开始创作时是可怕、吓人的，就像跳入冰冷的湖中。然后才是比较温暖的感觉：你已经有了要加工、改写和编辑的材料。

海明威用自己使用的写作工具创建了一套修改体系：

> 学会写作之后，你的全部目标就是把每一件事情、每一种感受、每一道风景、每一个感觉、地点和情感向读者表达出来。要做到这些，你必须一遍遍地修改。如果你用铅笔书写，那就有三次机会来看看读者能否按你的意思去理解它。第一次是在你通读作品的时候；第二次是用打字机打出来之后，你有机会改善它；第三次是在印刷出来的样本上。先用铅笔写能给你多出三分之一完善作品的机会，也就是 0.333。这对于一个击球手来说，是绝好的平均数。它还能让作品更加流畅，以便你更容易作出修改。

我们在前几章中看到了不同作家写作方式上的殊异。有些作家很快写出第一稿，然后开始修改；有些作家，像乔伊斯·卡罗尔·欧茨，却是边写边改：

> 我的方法是不停修改。写一部长篇小说的时候，为了保持一致、流畅的叙述，我每天都回过头修改写过的内容。写到最后两三章的时候，我同时也在修改开头部分。这样，理想地说，至少这部小说像一条流向一致的河流，段落之间都相互呼应。

必要的中断

修改的一个挑战就是，要对自己的作品保持一种客观的态度。

把作品放几天，再回过头来用一种新的眼光打量它，会大有裨益，就如 E. B. 怀特描述的那样：

> 完成《夏洛的网》时，我把它放在一边，去感觉哪里还有不对的地方。这个故事断断续续写了两年，写得不徐不疾。后来又修改了一年，那是很充实的一年。如果我创作了什么让自己质疑的东西，我会把它放起来。时间的流逝能帮助你更好地评价它。

海明威也喜欢这样做，就像给他的编辑朋友麦克斯威尔・柏金思的信中说的那样：

> 如果可能的话，《永别了，武器》就先到此为止，过两到三个月再修改。一旦写好，不到六周或者两个月的时间就能修改好。但是对于我来讲，修改之前冷静一段时间特别重要。

借助外力

通常是别人发现了我们的错误，就如马克・吐温描述的那样：

> 还有另一件事情：当你认为你正在校对稿子的时候，其实你只是在读自己的想法；你对事情的描述充满了自己意识不到的漏洞和空白，因为你在读的时候是用自己的思维去填充它们。有时候——但是不经常——打字校对员的校对会帮到你——也会冒犯你。冰冷的符号写在空白页上：你找到那一段，发现这个无礼的家伙是对的——那个符号没说下面那句话，只是你认为它说了：煤气装置都在那里，但你并没有点着喷嘴。

弗·司各特·菲茨杰拉德（1896—1940）

菲茨杰拉德的著名作品是《了不起的盖茨比》《人间天堂》和《美丽的与被诅咒的》等。他最先把20世纪20年代描述为“爵士时代”。他与妻子泽尔达轰轰烈烈的关系在美国和日本的电影和音乐剧中都有描述。

有些作家指望同行的反馈。海明威喜欢让葛楚德·斯坦因评论他的作品。海明威资源中心网站上写道：

> 她催促他彻底放弃新闻工作，全身心投入写作，并向他解释文章的节奏和重复的力量。当他不满意自己早期的作品时，她让他集中精力修改。海明威非常感谢她，让她担当自己长子的教母，并且在他帮忙编辑的小杂志上发表她的一些作品。

海明威的另一位良师是弗·司各特·菲茨杰拉德。海明威资源中心网站上这样记载：

> 菲茨杰拉德在海明威的职业生涯中举足轻重……他把海明威介绍给自己的出版商斯基伯纳，并且帮助他编辑他的第一部长篇小说《太阳照常升起》，此书出版后得到了评论界的好评。

当然，我们不能都指望碰到一位优秀的个人导师，不过现在的在线写作所得到的反馈能让你更容易在修改前知道外界的观点。

断爱灭亲

另一个问题是，我们可能特别喜欢某几个段落，这些段落本身很好，但是不适合放在整个故事中。几年前我在意大利的油画节上遇到过类似的事情。我画了一个建筑物，门道处画得特别好，其他部分相对差些。油画老师走过来问我，是否介意她做点小改动。我说不介意，本想她会用两三笔提高其他部分的水平。相反，让我吓了一跳的是，她把画笔浸在白色颜料中，然后覆盖了我为之骄傲的门道。她是对的，我重新画的时候，门道没那么好了，但是整幅画好多了。

塞缪尔·约翰逊对于这种情况的建议是：

> 重新阅读你的作品，当你碰到自己认为特别好的段落时，删掉它。

阿瑟·奎勒–库奇爵士建议你“断爱灭亲”时也大意如此。

罗迪·道伊尔就删减内容给了进一步的建议：

> 思路不清的内容、极具标示性的内容、糟糕的写作，这些都可以删掉。但是最难删除的是在小说或故事中没有很大用处的好文字。删掉这些内容总让人感觉是一种遗憾，但是这样做的时候，我感觉是在做一件对的事情。

写影视剧本的时候，你可以信马由缰。但是如果有人来买你的剧本，他们可能为了更适合某个明星或减小制作成本而让你修改剧本。这种情形下，你就成了一个雇佣作家，尽管你可以争辩你很难接受某种修改，但如果制片人执意要改，他或者她可能会解雇你，再雇别人去写。确实，在好莱坞，除了原作者之外，一个剧本还常常要经过几个作家的修改。

有一个诀窍可以帮你应对无法接受的建议，那就是弄清楚那个人为什么要建议这样改。通常他们看到的问题是对的，但他们的解决方法可能不是最佳的。如果你能想出一个更好的解决方案，他们可能会接受，而且你也能接受。

从建议到行动！

曾有人说，“我们没有第二次生命。”无论是否正确，幸运的是，我们在写作中有第二次、第三次甚至第四次机会来完善书稿或剧本。

行动：如果你预先安排好了情节，那么现在比较一下你写出的作品和你列出的大纲，看看哪里需要修改。如果你属于即兴创作的作家，可能需要检查并思考一下你的结构是否需要更加紧凑。下面这些问题有助于你修改故事结构：

- 这个故事一开始就能深深地吸引读者吗？
- 人物栩栩如生吗？
- 故事发展符合逻辑——或者至少可信吗？
- 故事是否紧紧围绕你的中心主题？（如果你写的时候，心里没有中心主题，那么现在出现了一个吗？）
- 故事能否自始至终保持足够的张力和冲突，并且同时带给读者多样的情绪体验，让他们时而喘口气？
- 读者会对故事结局满意吗？

一个不错的主意是：找几个你信任的同行阅读你的作品，让他们回答上述问题。解决好故事中的主要问题之后，可以考虑作品风格等一些更加细节的问题。这是我们下一部分的主要内容。

第四部分

Your Creative Writing Masterclass

找到你的写作风格

风格是一个作家不同于别人而自己特有的东西。就如戴安娜·勒费认为的那样，它来自于内心：

> 如果你可以像斯蒂芬·金而不是弗吉尼亚·伍尔芙那样写作，你更有可能成名，甚至赚很多钱。这是毋庸置疑的。但我想那不是你可以选择的问题。大部分作家从自己的视角创作，我们每个人都有自己看世界的独特方式。

这也是写作不可或缺的一个部分。E. B. 怀特说：

> 年轻的作家常常认为，风格只是文章内容的修饰物，是让一道乏味的鱼变得可口的调味品。风格不是这样一个单独的实体，它不可拆分，难以筛选。

仔细研究可以发现，确实有一些风格元素是很多大师们一致认可的。我们在这部分中主要探究这些元素。

清晰，易懂 第二十二章

有些作家认为，你要么有一种独特的风格，要么就没有。但是，罗伯特·路易斯·史蒂文森认为风格是可以学习的，至少在某一点上如此：

> 风格是每个大师不变的标识，而且对于任何一个并不奢望与之比肩的学徒来讲，它都是一个可以自己不断完善的品质。一个人所具有的热情、智慧、创造力及营造神秘或者色彩的能力都是与生俱来的，既不能通过学习获得，亦不能通过外力激发。但是我们可以合理、巧妙地运用自身拥有的天分，调整每项天分之间及每项与整体之间的比例关系，去除无用的，突出重要的，自始至终保持一致性——这些都是技艺上的完善，在某种程度上借助努力和勇气是可以做到的。判断需要增加什么，删减什么；某个特定的事实从整体上来讲是必要的，还是装点性的；如果纯属装点性的，那么它会不会削弱或者模糊总体的设计；最后，如果决定采用它，我们应该大张旗鼓地使用还是稍加掩饰地使用。这些都是塑造风格时经常遇到的问题。

易懂

清晰易懂是很多作家都认可的一种风格。马克·吐温这样赞誉一个同行作家：

> 我注意到你使用平常、简单的语言，简短、精练的句子。这是使用英语的方式——它是现代的方式，也是最好的方式。坚持下去，不要让琐碎的、花哨的、冗长的句子混进来。

薇拉·凯瑟对比了写作及绘画中清晰易懂的魅力：

> 艺术，在我看来，应该简化。那确实几乎是更高的艺术创作过程的全部，看看什么样的形式规则和细节可以省略，却不损整体风格。这样，那些压缩及删去的部分对读者来说似乎仍在纸上。法国画家米莱画过几百张农民种植谷物的素描，其中一些非常复杂和有趣，但是，当他最终把这些画中所有的思想都绘入《播种者》这一幅画中的时候，构图简单到一笔都不能缺少。之前扔掉的所有素描成就了最终的这幅图画，而且这个过程一直都是简化的过程，是为了一个更好、更普遍的构思牺牲很多本身很好的构思的过程。

《变形记》

注意卡夫卡的小说《变形记》的开头多么简单、直接地描述了一个非常奇怪的场景：

> 一天清晨，格里高尔·萨姆沙从烦乱不安的梦中醒来，

发现自己躺在床上变成了一只可怕的甲虫。他躺在那里，像铁甲一样坚硬的后背紧贴着床，假如他稍稍抬头，便能看见自己那棕色的肚子，微微拱起，分成了几个弧形的硬块。被子几乎要盖不住肚子，看似随时都要滑下来。与庞大的身躯相比，他那许多条可怜的细腿在眼前绝望地晃动着。

“我怎么了？”他想。这不是在梦中。他的房间虽然小了点儿，但的确是正常人住的房间，他仍然安静地躺在四面熟悉的墙壁当中。桌子上摊放了很多布料样品——萨姆沙是一名推销员——桌子上面挂了一幅画，这是他刚从一个带插图的杂志里面剪出来裱在漂亮的镶金相框里的。画中是一位正襟危坐的贵妇人，戴着皮帽子，围着皮围巾，小臂上裹着一只皮袖套，指向观画人。

格里高尔接着向窗外望去，天空很阴沉。可以听到雨点敲打在窗棂上的声音，这声音让他非常难过。“要是再多睡一会儿，把这荒唐事儿统统忘掉该多好，”他想。但是有些事情他已经无法做到，因为平时他习惯右侧卧睡，可是在目前的情况下，他再也不能那样睡了。无论他怎样用力向右翻，最后总是回到原来的姿势，仰卧着。他肯定试了不下一百次，闭着眼睛以免看到那些拼命挣扎的细腿，直到他感觉到一种从未体味过的微微的隐痛，才不得不罢休。

现代作家海明威的作品句式简洁，启发了大量的模仿者，以致他本人的文章有时候也看似是一种模仿。雷蒙德·卡佛模仿海明威的风格并使之成为自己的风格。以下段落节选自他的短篇小说集《当我们谈论爱情时，我们在谈论什么》中的一个短篇小说《你们为什么不跳个舞》：

这个男人拎着一个袋子从市场沿着人行道走来，里面有三明治、啤酒、威士忌。他看到了马路上的汽车和躺在床上的女孩。他看到了开着的电视机和走廊里的男孩。

“嗨，”这个男人对女孩说，“你找到了床。这很好。”

“嗨，”女孩说着起身，“我只是试试这床怎么样。”她拍了拍床。“这床真是相当不错。”

这也并不是说，清晰易懂需要完全稀疏的风格。格雷厄姆·格林的风格比较主流，但是依然以简洁著称。以苛刻而闻名的伊夫林·沃不看好这个特征，他认为格林“什么文学风格也不是。”但是，大部分评论家和数以百万的读者不这样认为。下面一段节选自格雷厄姆·格林的小说《喜剧演员》的开头部分，故事发生在非洲的海地：

当我想到伦敦为骑士团将军、过往殖民战争中的英雄，以及更容易被人遗忘的穿制服的政客们所竖立的灰色纪念碑时，我找不到任何理由讥笑纪念琼斯的这块不起眼的石头。它位于国际路的另一边，在远离琼斯家乡的国度，他生前也没有走过这条路，尽管到今天为止我也不是很确定琼斯的家从地理上来讲具体在哪个位置。至少，他和妻子为这块石碑付了钱——无论多么不情愿，但是通常来讲，安然无恙回到家乡的将军，如果付钱的话，是用同胞们的鲜血支付的。而至于那些政客——谁在意那些死去的政客有什么让别人认可的政绩？

格林也可以同样刻薄地对待沃，但是在沃去世的时候，格林称赞他为他们那一代最好的作家。评论家克莱夫·詹姆斯认为，沃的风格是“毫不做作地简洁”。下面的节选是《旧地重游》的开头部分：

“我来过这里，”我说。我以前去过那里；20 多年前，在6月一个万里无云的日子里，我和塞巴斯蒂安第一次去那儿。那时沟里长满了白色的毒芹和绣线菊，空气里弥漫着夏天的芬芳，那是一年中绝无仅有、特别美好的一天：叶子、花朵、鸟儿、阳光照耀的石块和草地似乎都在赞美上帝的荣耀；虽然我每次去那儿的心境都不同，但是，最近一次旧地重游时，我的心却回到了初来此地时的美好。

关键是在不失清晰易懂的同时，你还有很大的风格选择余地。

影视剧本尤其需要这样的特征。代理商、制作人和其他阅读影视剧本的人都习惯相对简洁的叙述和描写。这并不意味着影视剧本不能有什么其他的风格。我们以乔治·加洛的剧本《午夜狂奔》为例：

在奥兹莫比尔车内——夜里

司机拿出一支骆驼牌香烟，叼在嘴里，用打火机点上。火苗中映出杰克·沃尔什的脸。这是一张刚毅、憔悴的脸。还有一双杀手的眼睛。一个压力极大、随时要爆炸的男人。烟火在舞动。蓝色的烟圈缭绕。烟火渐渐暗去。

当然，这个剧本中没有太多的细节，但这是我们第一次看见沃尔什，加洛正在为这个人物渲染一种黑色电影的感觉。

作为对比，下面是剧作家查尔斯·伯内特对电影《带怒而眠》中人物吉迪昂的介绍：

房间内——白天

吉迪昂，一个强壮但是上了年纪的黑人男人，坐在餐桌前，桌子上有一大碗水果。一块钩针编织的桌布垂在一边。吉迪昂身着白色的西服套装，脚穿一双擦得铮亮的镂花皮鞋。他的帽子几乎遮住了眼睛，眼神像燃烧的炭火发出的两点绿光。碗里的水果被火焰吞噬着。

在任何情况下，描述的基调都要与整个故事的基调相符，而且在确保清晰的前提下，要设法展示出作家独特的风格。

从建议到行动！

行动：当你检查自己的一篇作品时，在诸多需要考虑的因素中，要特别注意自己是否说清楚了以下几点：

- 故事发生的地点。
- 发生的时间。
- 说话的人物。没有指明说话者的对话会令人困惑，有相似名字的人物或者太多的角色（就后者而言，读者可能会体谅俄国的大师们，但他们不一定会体谅你）也容易让人不解。

这并不意味着你要阐明所有的内容，但你确实要给读者提供足够多的线索来推断出这些内容。

有一种危险：对你来说一目了然的内容对读者则不然。所以，你需要一个自己很信任的同事或朋友对这部作品作出的反馈。他们不一定是同行作家。事实上，有时候不是作家会更好，因为作家往往试图告诉你如何修改他们认为不对的地方，而他们通常是在说他们自己不会这样写。一般读者能给你直接的反馈，尤其是故事中他们不解或不懂的方面。

简洁 第二十三章

契诃夫对简洁（如对其他事物一样）有着很强烈的看法：

> 我认为对大自然的描写不仅应该非常简短，还要恰如其分。像“落日，沉入渐暗的海浪里，散发出紫金色的余晖”等，以及“燕子掠过水面，欢快地叫着”这样的老生常谈，应该杜绝出现。描述大自然的时候，你必须要选择小细节，并且把它们归类组合，让人读了之后，能闭目勾勒出整个画面。比如，如果你这样写：“在河坝上，一块玻璃碎片闪耀出星星一样的光亮；一只狗或狼的黑色影子像球一样滚过”等等，那么你就能勾勒出一个月光照耀的夜晚。

在这一点上他批评了马克西姆·高尔基：

> 先从我认为你缺乏节制的地方谈起。你像剧院里的一个观众，如此不加控制地表达自己的热情，以致自己和别人都听不见舞台上在说什么。这种缺乏节制尤其明显地体现在：你在对话中插入大自然的描写；读到这些描写的时候，读者希望它可以更简洁，比如两三行即可。

E. L. 多克托罗
（1931—2015）

多克托罗的小说有《拉格泰姆时代》《丹尼尔之书》和《行军》等。他的第一部小说《欢迎到哈德泰姆斯来》是他在一个电影工作室工作时受很多西部小说启发而写。美军占领德国期间，他曾在美国军队短暂服役。

马克·吐温对此的观点——呃，非常简洁：

一本书的成功不在于你写了什么，而在于你省略了什么。

欧内斯特·海明威对应该省略什么有经典的论述：

如果一个作家对自己写作的内容很熟悉，他可以略去自己知道的，而且如果他写得足够真实，读者还是能读懂他想要表达的内容。冰山运动的雄伟壮观之处在于：它只有八分之一露在水面之上。如果作家略去自己不了解的内容，那就只能徒增作品中的漏洞。

E. L. 多克托罗建议删去的具体部分是：

现在的作家极力减少对故事中人物变换、地点转移及时间过渡等方面的解释，以此达到他们想要的各种效果。

并不是所有人都认可这一点。斯坦利·埃尔金这样认为：

我认为，多有多的道理，少有少的理由，丰盈有丰盈的说法，单薄有单薄的原因，充足有充足的解释。菲茨杰拉德和汤姆斯·沃尔夫之间有一场著名的论战。菲茨杰拉德批评沃尔夫的一本小说。菲茨杰拉德告诉沃尔夫说，福楼拜信奉简洁准确的书写，并且把作家分为两类——“做加法者”和“做减法者”。沃尔夫作为作家，可能不如菲茨杰拉德，但是他的回信明显更胜一筹：“别跟我提福楼拜，莎士比亚是一个‘做加法者’，麦尔维尔也是一个‘做加法者’。我想不起还有谁是这样的作家，但是我宁愿做一个‘做加法者’，也不要做一个‘做减法者’。”

因为契诃夫的建议在本章中起着举足轻重的作用，所以我们来看看他在短篇小说《厨娘出嫁》开头部分中高超、精练的场景描写。请注意，他不仅告诉我们正在发生的事情，还告诉了我们这件事情对诸多参与者的影响：

> 格力沙，这个胖乎乎、满脸严肃的七岁孩子，正站在厨房门口偷听，还从锁眼往里偷看。厨房里正发生着一件对他来说不同寻常的事情。在他们常常剁肉和切洋葱的餐桌前坐着一个大块头的红发农民，他留着大胡子，鼻尖上冒着汗，身着车夫常穿的大衣。他用右手的五指稳托着茶碟喝茶，嘎吱嘎吱嚼糖块的声音大到让格力沙的后背一阵发麻。年老的保姆阿克辛尼雅·斯捷潘诺夫娜坐在他对面的脏板凳上，也喝着茶。她表情严肃，同时又洋溢着胜利的光芒。厨娘彼拉盖雅在炉边忙碌着，而且很明显不想让别人看到她的脸。格力沙在她脸上看到一种常见的面色：她满脸通红，一会儿又变成别的颜色，先是红紫色，最后是惨白色。她不停地抓起刀、叉、木块和抹布，双手颤抖，走来走去，嘴里嘟嘟哝哝，把东西弄得哐啷作响，但事实上什么都没做成。他们在桌边喝茶，她看都不看那张桌子一眼，老保姆问她话，她也是头都不回，有一句没一句，闷闷不乐地作答。

有很多细节描写有助于我们在脑中勾勒一幅生动的画面，比如鼻尖上的汗，但是我们并不觉着他描写得繁冗。契诃夫选择最能说明问题的画面来描写，让我们感觉到厨房里各种情绪的涌动。

描写要简洁

毋庸置疑，就小说中描述性文字的多少而言，观念已经发生了变化。

E. L. 多克托罗把这种变化归因于电影的影响：

> 百年的电影制作对于文学创作的影响非同小可。不止一个评论家说过，今天的小说家不像19世纪的小说家那么充分、详细地阐释故事了。司汤达的《红与黑》(1830)的第一章全部都是对法国外省的一个小镇不疾不徐的描写：它的地形特征、它的经济状况、市长这个人、市长的府邸、府邸内沿斜坡而建的小花园，等等；福克纳的《圣殿》(1931)是这样开始的："越过泉水四周的灌木屏障，金鱼眼看到一个男人在喝酒。"……这部20世纪的小说把对环境、人物的来历及诸如此类内容的描述减到最少。作家更愿意像电影一样把必要的信息融进故事里，融进叙述的过程中。

詹姆斯·帕特森，这位世界上最畅销的作家之一，创作的时候总有这种倾向。他告诉《成功》杂志：

> 我删掉了很多细节。比如，假如你给我讲一个故事——这是我们多少擅长的事情，我们不会一直讲很多非虚构作品，甚至是很多虚构作品中的细节……所以，我的小说常常不会把什么都包括进去，情节真的是跳跃着向前发展。

在这方面，契诃夫超前于他的时代。上文选段中的简洁，很像是一个电影导演描述系列镜头的方式，以此把观众带入那间厨房及其凝重的氛围中。

你能适时进入故事正题吗？

要退回一大步，以确保自己没有过早地进入故事中。这种做法是有益的。如果你正在写两个陌生人的初次约会，那么，先写每个人物的准备情况，他们如何对朋友提及这次约会，他们到餐馆之后如何四下张望，可能一开始还找错了人等等。这么做可能有道理，但是如果你的故事一开始就是坐在餐馆里的两个陌生人，面面相觑，不知如何开口，这样可能更有戏剧性。随着他们的交谈，我们很自然地就知道他们是谁以及他们为什么在这里了。

电影和话剧常常尽可能推迟进入正题，这也适用于长篇和短篇小说。

从建议到行动！

你已经看到，简洁一事无关句子的长短或者作品本身的长短，它关乎辨别及涵盖本质内容的能力，无论是描写、动作还是对话。

行动：首先看看自己能否尽可能推迟进入故事正题。试着比你原来构思好的更迟一点展开故事。看看你失去了什么？得到了什么？

一旦写好初稿之后，就可以从句子功能方面来考虑每个句子，比如，它是否揭示了人物角色，促进了情节发展或者引入了一个新的故事？问自己以下问题：

- 它实现了什么效果？
- 是否必要？
- 它能否产生你期望读者会有的情感反应？
- 有没有方法把两个或者多个句子合并成一句？比如，如果一个对话就能表明人物的愤怒，你还有必要用几个句子来描述它吗？

第二十四章 在于细节

写作老师传授的一条标准指令是：要表现出来，不要讲出来。C. S. 刘易斯这样建议：

> 你不要说它“令人愉快”，要让读者读完这个描述时说它“令人愉快”。你看，所有诸如此类的词（可怕的、神奇的、丑陋的、精致的）都像在跟读者说：“能烦请您代我们说吗？”

马克·吐温也有类似的建议：

> 不要说“那个老太太大声尖叫”——让她自己来，让她大声尖叫。

还有契诃夫的类似建议：

> 不要直接告诉我月亮在闪耀，让我看到玻璃碎片上的闪光。

这句话说明，要表现出来而不要讲出来的关键在于：选择生动的、具体的细节。

马尔克斯写道：

> 你可以把报刊写作的技巧用到文学创作上。比如，如果你说大象在天上飞，人们不会相信你。但是如果你说425头大象在天上飞，人们可能会相信你。《百年孤独》中有很多这样的事情。

契诃夫指出：

> 在心理描写方面，你仍然需要细节的东西。祈祷上帝庇佑你远离那些老生常谈的写法。最好避开人物精神状态的描写。你必须努力让他们的行为清晰地反映出你想要的那种精神状态。不要描写太多人物，重点应该集中在两个人身上：男主人公和女主人公。

我们来看看简·奥斯汀在描写《诺桑觉寺》中的凯瑟琳·莫兰时，是怎么抓住细节的。较之于我们在现代小说中看到的人物介绍，这个描写篇幅要长些，但是她那诙谐、巧妙的笔调让读者百读不厌。

《诺桑觉寺》

> 一家人要是养了十个孩子，个个有头有脑，四肢齐全，总被人们称作美好的家庭。不过，莫兰家除此之外，没有别的好称道的，因为这些孩子大都长相平常，而凯瑟琳多年来一直像其他孩子一样难看。她细瘦个儿，笨里笨气的，皮肤灰里透黄，不见血色，头发又黑又直，五官粗糙。她的相貌不过如此，她的智力似乎同样不适宜作女主角。她对男孩玩的游戏样样都喜爱。她非但不喜欢布娃娃，就连那些比较适合女主角身份的儿时爱好，诸如养个睡鼠、喂

只金丝雀、浇浇玫瑰花，她都觉得远远没有打板球来得有趣。[注意所列出的具体活动，都表明了一个敏感的乡下女孩的兴趣——在这个被描述的女主角身上毫无分量。]确实，她不喜欢花园，偶尔采几朵花，那多半是出于淘气，至少别人是这么推测的，因为她专采那些不准采的花。她就是这个脾气。她真是天赋异禀。[在这段节选中你会发现很多讽刺性的描写。]无论什么东西，不教她她就学不会、弄不懂，有时即使教过了，她也学不会，因为她往往心不在焉，还时而呆头呆脑的。她母亲花了三个月工夫才教她背会了一首诗《乞丐请愿歌》[①]，结果她的大妹妹背得比她好。凯瑟琳也不总是很笨，绝非如此。《兔子和朋友》[②]这个寓言，她比所有英格兰姑娘学得都快。她母亲希望她学音乐，凯瑟琳也认定自己喜欢音乐，因为她很爱拨弄那架无人问津的旧琴。于是她从八岁便开始学习音乐，没想到学了一年便吃不消了。莫兰太太对女儿们力不从心或是不感兴趣的事情从不勉强，因此她让凯瑟琳就此打住了。辞退音乐教师那天，是凯瑟琳一生最快活的日子。她并不特别喜爱绘画，不过，每次从母亲那儿要来一只信封，或是随便抓到一张什么稀奇古怪的纸头，她就信笔画起来，什么房子啦、树啦、母鸡和雏鸡啦，画来画去全是一个模样。她父亲教她写字和算术，母亲教她法文，但是她哪一门都学不好，一有机会就逃课。[作者毁掉这个人物的巧妙之处非常合人胃口：我们可以理解为作者拿着手术刀当短柄小斧用。]这真是个不可思议的怪人！十岁的年纪就表现得如此放纵不羁。可她既没坏心眼，也没坏脾气，很少固执己见，难得与人

① 英国托马斯·莫斯神父所著《应景诗抄》中的第一首诗。

② 英国诗人约翰·盖伊的一首寓言诗。

争吵，对弟弟妹妹十分宽和，很少欺负他们。此外，她喜欢吵闹和撒野，不愿关在家里，不爱干净。天底下她最爱做的事情，便是躺在屋后的绿茵坡上往下打滚。

凯瑟琳·莫兰十岁的时候就是这副样子。到了十五岁，她渐渐有了姿色，她卷起了头发，对舞会也产生了渴望。她的肤色变得好看了，脸蛋儿也丰满起来，因而五官显得十分柔和。她的眼睛更有生气，身段更加惹人注目。[到这里，我们对这个可怜的女孩有了一线希望——我们想象她容貌一点点改善，一切都好了起来！]她再也不像以前那样脏乎乎的了，而是讲究起服饰来。人越长得漂亮，就越干净利落。如今，她有时能听到父母夸她出落得像个人样了。"凯瑟琳这丫头越长越好看，今天几乎漂亮起来了。"她耳朵里不时听到这样的赞美，心里说不出有多高兴！一个女孩子十五年来一向相貌平平，乍一听说自己几乎漂亮起来了，那比一个生来就很美丽的少女听到这话要高兴得多。[①]
[我们又被作者带回那个不太有希望的状态，一个听到别人夸她几乎漂亮就高兴得不得了的女孩，无论她是多么不聪明与不可教，这让我们不禁多了几分同情。]

奥斯汀通过具体细节的描写达到了她想要的效果。直接说"凯瑟琳没有画画的天分"要容易得多，但是她告诉我们凯瑟琳从哪里拿到了纸张并且试图画什么，而且只提了她画的房子和母鸡看上去几乎一模一样。她的其他缺点也是被这样描写的。作者以一种很有趣的方式处理这些细节描写，否则会显得很残忍。

这个选段也很好地展示了如何描述一个长时间段内发生的事情，足够概括但同时又不缺乏细节描写。我们也不会感到自己被催着读完了这十年。

① 译文参考《诺桑觉寺》，孙致礼译，9~11页，南京，译林出版社，2009。

弗兰纳里·奥康纳是黑色喜剧经典《智血》的作者，她认为：

人类最初的知识是通过感官获得的，你不能指望通过抽象描写来调动各种感官。对很多人来说，对他们看见的物体做抽象描写要比具体描写和再创造容易得多。但是小说家的世界里有很多具体的事件，这是新手作家深恶痛绝的部分。他们主要关注的是空洞的思想和情绪描写。通常他们写作也不是因为非要讲一个故事，而是因为脑海中有一些抽象的思想框架。他们能意识到存在的问题，但是意识不到问题的本质。他们能意识到那些尘封旧案和一切社会问题，但是意识不到那些使之成为谜团的具体细节。

暗喻和明喻

新手作家常常喜欢使用明喻和暗喻这两种修辞手法。明喻就是通过说一个物体像另一个物体来对二者作比较；暗喻是一种相对生动形象的比较，不能通过字面意思去理解。例如：

一阵热风吹过我的耳际，一缕缕扬起的头发在风中打漩，就像墨水在水中晕开的样子。

（玛格丽特·阿特伍德，《盲刺客》）

老太太们拄着拐棍在我面前站成一排，像比萨斜塔一样。（弗拉基米尔·纳博科夫，《洛丽塔》）

轻声！那边窗子里亮起来的是什么光？那就是东方，朱丽叶就是太阳！

（威廉·莎士比亚，《罗密欧与朱丽叶》）①

① 引自《罗密欧与朱丽叶》，见《莎士比亚全集》（四），朱生豪译，635页，北京，人民文学出版社，1994。

全世界是一个舞台，所有的男男女女不过是一些演员。
（威廉·莎士比亚，《皆大欢喜》）①

虽然一个精心选择的明喻或者暗喻会非常有力，但是如果过多使用，或者比喻太离谱的话，不仅让读者感觉十分可笑，还会影响阅读的乐趣。

豪尔赫·路易斯·博尔赫斯说过：

我年轻的时候常常寻找一些新奇的比喻。后来，我发现真正好的比喻几乎都是一样的。我是指，你把时间比喻成一条路，把死亡比喻成睡眠，把生命比作一场梦，并且那些都是文学作品中伟大的比喻，因为它们有本质上的相似点。如果你自己创造一些比喻，它们只会让人在阅读时产生瞬间的惊奇，但不会激起更深层的情绪……（那些经典的比喻）胜过总想着用些让读者震惊的比喻，胜过在两个风马牛不相及的物体之间硬找出一些联系。

要避免使用混合比喻，除非你想用它达到某种喜剧效果。所谓混合比喻，就是在同一个句子里出现两个不同的比喻。比如，“一颗像金子一样大的心脏”，或者“我能听到墙上的字在说话。”

如果浏览一下到目前为止我列举过的经典著作，你会发现它们的作者很少使用明喻和暗喻。他们常常直接描述精确的细节。这一点我们应该向他们学习。

在电影中，“要表现出来，不要讲出来”这个准则更重要。因为你通常没有机会说出人物内心的想法，所以需要找到表现它们的方式。当然，这主要是演员和导演的任务，但是你必须提供说明来指导他们。

---

① 引自《皆大欢喜》，见《莎士比亚全集》（二），139页，北京，人民文学出版社，1994。

但是，阅读剧本和拍摄剧本很不一样，有时候为了让剧本更容易理解，你需要把说明写进去，而演员并不喜欢你这样做。《神气活现》是我担任电影剧本医生[①]时的第一批电影中的一部，因为制片人要细读这个剧本，为了使他更好地理解我内心的想法，我在对话中加了很多说明，比如“(愤怒地)”。演员们第一天通读剧本的时候，金·凯特罗尔用一支很大的黑色记号笔删除了所有的说明。有人问她在做什么，她瞪了我一眼，回答说：“划掉一切作者告诉我怎么表演的部分！”

无论如何措辞，目的都是让读者感觉到什么，就如 E.L. 多克托罗说的那样：

> 好的作品会唤起读者的感觉：不是正在下雨的事实，而是被雨淋的感觉。

从建议到行动!

行动：检查初稿时，列出你对每个人物和背景的细节描写部分。问自己以下问题：

- 你是否调动了读者的各种感官，不仅描写了它们看上去怎样，而且描写了它们听上去、闻上去、尝上去怎样？
- 你是否选择了某些隐晦的细节来描写？
- 你的细节描写生动吗？
- 你经常使用明喻和暗喻，还是很少用它们？

① script doctor，指专门为剧本把脉诊症、改良剧本的编辑，有时能起到画龙点睛或起死回生的作用。

- 你避免了混合比喻吗？
- 你是否选择了那些会让读者产生你要的印象或者感觉的细节？
- 你是分开描写动作和对话，还是把二者融合在一起？

做一个练习，描述一个睡在门道里无家可归的人。根据不同的目的，各描述一次：

- 唤起读者对他的同情。
- 让读者讨厌或者鄙视他。
- 唤起读者对他不带任何感情色彩的好奇心。

在每次不同的描述中，你可以选择不同的细节，但是要选择同一个形象。也就是说，不要让他在一个版本里非常肮脏、鼾声如雷，在另外一个版本里却非常整洁、发出轻微的叹息。

第二十五章 用词的对与错

在一篇散文里，马克·吐温这样表达对威廉·迪安·豪威尔斯的赞赏：

> 用词恰当是强有力的手段。每当我们在一本书或者一份报纸上看到那些恰如其分的词，它们对身体和心灵都能产生强烈的影响，让我们感觉像是被电击了一般：它们强烈地刺激着唇齿之间，尝起来像拌着漆树果的黄油一样酸脆可口。

吐温的总结简明扼要：

> 正确的词和差不多正确的词之间的区别，就像闪电和萤火虫的区别一样。

什么是正确的用词？这当然没有公式可讲，但是乔治·奥威尔的指导可能对我们有所帮助。在随笔《政治与英语》中，他写道：

> 一个严谨的作家在写每个句子的时候都至少会问自己四个问题：

- 我想表达什么？
- 什么词能表达它？
- 什么形象或者习语能让它更清晰易懂？
- 这个形象是否足够新鲜，可以产生影响？

他很可能还要再问自己两个问题：

- 我能否更简短地表达这个意思？
- 我是否说了什么可以不说的不漂亮的话？

你可能常常怀疑一个词或短语的效果，从而需要一些直觉失灵时能指望的规则。我认为以下规则能涵盖大部分情况：

- 永远不要使用你在其他书中常看到的暗喻、明喻或其他修辞手段。
- 在可以使用短词的时候，永远不要使用长词。
- 如果可以减掉一个词，永远不要留着它。
- 可以用主动语态的时候，永远不要用被动语态。
- 如果你能想到一个日常用词，永远不要使用外来词、科技词汇或俚语。
- 能即兴说出任何话语的时候，马上打破以上规则。

奥威尔的著名小说《一九八四》开头的语言像他在建议中提出的那样简单，但是要注意那些能马上引起我们注意，并激起我们好奇心的词句（包括“钟表刚刚敲了十三下”）。

《一九八四》

那是4月份的一个晴天，非常寒冷，钟表刚刚敲了十三下。为了躲开凛冽的寒风，温斯顿·史密斯紧缩着脖子，迅速地钻进胜利大厦的玻璃门内，不过还不够迅速，没有躲开和他一道刮进门的一阵沙土。

门厅里到处是煮白菜混着破旧地毯的气味。门厅的一头有一张彩色的海报，因为太大室内放不下，只能钉在外墙上。海报上是一张一米多宽的大脸：一个大约45岁的男人，留着又浓又密的小胡子，看上去粗犷英俊。温斯顿径直向楼梯走去。用不着试电梯。即使在最好的时候，电梯也很少开，更何况现在又是白天停电时期。这是为了筹备“仇恨周”而实施的节约措施。39岁的温斯顿住在七楼，他右脚踝患静脉曲张，所以爬楼爬得很慢，一路上歇了好几次。每上一层楼，那张海报上的大脸都在盯着他。这张海报就是这样设计的：无论你走到哪里，海报上的目光都跟着你。下面的文字：老大哥在看着你。

翁贝托·埃科也列了很多规则。下面所选均来自吉欧·克莱维尔的即兴翻译。你会看到它们和上面提到的有几点相似之处，不过语调诙谐有趣：

1. 不要使用头韵，即便它是傻瓜蛋的杀手锏。

2. 不要避开虚拟语气，我建议作家在必要的时候使用它。

3. 不要用陈词滥调：它们死气沉沉。

4. 要用最简单的方式表达你自己。

5. 不要使用首字母缩略词和缩写词，等等。

6. 要（一直）记住括号（即使它们看似不可缺少）会影响行文的流畅。

7. 注意省略号是否会让人费解。

8. 限制引号的使用频率，引文不“漂亮”。

9. 永远不要概而言之。

10. 外来词并不时髦。

11. 收起那些引文。爱默生常说：“我不喜欢引文。只消告诉我你自己知道的。”

12. 明喻就像警句一样乏善可陈。

13. 不要重复，同样的事情不要说两次，重复是多余的。

14. 只有蠢货才使用脏话。

15. 描写要具体。

16. 夸张是最不寻常的表达技巧。

17. 不要写只有一个词的句子，永远。

18. 当心太大胆的比喻：它们就像蛇鳞上的羽毛。

19. 把逗号放在合适的位置。

20. 要学会区分分号和句号，虽然这很难。

21. 如果找不到合适的表达方式，不要使用口语 / 方言。在威尼斯，人们说“补丁比洞还糟糕”。

22. 非要用反问句吗？

23. 要简洁。试着用最少的词表达你的思想，避免长句，或带从句的句子，它们总是困扰普通的读者。这样做是为了避免一贯的信息污染，信息污染（尤其是完全无用的解释或至少不是必不可少的信息）无疑是媒体当道的今天的一个悲剧。

24. 不要用强调句，要当心叹号的使用。

25. 正确拼写外国人的名字，比如，坡德莱尔、罗斯富、尼才等等。

26. 说出你提到的作家和人物的名字，不要绕弯。19 世纪最伟大的伦巴第作家，《五月五号》的作者，也是如此。

27. 你的作品要有一个善意的开头，也就是要竭力讨好你的读者（但是可能愚笨如你甚至不知道我在讲什么）。

28. 拼写要特别认真。

29. 不用告诉你省略有多讨厌（此时无言胜有言）。

马克·吐温
（1835—1910）

吐温最著名的作品是《哈克贝利·芬历险记》《汤姆·索亚历险记》和《密西西比河上的日子》等。1858年吐温曾梦见弟弟将会在汽船上的一次爆炸中死去，这件不幸的事情发生在一个月之后。这促使吐温加入了美国心灵研究会。

30. 没必要的时候
不要
另起段落。
无论如何
不要太经常。

31. 请不要使用“尊严式复数”[①]，我们认为那太华而不实了。

32. 不要把原因当成结果，比如：“你会错的，因此你会犯错。”

33. 不要写首尾不一致、不合逻辑的句子，比如：“如果每个人都这样做，假设将会来自于结论。”

34. 不要沉湎于使用一些古词、偏词和罕用词，也不要迷恋复杂的句型结构，即使那对你有致命的吸引力。但是，如果很多较真的读者感觉它们有待商榷，并且对其颇有争议，事情会更糟糕，复杂的词汇和结构会超出读者的理解能力。

35. 永远不要太啰嗦，但是也不能说得太少。

36. 句子要完整。

马克·吐温补充了一个要避免使用的词：

每次想用“非常”的时候，你就代之以“该死的”；编辑会删掉它，于是这个作品就会是它原本应该的样子了。

弗·司各特·菲茨杰拉德告诫作家多留心动词：

---

① 尊严式复数指当君王和其他高级官员交谈时，we 实际上就是 I，即英语里的皇家 we(Royal we)。今人几乎已经废弃不用，这样用的说话者多是彰显自己的优越性。（此解释参考张冬梅《人称代词在英汉招聘广告中的运用比较》。）

> 所有好文章都是基于承载句子的那些动词……像“野兔艰难地爬过结冰的草地，浑身发颤”这样的句子如此逼真，以至你读过时几乎不会注意到它，但是它的动作还是能给整首诗增色不少——艰难地爬行、颤抖和结冰都浮现在你的眼前。

从建议到行动!

行动：检查初稿的时候，再看一遍奥威尔和埃科的建议。如果你违反了其中一条，要确定那是因为只有这样，你才能创造出想要的某种效果来。

形容词和副词（少用）

尽管这是一节的标题，形容词和副词也并不是错误的词——但是应该谨慎用之。

再一次引用契诃夫的话，这是他给高尔基的另一条建议：

> 另一条建议：阅读校样的时候，删去尽可能多的形容词和副词。太多的修饰词会增加读者的理解难度，让他们疲倦。我写“这个男人坐在草地上”，这很好理解，因为它清晰、不费解。但是，如果我换个写法：“这个中等个儿、瘦瘦的、蓄着红色胡须的男人坐在被行人踩过的绿色草地上，一声不吭，胆怯地、满怀恐惧地环顾四周”，则大脑一时领会不了。艺术必须立即被理解，即刻。

“形容词是名词的敌人。”伏尔泰说。可能是作为回应，吐温说：“副词是动词的敌人。”他补充道：“逮着一个形容词杀掉一个。”

埃尔莫尔·伦纳德是当代用词简练的大师之一。下面是他的小说《谁来相信我?》的第二段：

> 罗比·丹尼尔的柯尔特蟒蛇左轮手枪射出的子弹并没有马上击毙卢维杜尔。他休克了，被送进撒玛利亚慈善医院，在重症监护病房待了三天。一叶肺坏了，鼻子里、手臂上、胸部和阴茎处都插上了塑料管子。

伦纳德也解释了他的十条写作规则。其中一条是：“如果它听上去像是精心写出来的，我会重写。”另外一条是：“尽量略去读者会跳过的部分。”

从建议到行动!

行动：检查初稿的时候，注意每个形容词和副词。分别朗读包括和去掉它们的同一个句子。对比一下，哪个更有力?

注意你使用形容词和副词的频率。如果使用太频繁，可能会让读者读得很累。使用那些最有力或非它们不可的词来表达。

培养你的风格 第二十六章

故事是一回事，怎么讲故事是另外一回事。后者是你的风格。有些作家忘了使用风格是为了加强读者的阅读体验，而不是为了彰显自己的聪明。

风格应该是内容的副产品，不过下面这些方法可以帮助你培养自己的风格。

克制你的情绪

据说，狄更斯有时候在朗读《小耐丽之死》时会哭，但是可能他在创作这部作品的时候并没有哭。安东·契诃夫建议作家克制自己的情绪：

> 当你描述痛苦和不幸的人，并且想让读者同情他们的时候，试着写得更无情一点——那似乎更衬托了他们的悲伤，那样的笔触会让读者感觉更强烈。人物在你的故事里哭泣时，你不要叹气。是的，要更无情一些……你越客观，给读者的印象也就越深。

如果你把这种客观性带入写作中，就会增加作品的力量。这是弗·司各特·菲茨杰拉德的观点：

> 把那些极端的事情描述成常见的事情，这会让你跨进小说创作的门槛。

在下面的节选中，年幼的匹普第一次遇到了逃犯马格维奇。这是个让人恐怖的场景，注意看狄更斯如何直截了当地进行描述。

《远大前程》

> “闭嘴！”一个让人毛骨悚然的声音突然响起，话音刚落，教堂门廊一边的墓地里蹿出一个人来。“不许叫，你个小鬼，否则我掐断你的脖子！”
>
> 这个人面目狰狞，穿了一身质地粗糙的灰色衣服，腿上有一条粗重的铁链。他没戴帽子，只在头上裹了一块破布，脚上穿了一双破烂不堪的鞋子。他曾在水中浸泡过，在泥沼中窒息过。他的腿被石头撞瘸了，脚也被小石块割破了。他被荨麻的针刺扎了，被石楠划破过。他一跛一跛地走着，浑身颤抖，圆瞪着双眼吼叫。他一把揪住我的下巴，而他的牙齿在格格打战。[对这个男人遭遇的一连串描写让我们想象出他糟糕、更糟糕、更更糟糕的状态。读上去像是电影的几个镜头，每一个都展示出他遭遇的另一面。]
>
> “噢，先生，不要掐断我的脖子。”我惊恐地哀求着，“请您不要这样做，先生，求您了。”

注意，狄更斯把匹普的反应减到最小（“我惊恐地哀求着”），让读者去想象一个小孩在遭遇这种情况时会有什么样的感受。

标点符号和拼写

不少作家的成功在某种程度上有赖于他们独特的标点使用和拼写方式。例如，E. E. 卡明斯拒绝使用大写字母，乔伊斯的长句子似乎永远不会结束。海明威就此持不同观点：

> 我认为标点符号的用法应尽可能符合传统。如果可以在果岭上使用槌球棒和台球杆，高尔夫球运动就会失去很大的魅力。在改善工具之前，你应该让别人看到，即使用常规的工具，你也可以做得比别人好。

马克·吐温对循规蹈矩则持怀疑态度：

> 我从来不觉得书写正确有什么了不起。我现在还是这样认为。在规范的拼写书籍出现之前，人们随性的拼写方式能在无意之中透露他们的性格，并且因此增加一些具有启发意义的表达方式。因此拼写课本对我们来说是否是好事，这值得怀疑。

萧伯纳在给伦敦《泰晤士报》的编辑的信中提到了语法的问题：

> 你们员工中有个好事者，把大部分时间都花在分裂不定式上面……我希望赶紧开掉这样的书呆子。无论他是决定“赶快走”，还是“走快些”，抑或“快些走”[①]，这些都不重要。重要的是他应该“马上离开”。

弗·司各特·菲茨杰拉德特别提出了他对标点符号的看法：

> 去掉所有的感叹号。感叹号就好像是自个儿讲笑话，

① 英语中分裂不定式的几种情况，即“to go quickly”，“to quickly go”以及“quickly to go”，意思都是“马上离开”。

杰克·凯鲁亚克
(1922—1969)

凯鲁亚克以《在路上》《地下人》和《大瑟尔》等作品闻名。他是最早的嬉皮士和"垮掉一代"的诗人之一。凯鲁亚克总是随身带着一个小本子以便随时写作。

然后自个儿笑。

如果在标点符号和语法方面你有不确定的地方，不要让它们阻碍你的写作。要么找一个编辑帮忙，要么用那本历史悠久的《风格的要素》来帮助自己，稍后再润色你的作品。此书的作者是威廉·斯特伦克和怀特，历经一个世纪仍然是最好的指导，而且它本身也是简洁、清晰的典范。

要敢于寻找自己的风格

想要培养自己不同寻常的写作风格的作家会发现，这件事情并不容易，就如雷蒙德·钱德勒警告过的一样：

> 写作中最持久的是风格，而风格是作家一生中最有价值的投资。它收益很慢，代理人会对此不屑，出版商会误解它，而那些你从来没听说过的人会慢慢地说服他们：作家在写作中追求独特风格的努力总不会白费。

但是作家们一致认为，写作风格必须自然形成。杰克·凯鲁亚克透露了他是怎么找到自己的风格的：

> 我的《在路上》采用了那种随性的风格，这种灵感来自于老朋友尼尔·卡萨帝写给我的信——全都是第一人称，快速、疯狂、自白式、刻板、事无巨细。不过，因为他是给我写信，所以他在信中全都使用真实的名字。我也想起了歌德的告诫——嗯，歌德预言：整个西方文学将会是自白式的。

另一位作家的风格可能带给你灵感，安·兰德提醒道：

> 你买不来别人的灵魂，你也买不来他的风格。

亨利·大卫·梭罗总结得很好：

> 谁在意一个人的风格是什么呢，因为它是可以识别的，像他的思想一样清晰可见。无论在文学创作还是现实生活中，风格不过是一支手写笔，他写作用的笔；它不值得作家为之打磨、修饰和镀金，除非它能因此更好地表达他的思想。它是拿来用的，而不是拿着看的。

从建议到行动！

行动： 检查初稿的时候，看看那些你不动声色写出的令人动情的场景是否让表达更有力。如果违背了传统的语法、拼写或者标点用法，你是否有充分的理由？千万要抵制使用感叹号的诱惑。最后，不要为自己的风格或是否有自己的风格而烦恼——相信在你写到一百万字左右的时候，风格会自动出现。

第五部分

Your Creative Writing Masterclass

写作过程

除了“你的写作灵感来自哪里？”，作家们最常被问到的是他们创作过程中的细节。他们是否手写？他们是早晨起来就写，还是要写到深夜？他们有什么写作仪式吗？虽然每个作家都必须摸索出自己的创作方式，但是了解别人有效的写作方式很有帮助。

这一部分探讨的是，写作是否必不可少，一些非常成功的作家的日常行为习惯，他们如何克服自己的创作障碍，以及其他问题。

第二十七章 不得不写吗？

乔治·奥威尔认为，写作肯定是一件令人难以自拔的事情：

作家都是自负、自私和懒惰之人，他们的写作动机，依然是一个谜团。写一本书耗时颇长，让人精疲力竭，内心充满挣扎，就像身患一种非常痛苦的慢性疾病。如果不是被一个他们无法抗拒也难以理解的魔鬼驱使着，谁也不会做这样的事。

埃利·威塞尔基本认可这个观点，但他言辞间没有指责：

现在很多年过去了，我明白了书的命运和人的命运不无相似之处：有些书带来的是欢乐，而有些书带来的则是痛苦。但是一个作家必须要抵制住扔掉笔和纸的冲动。因为对于真正的作家来说，即使写出来的东西根本不会出版，他们也还是在写；他们写是因为无法不写，就像卡夫卡笔下的那个信使，他知道一个可怕的真相，明知不会有人相信，但还是义无反顾地告诉大家。

如果每天都在写，这种痴迷就没那么严重了，就如詹姆斯·瑟伯描述的那样：

> 我从来不知道自己不写作的时候是什么样子。有时候妻子在一个聚会上走过来说：该死的，瑟伯，别写了。她总是在我一个段落写了一半的时候出现。有时候女儿在饭桌上抬起头问：他病了么？没有，妻子说，他在写东西。

詹姆斯·瑟伯
（1894—1961）

瑟伯的作品有《我的生活和艰难时代》《我的世界——欢迎光临》等。他为《纽约客》大量撰稿，还写了70多篇讽刺性的寓言故事。瑟伯与他的宠物狗贵宾犬出演了一系列的小狗秀节目。

埃德加·爱伦·坡说过：

> 快乐、伤心的时候，我写。饥饿、口渴的时候，我写。好评、恶评的时候，我写。阳光里、月光下，我写。我写的都是没必要说的东西。

埃德加·爱伦·坡
（1809—1849）

坡最著名的作品是《一桶白葡萄酒》《陷坑和钟摆》和《乌鸦》等。参军后，被派往西点军校的军事学院。为了离开西点军校，他故意把自己交由军事法庭审判。

年龄渐长也不必是停止写作的原因。至少对雷·布拉德伯里来说，渐渐变老对他倒是有相反的效果：

> 70岁生日的时候，我意识到那么多朋友都已经去世或者生命垂危，这让我惊醒：我应该完成更多的作品。自那时起，我就不断地提高我的作品产量。

有些作家确实是不得不写，而且感觉浪费一天也是不对的；有些作家则写写停停，相信那些休息的时光可以再添满想象这口深井。我承认自己不是每天都写，但是靠写作谋生可以促使你学会自律。如果太多天不写，你就没有吃的。你不一定必须写作，但是你必须吃饭。

从建议到行动！

行动：你对自己写作的速度和数量满意吗？如果不满意，你决定要怎么改变？

第二十八章 写作地点和条件

你写作时真正需要的是一支笔和一张纸，不过，你会看到，不同的作家对于完美的写作环境、仪式及支持他们写作心境的条件有不同的看法。

威廉·福克纳的要求很简单：

> 就我自身来讲，我写作时只要有纸张、烟草、食物和一点威士忌就好。

村上春树所需要的是：

> 一间安静的房间，一张干净的书桌，最好再有点泰勒曼的音乐。早起写作，日落以后停笔。

谭恩美说：

> 我最理想的写作地点是在索萨利托市我家中的书桌前。如果戴上耳机，随便哪里我都可以在电脑上写作。我确实也在日记本上写——这比较适合不带电脑的旅途。我喜欢坐在公共汽车的后排座上写作。

有些作家对于工作地点和写作方式有很多要求，比如杜鲁门·卡波特说过：

> 我完全是一个躺着的作家。我只有在躺着的时候才能思考，要么在床上，要么在沙发床上，点上一支烟，手边放一杯咖啡。我写作的时候必须要喷吐着烟圈或者喝点什么。一整个下午，我从咖啡换到薄荷茶，再换到雪利酒、马提尼。不，我不用打字机。开始的时候不用。我的初稿都是手写的。

贝丽尔·班布里奇写作的时候要抽烟而且戴上白色的棉手套，以防烟灰落在手指上。她这样描述她的日常生活：

> 我常常从厨房开始，拿着笔和纸在餐桌上写，然后我会挪到二楼的打字机前，再后来我会去顶楼的文字处理器前。顶楼的房间是尖形的，房间里满是烟灰和纸片。文字处理器和电视机一样，难看死了，所以被我放在了看不见的地方。

阿伦·格加纳斯的习惯会打扰到邻居：

> 我大声朗诵自己写的东西。我一个人住，邻居却认为这是一座非常热闹的房子。

支撑物

有些作家身边都是激励他们的物件。查尔斯·狄更斯的传记作家迈克尔·斯莱特写道：

> 在他书桌某个固定的地方如果没有放上“决斗的铜青蛙”和“小瓷猴”这样的辟邪物，他就无法开始写作。这

些东西现在都还放在伦敦的查尔斯·狄更斯博物馆里。

玛丽娜·华纳透露：

我创作上一部小说的时候，身边有：

一瓶发用香水

两个扣在一起的牡蛎壳

干红

三片采自硫黄泉河床上的水晶

（还有其他三件物品）

发用香水是我父亲的，他经常使用它，所以我嗅一下就能感觉他在我面前；牡蛎壳是那本书的主要形象，它代表着女性……干红和水晶是我的女主角西考拉克思在做饭、染发和治疗的时候使用的部分材料，她把这些技艺传给了养女阿里尔。

肯特·哈鲁夫有一个更拥挤也可能更大的书桌：

我的书桌上有一截海狸啃过的树枝，还放了一个鸟巢，从北爱尔兰带来的黑色草丕，一小袋取自环球剧场舞台上的红色沙土（制作完莎士比亚《冬天的故事》之后拿的），取自福克纳的家——罗恩橡园——中的一块砖和一些围场里的泥土，一个套在天鹅绒袋子里的老式暖手宝，一块蓝色的印花大手帕，一把曾经属于我外公罗伊·谢弗的折叠刀，他过去是南达科他州某个羊场的场主，还有一个大概一百年前的黑曜石箭头，是父亲在他的出生地北达科他州荒原上发现的……我书桌上以及旁边墙上的所有东西都能让我想起一些过往经历、生活方式、人们和地方，它们对我来说非常重要。正是对那些东西的依恋给了我创作的冲动。

有时候，用一个仪式或者一件东西标志一部作品的开始十分有用，就像玛丽·戈登描述的那样：

> 上次去意大利的时候，我正在构思一部小说，打算用三种叙述方式来写。所以我买了三种笔记本，每种各三本：一种是在托斯卡纳某家糖果店里买到的，封皮是发光的甘草黑色。一种是在万神庙附近的文具店买的，封皮是赤土色，就像我在窗边看到的屋顶的颜色，在同一条街上，我还买了一副鹿皮手套，是紫红色镶边的草绿色。在特拉斯提弗列的圣母玛利亚教堂附近，我买了三本很像是教堂用的笔记本，封皮是黑色的，带有红色镶边。

从建议到行动！

行动：列出你对写作环境最低的要求，还有你想要的写作条件，包括写作地点的特征（有无噪音？有无风景？诸如此类）。再列出能激发你创作灵感的物体。确保你至少能满足自己最低的要求，同时慢慢达到自己最佳的写作状态。

第二十九章 写多少？写多久？

很多新手作家常常担心自己写的是否足够多，而且不知道一般写多少才是正常。对这个问题，有多少个作家就有多少种答案。不过，要是知道作家的成功与作品的多少并没有必然的关系，可能让人倍受鼓舞。了解不同的创作方法可能启发你自己的创作。

创作的过程要比大部分作家在访谈中所讲的凌乱得多，知道这一点也有好处。在这种访谈节目出现之前，这就已经是一个问题了。埃德加·爱伦·坡写道：

> 大部分作家——尤其是诗人——都宁愿让读者把他们的创作过程理解为是某种美妙的癫狂，即一种狂喜的直觉。他们很害怕读者窥视到其背后的情况：他们构思时的殚精竭虑和优柔寡断的过程；他们在最后一刻才领悟到的作品宗旨；他们在形成成熟的想法之前数不清的思想碎片，如绝望中丢掉的自己处理不了的想法；还有他们的精挑细选以及痛苦的删除和添加过程……

后面他还在继续说，但是你肯定已经看明白了。

一个字还是数千字？

在衡量作品产出的天平一端，我们发现了奥斯卡·王尔德：

> 我一整个上午都在修改一首诗的校样，只删掉了一个逗号。下午我又把它添了回去。

天平的另一端是安东尼·特罗洛普。《纽约客》上的一篇文章这样说：

> 特罗洛普在他的自传里提到，连续很多年，他每天在深夜醒来，从凌晨5：30写到8：30，手表放在他的正前方。他要求自己每15分钟写出20个字。如果8：30之前能完成一部小说的写作任务，他就拿出另一张纸开始下一部作品的写作。在很长一段时间内，他写完之后还要去邮局上班。而且他说自己每周至少打猎两次。在这种生活规律下，他在35年之内写出了49部小说。他获得了非凡的成功，并把自己的方法推荐给所有作者："让写作之于他们就如普通工作之于普通劳动者。"不需要特别费力。他无须在额头上系上湿毛巾，也不需在书桌前一动不动坐上三十几个小时——有些人就坐这么久，或者他们说自己坐了这么久。

他如此多产的秘密是什么？答案是规划、坚持和严格的自律：

> 开始写一本新书的时候，我总是准备一本日记本，按周数分好页码，在自己规定好的完成时间内一直带在身边。在这个本子里，我每天都记下写的页数，因此如果某一两天我开始懈怠，那么这种懈怠也会被记在日记本里，它们就在那里盯着我，要求我加倍努力补上落下的部分……我面前总有写作记录，如果一周过去页数没有写够，我就急

得眼睛要生出水泡来。一个月还完不成的话，我便觉得丢脸，难过得要死。

谈到每周的产量，他说：

> 我每周要求自己完成很多页，平均 40 页左右。最少的时候只能写 20 页，最多的时候能写到 112 页。因为一页纸不是一个特别明确的概念，我要求自己每页写 250 字；如果不盯着进度的话，很容易就慢下来，所以我常常是边写边数字数。

艾丽斯·芒罗步他后尘：

> 我会强迫自己完成额定的页数。如果我知道哪天要外出，就提前把那天的任务完成。我太强迫自己了，这很糟糕。但是我不能落后太多，就好像这样我会输掉一样。这和年龄有关。随着年纪渐长，人们会对某些事情产生类似的强迫症。

在自传中，马克·吐温回想了当年写《傻子国外旅行记》的情况：

> 那时候我很年轻，极其年轻，不可思议地年轻，比我现在要年轻，我永远都不会再那样年轻了。我每天晚上从 11 点或者 12 点一直工作到大天亮，而且因为我在 60 天内完成了 20 万字，所以每天大概是 3 000 字左右。这对瓦尔特·司各特爵士来说不算什么，对路易斯·史蒂文森不算什么，对很多人来讲都不算什么，但是对于我来讲是很漂亮的数字。

一个短篇小说需要多少时间？安东·契诃夫有一个精确的答案：

写一个短篇小说，你需要五六天的时间，在这几天里你必须每时每刻都想着它，否则你永远写不出好句子。在下笔之前，每个句子必须在脑子里先待上两天，安静地躺在那里，慢慢变得有分量。毋庸置疑，我懒得思考自己的写作规则，但是我确实要将此推荐给作家们，因为我亲自体验了这个方法所带来的好处，而且知道所有真正的艺术家的原稿都是一团糟，上面满是删改和纠正的痕迹，好像一个拼接物，有划掉的，有插入的，当然那些插入的内容本身又被划过、删过。

一部长篇小说需要多长时间？谭恩美的答案是：

似乎要好几年。各方面的原因使得《喜福会》里的三个故事花了我三年的时间，然后又用了四个月才完成其余的部分。它后面一本书的初稿用了一年半的时间。我写书所需的时间越来越长。《拯救快淹死的鱼》花了我很长时间，因为在这期间我病了，一度写不出任何句子。由于种种原因，我总是耽搁在某个地方，一想到有人会读这本书而且这本书将要出版，我总是想：这真是我想写的那本书吗？这真是我想出版并且带到世界上来的那本书吗？

詹姆斯·D. 休斯顿说，创作时间是他经常被问到的问题。他补充道：

我几乎很少跟他们说真话。“这个说不定，”我常说，“一年，有时是三四年。”当然，真实的答案是，它常常要用去你一生的时间。我今年44岁，我用了44年来完成这部小说。你不要跟太多人提起这件事情，因为这会让他们感觉悲伤。他们会一边看着你，一边想：噢，天哪，要用44年写完这部作品？但这真是最正确的答案。你不可能完成得再快一点儿。有灵感的时候，你开始写这本书，然后用一生去完成，无论你还能再活多少年。

有时候，某些特定的情况会给你的创作节奏带来很大的影响。J. K. 罗琳说，她母亲去世之后：

> 我当时打算再去教书，而且我知道除非能很快完成这本书（第一本《哈利·波特》），否则我永远完不成它；我知道全职教学需要批改作业和备课，而且我还要独自照顾小女儿，这会让我一点儿时间也没有。所以我近乎疯狂地工作，决定完成这本书，至少努力出版它。每当杰西卡在她的婴儿车内睡着的时候，我会冲到最近的咖啡店，发疯似的写作。

有些作家的创作速度受到书迷们要求的影响。斯蒂芬妮·梅尔在《娱乐周刊》对她的采访中提到：

> （我的书迷们）认为我是创作最快的作家，大概是一年一部作品，你知道，这一点也不公平。我的意思是，他们给了 J. K. 罗琳多长时间？（笑着）她要几年完成一本书？而且《伊拉龙》的作者克里斯托弗·鲍里尼也需要两三年完成一部作品。但是我知道书迷们想（看到新书），而且你不想辜负他们。

乔治·R. R. 马丁是《权力的游戏》的作者，他算是领教了书迷们的要求有多么苛刻；那些读不到《冰与火之歌》系列新书的读者发恐吓信给他，并且建立了专门贬责他的网站。

如果影视剧作家收到了剧本佣金，他们必须严格按照规定的时间交稿。我曾经创作过一部情景喜剧，最后一刻一个明星病倒了，我们必须再写一个不以她为主人公的全新剧本。当时只有一个周末的时间。当然了，这是例外情况，但他们的创作时限确实要比小说家紧得多，而且假如在电影要开机的时候剧本还未完成，经济损失也很惨重。也就是说，如果你想为电视或者电影工作，你需要有很强的自律能力，而且你不能是一个完美主义者。

创作一个故事片常常需要四到六个月的时间，当然也有变数。朱莉·埃沃顿是我的一个同事，她告诉我，她的朋友、著名的剧作家菲利斯·奈吉的一个剧本要写九个月：前八个月用来构思，最后四周用来写作。

从建议到行动！

行动：重要的不是赶上别人的产量，而是要量力而行，看看自己适合写多少。先别去想一有时间就写，也不要考虑什么样的写作速度比较合适。要根据自己可以写作的时间以及频率，就每天或每周或每月的创作量定一个具体的目标。试着找一个能敦促你写作，而且完成之后让你很有成就感的目标，但目标不要太高，以免很难坚持下去。

尤其在刚开始写作的时候，写完之后，仔细数一下你能写多少字。注意下面几点：什么时候你写得最多？那段时间还有其他的什么因素？多做一些类似这样能提高效率的事情。

如果你发现自己常常走神，请使用计时器。开始的时候定 30 分钟，在那段时间内，什么都别做，只管写：不要查邮件或脸书网页，就算必须查资料，也不要在网上查，只管写。你一旦习惯了这样，把 30 分钟改成 45 分钟，其中留出五分钟的休息时间。

这里我们只考虑了你需要多长时间才能写出作品。更不可预测的是写完之后要用多长时间才能卖出去。J. K. 罗琳的第二个书稿代理人和她签约的时候，她很开心，但是这个代理人用了一整年的时间才找到出版商，在这个过程中吃了很多闭门羹。

事实上，一年已经是很快的时间了；很多成功的小说家奔波数年，甚至十年或者更久，才得到认可。我的剧本《欢乐一家亲》从写成到出品用了 13 年的时间。在这个过程中，迈尔克·基顿、导演巴克·亨利、制作人伦纳德·戈德堡、罗宾·威廉姆斯和其他人都认真地表示过他们的兴趣，但是每次谈判要么无法成行，要么就谈崩了。尽管我也赚钱了，但这个过程令人沮丧。耐心和盲目的乐观对于任何作家都是非常有用的品质。

第三十章 信心

很多作家常常面临来自各方的否定：书稿代理人、出版商、评论家，还有公众。那么经典作家给了我们哪些相关建议呢？

我们先看马克·吐温的一篇随笔，他在这篇文章里讲述了自己如何寻求别人对他的作品的看法，以及他再也不这样做的原因：

> 我十六七岁时，突然有了一个精妙绝伦的想法——全新的想法，之前谁都没有想到过：我打算就此写作一些“作品”，然后拿给《共和党》的编辑看，想让他给我的作品提出能体现作品价值的清晰、朴实的意见！现在看来，虽然这个想法再平常不过了，但当时对我来讲，是一个新鲜而壮丽的想法，它电闪雷鸣般划过我的脑际。我带着那种文学界初生牛犊才有的信心和热情写完了那些文章。文章中没有一个句子的权衡、润色和修改超过半小时。实际上，我可能甚至没有花超过五分钟的时间去思考任何一个句子的措辞。

但是，当吐温到了那幢楼，他的自信就消失了：

> 大概就在我踌躇不决的时候，我要咨询的那个编辑从楼上走下来，停顿片刻，拉着袖口披上外套——刚好发现我在用渴望的眼神望着他。他问我想要什么。带着男孩子的腼腆和羞涩，我回答说："没什么！"然后低下头，毕恭毕敬地走开，直到走进小巷深处，才深吸一口气：哦，谢天谢地，总算出来了。然后我拔腿就跑！
>
> 我心满意足。什么都不想要了。那是我第一次试着去向一个文化人征询有关我作品的"清晰、朴实的意见"，此次经历对我的影响一直持续到现在。后来，每当收到一些作者的信件，要求我评论其作品的优点的时候，我很想告诉他："如果你曾经带着作品去过某个庄严雄伟的新闻大楼，在那里你谁都不认识，你就不会像现在这样对自己的作品如此自信了。"

无论我们想不想，别人都会评价我们的作品。而且如果这些意见是负面的，它会带来痛苦。安东·契诃夫描述了作家们应该达到的理想状态：

> 你必须彻底抛弃对成败的担忧。别去想那些事情。你应该日复一日地坚持写作，坚持不懈，随时为那不可避免的错误和失败做好准备。

要做到这样很难，即使在自己领域内的顶尖作家、编剧威廉·戈德曼都承认：

> 我不知道别人怎么样，但是建立自信是我这一生中每天都要面对的最艰难的战役。

契诃夫有时候也怀疑自己和自己的作品：

> 为批评家写作就像让一个感冒的人去闻花香一样。有

时候我真的很没有信心。我为谁写？为什么而写？为大众？但是我从来没有真正看到过这个“大众”，与鬼神比较起来，我更相信鬼神的存在。这个“大众”缺乏教养，没有礼貌，即便在最好的时候，对我们也是肆无忌惮、虚情假意。我不知道这个“大众”是否真的需要我……我想要的是钱吗？但是我从来都没有钱，因为我不习惯有钱，所以我对钱也很漠然。我只是不能让自己为了钱而工作。我想要的是赞美吗？赞美只能激怒我……

艾丽斯·芒罗把她的信心归因于无知：

写作的时候，我总是很有信心，同时也很担心这种信心是不是完全错位。我认为，从某方面来讲，我的信心只是来自于我的无知。由于太过于离群索居的生活，我认识不到女人不像男人那么容易成为作家，也认识不到下层社会的人不容易成为作家。如果你知道自己在一个小镇上写得很好，你就很容易认为写作是个罕见的天赋，因为在那里，你几乎碰不到一个读书人。

就算作家坚持写完一部作品，也会有疑虑，就如纳撒尼尔·霍桑所说：

这本书中，有几部分感情非常强烈，但是我的作品不能、也永远不会被很多人认可，因此也不会有很多读者。

他说的是《红字》。

乔伊斯·卡罗尔·欧茨这样建议：

你必须不惧苦难，还要培养幽默感。而且毕竟连威廉·福克纳都认为自己是一个失败的诗人，亨利·詹姆斯在遭遇戏剧写作失败之后又返回来写小说，林·拉德纳因

诺曼·梅勒
(1923—2007)

梅勒的著名作品是《刽子手之歌》《一个美国梦》和《裸者和死者》等。他深受美国总统约翰·F.肯尼迪的喜爱，在1960到1996年之间写过各种有关美国政治会议的文章。

为写不出伤感的流行音乐才写出了完美的美国散文，汉斯·克里斯蒂安·安徒生在诗歌、戏剧、人生诸方面失意之后才写出完美的童话故事。

那真是问题所在。也有可能我们根本不是什么未被赏识的天才，可能我们写的东西确实很糟糕。诺曼·梅勒认为：

> 一个可悲的事实是：想成为小说家的人必须要写几本反响不好的书，才知道写作的艰难。而如果年轻的赛车手需要经历几次同样的失败，这世上就没有赛车跑道了。

你要努力忘掉那些糟糕的东西，继续写作，相信迟早能写得更好，或者有朝一日得到读者的认可，就如幽默作家罗伯特·本奇利说过的那样：

> 我写了15年才知道自己根本没有写作的天分，但我无法放弃，因为那时已经太有名了。

为了对付你的疑虑，希拉里·曼特尔建议：

> 一个作家可以培养的最有益的性格是自信——如果你可以掌控的话，傲慢一点也可以。你写作是为了让全世界接受你，但是当世人并不认可你的时候，你必须要相信自己的能力。一本书不会那么容易就被接受，出版之路也布满了荆棘。如果你没有熟人，而且也不认识其他作家，自信就显得更加重要了。在你还没有作品出版的时候，仍然可以告诉自己："我是一个作家。"你应该这样定义自己。

从建议到行动！

行动：一个作家信心的缺乏通常是因为你的内心批评家比任何真实的批评家还要严苛。这里有三种方法可以帮你控制内心批评家不去贬低自己的写作：

- 挑战它。把它说的话全都写在纸上。“这本书毫无价值，谁也不会买它！”多么赤裸裸和脱离实际的评论。挑战每一个评论：“没人会买它？错！我妈妈会买好几本！”最终你担心的会更现实一些：“这本书可能卖不了我预想的那么多。”这可能是真的，也可能不是，但是你当然不能因为这个就停止写作。
- 让你最喜欢的卡通人物说出你内心批评家的话。如果唐老鸭说：“你永远不可能成为一个作家，为什么不现在就放弃？”它会去掉其中让你发怒的成分。
- 要认识到：这些想法只是想法，不是事实。你每天有上千种想法。它们来来往往。为什么要特别留意这些想法呢？
- 下次你的内心批评家试图破坏你的信心的时候，使用上面的任何一种或者几种方法……然后再回到写作中去。

第三十一章 评论家

作家只跟内心的自我批评斗智斗勇是不够的，他们还必须应付外在的批评家：评论家。

契诃夫把评论家挖苦了一番：

> 评论家就像妨碍马耕地的马蝇。干活时，马的肌肉绷得像琴弦一样紧，突然一只马蝇落到马屁股上，嗡嗡叫着叮咬它。马的肌肤微微颤抖，它摇动尾巴驱赶马蝇。马蝇在嗡嗡叫什么呢？可能它自己也不清楚。它只是本性焦躁，很想让别人感觉到它的存在——“我也是活着的，你们知道！”它似乎在说，“瞧，我知道如何嗡嗡，没有什么我不能嗡嗡的！”25 年来我一直在读关于我的作品的评论，但是我记不起其中哪一条是有意义的，或者说哪怕一丁点好的建议。唯一给我留下深刻印象的评论家是斯卡比切夫斯基，他说我某天会醉死在水沟里。

塞缪尔·约翰逊这样看待评论家令人窒息的影响力：

> 批评虽然被尊为学识渊博的古代先贤们的智慧结晶，

> 而且自纯文学复兴以来，一直为欧洲学者们所热衷，但它尚未成为一门真正的学科，缺乏科学的确定性和稳定性。迄今为止，它的那些规则鲜有出于某些既定的原则，或者某些可以自证的假设，而且也不具有普适性。仔细考察，就会发现它们是那些自封的立法者所颁布的专断法令。那些立法者千方百计只为了达到同一个目的：他们挑选了那些他们刚好想到的东西，然后依据那时闲散和胆怯的人巴不得要遵守的法则，限制那些追求偶然和冒险的新思维，迫使未来所有的天才只能追逐米奥尼亚鹰的路径。

而且如果米奥尼亚这只鹰没有光顾的话（它没有光顾我），米奥尼亚就只是传说中希腊史诗作者荷马的出生地。约翰逊似乎在说，因为评论家的影响，每个作家都只能追随荷马叙述故事的方式。

约翰逊接着说：

> 这种权威可能遭到比较正当的反对，因为它明显来自于那些他们试图操控的人。没有多少写作规则可以归功于尖刻的评论家，这些饱读经典的批评家们唯一的优点，就是他们注意到了那些伟大作家对故事的谋篇布局，或者他们优雅的表达方式，并且期望人们能把他们发现的这些箴言奉为经典，而他们无论如何是创作不出这些经典箴言的。所以说，是实践创造规则，而非规则引导实践。

为了对评论家公平起见，约翰逊认为：

> 如果一个作家的作品得到褒贬不一的批评，这对他来说是一件好事。名声就像羽毛球，如果只站在一边打，那么它很快就会落在地上。要保持平衡，两边必须都有人打。

欧内斯特·海明威描述了现代作家对评论家和信心的典型感受：

当书出版的时候，你已经开始在忙别的事了，所以这本书就成了过去，你不想听到人们谈论它。但你不得不听，因为在报纸杂志上，在任何地方，你都能看到它。然而你对它已经无能为力。

那些尚未成名的评论家希望通过预言你的无能、失败和江郎才尽来让自己成名。没有哪个评论家会祝你好运，或者希望你能一直写下去，除非你有什么政治背景。这样的话，他们会拍你马屁，把你与荷马、巴尔扎克、左拉和林肯·斯蒂芬斯相提并论。没有这些评论，你一样能过好……

但是如果这本书很好，是你熟悉的题材，写得很真实，仔细读过之后，你觉得确实如此，那你就可以让那些人大喊大叫了，任凭他们像荒原狼一样，在寒冷的夜里、在冰天雪地中发出嚎叫，而你安然待在自己修建的或者辛苦工作买来的房屋内。

很多作家都认为，对付评论家最好的方法就是无视他们。以威廉·福克纳为例：

艺术家没有时间听评论家说些什么。那些想成为作家的人才读评论，那些要写作的人没有时间读评论。评论家也试图说："我精通此道。"评论家对艺术家毫无用处。艺术家较之评论家总是技高一筹。评论家的文章能打动很多人，但是唯独无法打动艺术家。

并不是所有作家都认为负面评论没有任何价值。田纳西·威廉斯说过：

那些负面评论总能给我动力。如果一场戏剧明显很失败的话，评论还没出来，我当天晚上就已经坐在打字机前了，相比大获成功，这种时候我更有动力去工作。

让人欣慰的是，很多时候，历史会证明某些评论家的自信是错误的。下面的书评发表于 1851 年 10 月 25 日的《伦敦雅典娜神庙》。你一读就知道这是在抨击哪本书：

> 这是一部浪漫和现实比例失调的作品。写作期间，连贯的、可控的故事很明显光顾过作家，然后又抛弃了他。有些地方疯狂的（而非糟糕的）语言毁了故事的风格，它更大的灾难是匆忙、无力而且晦涩难懂……
>
> 然而无论如何，这是一本发人深省的书。既没有华丽铺张到让我们感觉很舒服，也没有教条到让我们感觉很无趣——比如关于这条大鲸鱼及它的能力、家园和捕杀的纪录片那样。我们的作者肯定可以归到那些不可救药之列，时而用天才的笔触逗弄我们一下，但更多时候，用那种品味低劣的东西所体现出来的怪异和草率来折磨我们，这些东西非鲁莽、错乱的脑袋莫属……
>
> 对这本荒谬的书我们无从驳斥，也无从褒奖。对他的恐怖故事和英雄壮举，如果读者像处理最糟糕的疯人院文学垃圾一样丢在一边，麦尔维尔先生应该感激的是他自己——因为他似乎很不屑于学习艺术家的技艺。

现在有很多评论可能来自网上，比如一位业余评论家对夏洛蒂·勃朗特的《简·爱》的如下评论：

> 没完没了的、毫无意义的描述。描述，描述，描述！！！整本书都是愚蠢的暗喻。偶尔哪个地方有点对话也能把读者烦死。说真的，我认为这本书被冠以经典只是因为它比沙土还久远。上帝啊，可能我只是出去在一张纸

杜鲁门·卡波特
（1924—1984）

卡波特著名的作品是短篇小说《蒂凡尼的早餐》和他真实的犯罪小说《冷血》。《冷血》的写作得到了挚友、《杀死一只知更鸟》的作者哈珀·李的帮助。《杀死一只知更鸟》中的人物迪尔以卡波特为原型。

上随便写点什么，160年之后，它也会成为经典！这种愚蠢的“故事”也要求每个大学二年级的学生去读。对不起，我要写我的代表作去了。肯定比这个好。

应该回应那些负面的评论吗？

杜鲁门·卡波特这样建议：

永远不要屈尊去回应那些评论家，永远不要。在心里给那些编辑写封信就好，别付诸笔端。

契诃夫的观点是：

评论文章，即使是那些与事实不符、乱写一气的文章，也会受到无言的尊敬。这是文学礼节。对评论作出回应不符合常规，而且喜欢那样做的人常常被视为过度自负……无论是主流还是边缘文学，如果受个人意见左右，那就太可怜了。这是最重要的一点。其次，没有什么警方力量可以解决文学问题。我同意我们必须要有枪杆子或者棍棒，因为文学领域也像其他地方一样会闯入骗子。但是无论你多努力，对文学来说，你都找不出比批评和作家本人的良心更好的警察。自文学出现之初，人们就一直在努力寻找，但是没有找到更好的方法。

我有过一次很不幸的经历：我在洛杉矶出品的一部戏剧得到的全是负面评论。我翻看《综艺》杂志上的一个宣传广告，上面写着：“评论家对《瑞奇大鼠等评级》看法一致！”我没有细看内容，但是读者可能会以为，如果一个作品得到的全是负面评论，根本没有谁还会去宣传它。然而结果是票房大卖，观众对那部剧的欣赏似乎超过了评论家。

除非你能想出一个方法把负面的评论转化为有用的东西，否则，保持沉默可能是最好的策略，即使这些批评来自你的同行。作家兼教师 T. 艾伦·布莱顿说过：

> 在小说和诗歌写作入门课程的教学提纲里，我告诫学生："当别人讨论你的作品时，你应该明白，不必在全班同学面前为自己和自己的作品辩护；比较理想的做法是，你应该呈现自己的作品，倾听各种不同的反应，并且在空暇时考虑一下哪些话有用，哪些无用。这个过程的重点之一在于让自己学会如何客观对待自己的作品。"

建设性的批评

史蒂芬·松德海姆描述了在他 15 岁时，如何让奥斯卡·汉默斯坦读他为学校演出而写的音乐剧：

> 他问道：你真的希望我把它当做一个陌生人的作品对待吗？嗯，是的，我说。他回答说：如果那样的话，这是我读过的最糟糕的东西。他见我脸色惨白，接着说：我并不是说你没有天赋，但是我们来看看你的作品。他继续把它当做一部严肃的作品，从第一个舞台说明开始谈起；就如我常常说起的，毫不夸张，在那个下午，我学到的写歌技巧比我在整个余生中学到的都要多。

欧内斯特·海明威对弗·司各特·菲茨杰拉德说：

> 我喜欢听葛楚德·斯坦因大声训斥我，因为这样能打压我良好的自我感觉——一直往下压。如果她说很喜欢哪

本书，那就是真的喜欢，但是我想听她说不喜欢，还有她不喜欢的原因。

我重点讲述了负面评论的影响，不过一个积极正面的评论有时会大大促进一个作家的职业发展。克里斯托弗·艾什伍德对雷·布拉德伯里《火星纪事》的评论就是这样。布拉德伯里讲述了这个故事：

那是1950年的夏天，我看到艾什伍德正在一家圣莫妮卡书店浏览书籍。那时我的书刚刚出版，所以随手从架子上拿了一本，签好名后送给他。他的脸色沉了下来，我的心也随之咯噔一下。但两天后，他打电话说："你知道你做了什么事吗？"我问："什么呢？"他只是让我去读他在《时代周刊》上写的对那本书的评论。他的奋笔疾书让我的人生有了转机。这本书马上荣登畅销书排行榜，自那之后一直加印。

否定认可

布拉德伯里的话指出了另外一个全新的挑战：

你必须要学会如何接受否定，以及如何否定接受。较之后期的问题，一个作家在早期遇到的根本不是问题。接受否定，收到退稿信不算什么大问题，大问题是否定别人的接受和认可。在过去的七年里，我拒绝了15部电视剧本的邀稿。我宁愿闲着，随意游荡，关注自身。一个作家必须能坚定地审视自己的内心。你写作是因为看作品从自己的手中诞生是一种冒险。宣传是令人愉悦的，但它从来不属于你。你永远不能确定那个印出来的名字是你自己。

还有一个问题是，要不要相信评论家的那些溢美之词。在一个名为“面对面”的采访节目中，伊夫林·沃说过：

> 如果有人赞美我，我认为那人是个马屁精；如果有人责骂我，我认为那人是个笨蛋。

专业评论家的力量已经让位于普通读者的力量。比如，在亚马逊网站买书的时候，我们常常关注其他读者的打分和评论，它们的分量堪比网站所引用的专业评论。当然，这确实意味着，你可能得到49个负面评论，而不是仅仅1个，所以本章的所有建议依然有效。关于信心、评论家和失败的最后一句话，可能是塞缪尔·贝克特那句著名的箴言：

> 尝试了？失败了？没关系。再试一次，再失败一次，就不会失败得那么惨了。

从建议到行动！

行动：当别人批评你时，思考以下三个问题：

- 首先这个批评你的人是什么来历？他们有专业知识和相关经历吗？如果没有，不要浪费任何精力担心或者回应他们。一个放之四海而皆准的回答是：“谢谢您分享您的意见。”每当有人对我的剧本提出可笑的建议时，我总说：“呃，听上去很有趣。我修改的时候会考虑的。”然后完全忽视那个建议，当我上交修改稿的时候，那个提出建议的人通常也已经忘了这回事。如果你想让自己平静地面对那些当面提出评论的人，就想象是一只苍蝇在绕着你嗡嗡说着那些无足轻重的意见。（如果这样想会让你笑，别告诉他们为什么。）

- 他们是不是本来出于好意，但是表达有误呢？如果是这样，那就稍加考虑，忽略那些蹩脚的表达方式，看看他们说的到底有没有价值。
- 他们说的是否有一定的道理，即使他们的话并不是完全切中要害？如果确实有一定的道理，那么他们给你提供的是一些宝贵的信息。

下次发现你自己或者你的作品被评论的时候，请问自己上述三个问题。你会发现这样做能把一个负面的批评转化成有用的——或者你可能忽视的东西。

作家的创作障碍 第三十二章

是否存在创作障碍，对此尚无定论；很多时候，这个概念是指下面的情况：作家想不出要写什么，或者知道写什么但是不知怎么开始写，或者写到一半突然写不下去。

也可能是，就像作家隔三差五的焦虑一样，对创作障碍的恐惧产生了这个问题本身。很多因素可以导致作者的写作受阻。我们来看看具体情况以及应对措施。

焦虑和神经症

有时候，某种障碍可能和其他的焦虑相关，露西·埃尔曼就是这样的情况：

> 我从来不能轻而易举地想出故事的形式和结构框架；哪怕只写三页长的内容，我也常常不知道要写什么。我把这归因于自己糟糕的体型。12 岁的时候，在万圣节晚会上，我把自己打扮成一个圆滚滚的物体：把自己缝进一个大的洗衣袋里，并且塞满毛茸茸的填充物。那预示了后来的事

> 情。我把自己视为一个没有形状、变形虫一样的怪物，完全不像人。我常常在一堆不成形的想法面前颤抖。它们需要耐心梳理和严格控制。

在《青春浪子》的前言中，田纳西·威廉斯描述了他的写作障碍——这并没有阻碍他写出最受现代剧院欢迎的剧作：

> 我突然想起和一个很著名的同事共进晚餐的情形。晚餐快结束的时候，他打破了饭桌上让人窒息的长时间沉默，同情地看着我，和蔼地说："田纳西，你没感觉到作为一个作家，你已经到了瓶颈期吗？"
>
> 我没有停下来思考怎么答复这个问题，它就在嘴边："噢，是的，创作的时候我总是遇到障碍，但是我想写的欲望那么强烈，以至它每次都能冲破那些障碍，让我继续写下去。"
>
> ……确实是这样的。14 岁的时候，我发现写作可以让我逃离非常不舒服的现实世界，它马上就成了我的藏身之所、我的洞穴、我的避难所。要逃离什么呢？小区里的孩子说我娘娘腔，父亲喊我南希小姐：小时候得了重病，家族里女性成员的耐心照顾给了我第二次生命，所以我特别依恋她们，而且我宁愿待在祖父的经典书籍藏书室里看书也不愿去玩弹子游戏、棒球和其他一般男孩子玩的游戏。
>
> 我记得，刚开始写作还不到一周，就遭遇了初次障碍。很难以一种正常人可以理解的方式来描述这种感受。但我在尽力。一直以来，我都有这样一种困扰：太想要或者太爱一个东西时就会把自己置于一种易受攻击的状态，就算不是非常可能，也是有可能失去它。大概就是这个样子。从那时到现在，这个困扰一直都在，而且会一直存在下去，

我梦想成真、心想事成的可能性也因为这个困扰而大打折扣。

忧郁症

对海明威来说，创作受阻和抑郁的情绪有关。他这样描述那个阶段：

> 我一直都很用功。但是也一直存在这样一个魔咒：我很抑郁的时候，写不出东西，而且大概三周的时间都睡不好。我开始在凌晨2点左右起床，去小屋子里写到天亮，因为当你写一本书又睡不着的时候，大脑在晚上飞速运转，你把所有的东西都写在脑子里，但是到了第二天早晨这些东西就踪影全无了，而你也已经筋疲力尽。但是显然，我身体锻炼得不够好，要是无论什么天气都让自己出去划船就好了。最好是，写到一半就去锻炼，这样不会让自己疯掉。如果不停加速、赶进度，你的脑袋会变得极不正常。以前从来没有这么多愁善感过，但是我很开心现在有这种体验，因此我懂得了这种感受。这使我更能理解父亲的遭遇。

海明威的父亲在1928年自杀，而海明威也在1961年步他后尘。

情绪低落对于E. B. 怀特也是一个影响因素，但它只会拖延而不会妨碍他的写作：

> 写作的想法像一团不祥的云朵笼罩着大脑，让我们像夏季时暴风雨到来之前一样忧虑、低落，因此我们常常在早饭后就歇着，或者随便到那些乱糟糟的什么地方去，比如去最近的一个动物园，或者去某个邮局买几张带邮票的

E. B. 怀特
(1899—1985)

怀特的著名作品有《夏洛的网》《精灵鼠小弟》和《天鹅的喇叭》等。美国各中学和大学广泛使用他和小威廉·斯特伦克教授合写的语法指导书《风格的要素》。

信封。我们的职业生活一直就是这种没羞没臊的逃避。家中会有很多干扰，我们也从来不待在办公室里……但事实明摆着就在那里。妨碍我们写作的不是要躺下休息，也不是关上的百叶窗，甚至不是家人和我们对此的提防。

如果你感觉自己非常抑郁，最好去寻求专业的帮助。作为一个患过抑郁症的人，我知道，善意的家人、朋友所给的“快乐起来”或者“掌握你自己”之类的建议并不能解决问题，你需要去医院接受治疗。

过程的一部分

安德烈·纪德的建议是：

不要过分担忧这种才思枯竭的阶段，这是日常生活中常会碰到的事儿。

谢莉·杰克逊的看法表明，创作障碍可能也是创作过程中很正常的一部分：

我未完成的稿子往往一放就是数年，真正的原因是，我怀疑自己不知道如何完成这部作品。当最终又回到这部作品的时候，我依然不知道如何完成它，但是无论如何，我硬着头皮，还是完成了。我多么希望有人告诉我说，我永远也不知道怎样写小说，而且我永远也不知道初稿完成后，如何弄明白自己写了什么，怎样才能让它更好一些。尽管充满了困惑和质疑，只管继续写下去。

罗迪·道伊尔也是一个创作态度比较随意的小说家：

> 我想我好像从来没有遇到过创作障碍。如果一部作品进展缓慢或者不尽如人意，我会去写另一部，过一段时间再回到前一部作品中。如果知道自己写的是废话，我还是会开心地写下去，回头再好好修改。通常我们要写六个糟糕的句子才能写出第七个精彩的句子，但是必须要先写那六个句子，然后才能认识到它们的糟糕，才能知道第七个句子是我们真正想要的。因此即使是糟糕的岁月也不无裨益。

艾丽斯·芒罗创作每一本书都会遇到暂时的障碍：

> 我可能会写一整天，并且认为自己写得很好，而且比平时写得都要多，但是次日清晨起床的时候会突然间不想写了。当我很不情愿地去靠近它或强迫自己去继续的时候，我就知道哪个地方出了问题。一般来讲，我在一部作品创作到最后四分之一的时候，常常想要放弃它。我会努力克服一两天这样的低落情绪，到处发牢骚。我开始思考一些我能写出的其他东西。这多少有点像婚外恋：你和一个自己完全不喜欢的男人去约会，借此逃离所有的失望和痛苦，但是你没有意识到自己在这样做。然后对于那个就要放弃的故事，我突然有了灵感，知道怎么完成它，但这似乎总是在我说了一些放弃的话后才发生。

较之那些尚未创作出来的作品，契诃夫对于自己正在创作的内容也有相似的质疑：

> 我头脑中的五个中篇小说和两部长篇小说的情节越来越没有活力。其中一部长篇小说已经构思了太久，以致其

中的几个人物角色在我落笔之前就已经老得跟不上潮流了。我脑袋里有一大队人马乞求出来，就差我一声命令。就这一点来讲，较之那些我希望自己写出的和迫不及待要写的作品，我正在写的都是垃圾……凡是我正在写的东西都很无聊，激不起我的任何情绪，但凡是那些还在我脑海里的故事都很有趣，能推动我去写，也让我很兴奋。

就此问题，很多作家提出了实际的应对方案：

考虑更大的问题

保罗·奥斯特认为，任何一个创作障碍都可能暗示我们需要考虑更大的问题：

需要有很大的耐心。经历了几周的痛苦和数月的折磨，我发现，当一个作家遇到创作障碍的时候，通常意味着他不知道自己在说什么。你必须回去检查自己的创作动机和目的，看看自己想要完成什么计划。但最重要的是，不要仅仅为了写作而硬挤。

对话题进行头脑风暴

如果你不知道下一部作品写什么，可以试一下菲利普·罗斯的方法。在美国国家公共电台的采访中，他讲了自己是如何想到最新一部中篇小说《复仇女神》的主题的。小说写的是小儿麻痹症：

有时候读完一本书，我就在黄色的便签纸上迅速写下一些历史事件。我经历过这些事件，但是还没有在作品中提到过它们。当我写到小儿麻痹症的时候，突然间很受启发。我之前从来没有想过这也可以作为一个主题。接着我回想起那个病多么可怕、多么要命。我寻思着："好吧，努力写一本关于小儿麻痹症的书……”我想看到的是：如果我们都害怕的事情发生了，我能想象出那会是什么样子吗？

《反美阴谋》也是以这样的方式诞生的。在这本书中，他假想如果不是富兰克林·罗斯福而是查尔斯·林德伯格在1940年的总统竞选中获胜，美国会怎样。

只写你相信的

雷·布拉德伯里说：

那些有思维障碍的人通常都是那些做自己不应该做的事情的人。那些写了不应该写的影视剧本或者书的人——他们都将遇到自己的干旱期，因为他们的潜意识在说：“我将切断水源！”

他的解决方法很常见，并无太多新意：如果你写自己喜欢的东西，就永远不会有枯竭的时候。

疗伤

在创作《卡特打败恶魔》中的一个场景时，格伦·大卫·戈尔德碰到了一些问题，这些问题耽搁了他17个月之久。在这期间，他一直想，写作应该不仅仅是为了解决童年时期没有解决的创伤。他说：

因此我去接受治疗，试着改变自己的人生。在治疗中，我跳过那个场景去想别的场景，然后再回到那个场景，就这样走出了困境。那时，我决定要让自己大吃一惊，因此它不能仅仅是阐述。我站在图书馆的书架前，决定根据随手抓到的第一本书在这个场景里增加点什么。不是开玩笑，我当时抓到的是关于断头台的历史的书。因此就有了可以打破阐述、让我吃惊并且还能让这个场景充满悬念的东西。

坚持写日记

多米尼克·邓恩的建议是：

我认为作家最好都写日记……在你创作受阻的时候，日记是非常有用的。把受阻这件事情写在日记里，并且在日记本上记下你所体会到的沮丧感和对自己的愤怒感。向自己描述你正在写的某一章节或者某个场景：人物是谁，本章及本场景去向何处。把这些都写下来。相信我，那些障碍的解决方法会自然出现在你的日记本里。

出其不意

H. G. 威尔斯的建议是：

如果你某本书突然写不下去了，试一下出其不意的方法：在作品没有预期的时刻去写它。

弗·司各特·菲茨杰拉德也有类似的看法：

有时候可以每天早晨一起床就用最新鲜的思维来面对一个难题，长此以往，难题就可以迎刃而解。这方法我屡试不爽，所以我对它深信不疑。

播放音乐

谭恩美说：

有很多方法。其中之一就是播放我上次写这个场景时听的音乐。音乐起催眠的作用，它把想象中的所有其他场景连在一起，因此带给我灵感。

写一个真实的句子

海明威这样让自己安心：

有时候，当我开始了一个新故事，写不下去的时候，我就坐在壁炉旁，挤小橘子皮，看它们毕毕剥剥地溅出蓝色的火星。我起身，望着巴黎的屋顶，想着："不要担心，你以前总在写，你现在也会写出来的。你现在只要写出一个真实的句子，写出一个最真实的句子。"所以最后我会写出一个真实的句子，然后从那里继续。这不难做到，因为我总知道或见过或听说过一个真实的句子。如果我煞费苦心地开始写作，或者像别人一样介绍或陈述什么，我知道自己能够去掉那些装饰性的内容和句子，从写出的那个真实的简单陈述句开始。

戛然而止

海明威的另外一个诀窍是：

最好的方法就是，在你越写越好和知道接下来怎么写的时候停止写作。在写小说的时候，如果你每天都这样做，你就永远不会遇到障碍……总是在越写越好的时候停止写作，到第二天开始写的时候再去思考或者担心它。那样，你的潜意识会一直工作。但如果你有意识地去思考或者担心，就会扼杀这个想法，而且还没有开始写，你的脑袋就已经很疲劳了。

强制建立某种关联

雷・布拉德伯里有一个推动故事情节发展的方法：

我会坐在打字机前，试着建立每个词之间的联系。我先打出当时想到的两个词，比如说“兽之原”或者“小矮人”。我告诉潜意识说：“好了，你现在完全独立。我绝对信任你。我一刻也没怀疑过你。现在，潜意识，告诉我这些年你收集的我所不知道的关于小矮人的故事。让我想出几个人物角色。让一个角色赞成小矮人这个主题，另外一个角色反对小矮人这个主题。我们看看能够获得什么样的人生体验。”我的潜意识接管这个任务，说：“我很乐意。”一两个小时之后，这个故事就完成了。

使用一个形象

彼得·凯里说：

我常常从一个形象——一个强有力的、有象征意义的画面——开始，然后问自己：你要怎么做，才能达到这一点？就像那些贴满屋子的卡片中的一张，所有卡片下的东西必须能撑起上面的两张卡片。以《魔术师》为例，我知道这家人最后会成为他们自己宠物店里的宠物。这个宠物店，在我看来，很像澳大利亚的化身，尽管它外强中干。

改变主题

这可能是最戏剧化的解决方法，但有时候抹掉自己正在写的，改写别的内容是讲得通的。洛丽·摩尔给了我们一个例子：

我经常想起有次在一家书店碰到的一个作家朋友。我们相互打了招呼，当我问她这些天在写什么的时候，她说：“哦，我本来在写一个长篇喜剧小说，但是夏天过去一半的时候，我的丈夫使用电锯时出了事故，失去了三根手指。我们都很难过和震惊，以致我再回去写那部小说的时候，发现它越来越没意思，越来越悲伤和低沉。所以我就抹掉了那个故事，开始写一个因为电锯事故失去三根手指的男人的小说，而且，"她说，"那故事到最后非常有趣。"她给我们上了一节喜剧课。

从建议到行动！

行动：如果你发现自己正在经历创作障碍，选择前面提到的解决方法中的任意一个，进行尝试。如果有帮助，非常好；如果不行，继续使用其他方法，一个一个试，直到找到最适合你的那个方法。如果你心情非常抑郁，要去寻求专业的帮助。

第六部分

Your Creative Writing Masterclass

写作生活

作家不仅仅是一种职业。有人把它视为一种职业，有人认为它是一门艺术，还有人把它看成一种技艺。它无疑会影响我们生活的方方面面。这一部分将涉及其中几个方面：赚钱、追逐（或者躲避）名利、成功的定义和本质，等等。

本部分的建议可以帮你弄清楚自己为什么写作，并且营造一种最利于写作的生活方式。

学会独处，对付干扰 第三十三章

作为一个作家，你大部分时间是独处的——或者和想象中的文学人物待在一起。对很多作家来说，这是一件好事，比如奥尔罕·帕慕克：

> 我喜欢独自待在房间里写作。这样我不仅可以专注于自己所投身的这门艺术或者技艺，还可以因此而独处一室。我一直保留着这个习惯，相信自己当下书写的白日梦总有一天会在铅字里得到成全。独自待在放着纸和笔的书桌前之于我就如药丸之于病人的健康一样重要。

海明威也认为孤独是一件好事：

> 作家应该独自创作。在作品完成之前，他们最好不要见面，即使在作品完成之后，也不要经常见面。否则他们就和纽约那些作家没什么两样了。那些人像一只瓶子里的许多蚯蚓，拼命从彼此的接触及所共处的瓶子中汲取知识和营养。这只瓶子有时代表艺术，有时指经济学或宗教。但是他们一旦进了瓶子，就待在那儿。离开了瓶子，他们

就孤身一人。他们不喜欢孤独。他们害怕为了自己的信念孤军奋战……

威廉·萨洛扬认为作家是一个反叛者：

> 作家是精神上的无政府主义者，每个人在灵魂深处也都是如此。他对任何事情和任何人都心生不满。作家是每个人最好的朋友，而且是唯一真正的敌人——最优秀的和最伟大的敌人。他从来都形单影只，永远不会人云亦云。作家是一个永远不会驻足的反叛者。

有些作家非常喜欢在嘈杂的环境里写作，比如咖啡店、火车站或飞机上。在这种情况下，“独处”意味着避开与别人的交流。如今，这种交流表现为很多方式：电子邮件、短信、网聊。当然，我们在写作的时候，其实并不孤单，只不过陪伴我们的是作品中的人物。

这并不意味着我们的余生都要做一名隐士。弗兰纳里·奥康纳认为：

> 关于作家，我感觉存在一个特别危险而且不真实的传言——“孤独的作家”……一般认为，作家处于一种特别敏感的状态中，这种敏感要么把他与世隔绝，要么使他高高在上，或者置他于众人之下……可能除合唱队以外任何形式的艺术都被不同程度地浪漫化了。但是在我看来，这对作家、尤其是小说家特别糟糕，因为他们从事的是最寻常、最具体而且最不可浪漫化的艺术……对任何一个神志清醒的小说家来说，他的目标都仍然是交流，而且交流肯定意味着要在某个圈子内与人讲话。

从建议到行动！

行动：怎么创造更多独自写作的机会？你喜欢独自工作吗？如果不，那么你可能不适合写小说。有的写作形式需要和人打交道，比如新闻报道；也有需要合作才能完成的，比如影视剧本。

打断与干扰

找到必要的独处时间来写作并非易事。在给他的编辑麦克斯维尔·柏金斯的信中，欧内斯特·海明威提到了一种打发访客的方法：

> 写作时会有各种各样的人来打扰，但我对他们非常无情。门口挂着一个西班牙语的大牌子，上面写着："如无预约，海明威先生恕不接待"。这就省掉了接待任何人的麻烦。如果他们真的到了，我也有权利把他们轰走。

没人打扰的时候，我们有时会自己打扰自己。谭恩美说：

> 如果不需要处理电子邮件，也不用接待谁，我能完全沉浸在自己的想象中，完全按照小说原来的思路写作，不掺杂其他的想法，这对我来说就是成功的一天。我常常9点钟准时坐在书桌前，一写就是一整天……
>
> 不要承担使人分心的大型任务。不要听信于人。不要做乖乖女。不要像乖乖女一样去写广告式的书评。不要像乖乖女一样去做别人迫使你做的事情。

乔治·佩勒卡诺斯坦言：

> 我一直在戒网，这就像戒烟或者戒毒一样困难。你一

旦戒了网，就会意识到上网多么浪费时间。小孩吵闹声、狗吠声等一般的噪音都不会影响到我。我从来没有在安静的地方写过一本书。

艾萨克·巴什维斯·辛格（1902—1991）

辛格的作品有《仇敌：一个爱情故事》《巨魔像》和《傻瓜吉姆佩尔和其他故事》等。他所有的作品都是先用意第绪语[①]写成，然后再翻译成英语。他家很多人都是“拉比”[②]，他也接受了这个职业的培训，但后来发现不适合自己。

有时候是你自己的想法让你分心，就如谢莉·杰克逊所说的那样：

我常常会突然有一些特别棒的想法，但是实践这些想法需要修改整本书。有时候我会照做，但是如果我没有彻底地践行某种想法，我常常什么都做不了。因此我把它们当做笔记写下来，以备后用。但到时候也用不着它们。

艾萨克·巴什维斯·辛格认为，当我们抵制干扰时，可能没找准问题所在：

有些作家说，他们只有到一个遥远的小岛上才能写作。为了避免打扰，他们甚至会去月球上写作。我认为，被打扰是生活的一部分，而且有时候被打扰还有益处，因为当你停下来休息时，当你忙于别的事情时，你的观察角度会改变，视野也可能拓宽。就我而言，我从来没有安静地写作过，就像有些作家只能在安静中写作一样。但是无论什么样的干扰，只要我想表达，我总能表达出来。

① 意第绪语：属日耳曼语系。全球约300万人使用，主要是犹太人。

② 拉比：犹太人中的一个特别阶层，是老师也是智者的象征，在宗教中扮演重要角色，是许多犹太教仪式中的主持。

家庭需要

家庭需要往往会妨碍写作，很多知名的男作家解决了这个问题，解决办法是成为糟糕的丈夫和父亲。

女作家比较难解决这个问题，有时候如果她们坚持匀出时间写作，就必须付出代价。艾丽斯·芒罗说过：

> 我感觉自己完全弄反了：当孩子们年龄尚小、迫切需要我的时候，我的时间都用在了写作上。现在，他们完全不需要我了，我又是如此爱他们，自己在屋里转悠，想着家庭聚餐越来越少了。

爱玛·泰南特提供了一种解决方法：

> 我认为，如果你有小孩，那写作是一件非常困难的事情……当然，很多女人都有孩子和工作。我认为在这种情况下，可以把它作为清晨起床后的第一件事情来做，这很重要。在必须要去上班或者孩子醒了的时候，即使你只写了半张纸，也会感觉这一整天的事情能够自行解决了：只要写完那半张纸就好。如果你幸运的话，晚上还能接着写，修改一点点，或者想想明天要写的那半张会是什么内容；如果第二天你再幸运点，可能会发现家人都出去了，你可以再多写点。人们在创意写作课上学到的是你必须要写很多。当然，这并不意味着什么，因为有些很棒的作家他们每天写几百字也很开心。

贝丽尔·班布里奇持另外一种看法：

> 看着满屋子闹哄哄的孩子，我常常想，如果有一个可以安静写作的地方该多好。现在我意识到，对付日常生活

带来的沮丧要比整天独自面对自己容易多了。有时候，我想找份工作，然后傍晚悄悄溜回家写作。

E. B. 怀特找到了一种从容应对家人干扰的方法：

> 在有点干扰的情况下，我能更好地写作。我家的客厅是一个繁忙之所——去地下室、厨房和打电话的必经之地——来来往往很多噪音，但那是一个明亮、热闹的房间，我常常在那里写作，尽管我周围像过节假日一样热闹……家人从来注意不到我这个写作的人——他们随心所欲地吵吵嚷嚷。如果受不了，我会去别的地方。一个等到有理想的环境才能写作的人到死也写不出一个字。

从建议到行动!

行动：估计一下别人干扰你或者让你分心的程度。为了减少干扰，你可以：

- 请他们尊重你需要的写作时间。
- 另找地方写作。
- 另找时间写作。

然后总结一下你分散自己注意力的方式。为了减少干扰，你可以：

- 限定一下自己上网和看电视的时间。
- 在没有网线的地方写作。
- 在不能上网的电脑上写作。
- 在一个清除了各种让你分心的事物的地方写作（比如书籍和杂志、电话等等）。

生活规律 第三十四章

可能没有哪两个作家有相同的生活作息规律。不过在自传中，C. S. 刘易斯记载了作家理想的一天。他在波科海姆这个小村庄就是这样度日的：

> 我常常8点整吃早饭。9点坐在书桌前，在那里读书或者写作，直到下午1点。如果谁在11点左右送来一杯好茶或者咖啡，那就再好不过了。出去喝杯啤酒不太适合放松，因为谁也不想独自饮酒，而且如果你在酒吧遇见一个朋友，这段休息时间可能会延长十几分钟。
>
> 1点整午饭应该准备好了。最迟2点，我会在路上了。很少和朋友一起。散步和聊天是人生两大乐事，但是把两者放在一起那就错了……散步回来，茶应该刚刚沏好。不要迟于4点15分。独自品茶最妙……吃饭和阅读结合在一起是绝妙的。当然并不是所有的书都适合吃饭的时候阅读。在饭桌前读诗是一种亵渎。吃饭时需要的是一本任何地方都可以开卷阅读的闲书……
>
> 下午5点，应该再坐到书桌前写作了，直到晚上7点，

晚饭时和晚饭后是聊天的好时间，或者如果不聊天，可以读些轻松读物；除非你要和挚友通宵狂欢（我在波科海姆没有挚友），最好在晚上11点之前就上床睡觉。

在福楼拜的传记中，弗雷德里克·布朗描述了这位伟大作家绅士派头的日常生活：

他的生活像布谷鸟的叫声一样一成不变。福楼拜是一个夜猫子型的人，常常在上午10点醒来，然后拉铃告知。直到那时，大家才敢开始小声讲话。他的贴身男仆马上送来盥洗用具，装满他的烟管，拉开窗帘，送来早上的信件……如果吃得太饱，他就不能写作，所以他吃得很少，或者他的家人这样认为。早饭有鸡蛋、蔬菜、奶酪或水果，以及一杯冷巧克力。除非遇到糟糕的天气，必须待在室内，一般早饭后，一家人会在露台上消遣，或者沿着一条崎岖不平的路穿过长满樯树的厨房花园去一个林间空地，那里曾经摆有墨丘利的雕像，所以这块空地被称为墨丘利。他们常常在栗树荫下、果园边上争论，开玩笑，八卦，观看过往船只。另一个户外娱乐的地方是一座建于18世纪的古亭子。晚饭后，通常从7点到9点，他们常常在那里看水中的点点月光和撒网垂钓的渔夫。1852年6月，福楼拜告诉露易丝·柯莱特说，他从下午1点写到凌晨1点。

西蒙·德·波伏娃曾说：

我总是忙忙碌碌，尽管通常来讲，我极不情愿开始一天的生活。我先喝茶，然后10点钟左右开始工作，直到下午1点。之后，接待朋友，5点钟回去写作，直到晚上9点。下午的时候，我可以轻松地做些针线活。你们离开后，我会读报或者去购物。很多时候，写作是一种乐趣。

并不是每一位作家都有这样规律的生活。约翰·欧文说：

> 我没有专门休息或者工作的时间，我没有工作日程表……我开始写一本书时，一天顶多能写两到三个小时。写到一半的时候，我可以每天写八九个小时或者十二个小时，一周七天不休息——如果我的孩子不来打扰我的话。他们通常不来……一天在打字机前待八个小时不难，晚上用两个小时来阅读写过的东西也不难。那就是习惯。写到最后结尾处的时候，又回到一天两到三个小时的情况。结束，像开始一样，需要特别认真的书写。

家庭需要是一个因素，很多作家也有全职工作。前一章中我们看到，安东尼·特罗洛普尽管有全职工作，还是能严格要求自己，并且设法写出那么多作品来。弗朗茨·卡夫卡也有同样的经历和挣扎。他的传记作家路易斯·贝格利指出，卡夫卡一开始要工作 12 个小时，升职后，他从早晨 8 点半工作到下午 2 点半，然后午饭、睡上四个小时、锻炼身体、晚饭，直到晚上 11 点钟才开始写作。他先写信和日记，这大概要一个小时或者更久。他开始写小说的时候，通常已经是零点或凌晨一两点甚至 3 点了。贝格利记录说：

> 这种作息常常让他处于崩溃的边缘。有人建议他可以更好地安排一天的时间，他说："目前这是唯一可能的方式；如果我不能承受，就会更糟糕；但是无论如何，我都要承受。"

海明威告诉《巴黎周刊》他的写作时间表，他讲话如同行文一样简洁、切题：

> 我写一本书或者一个故事的时候，每天天一亮就开始写。这个时间谁也不会打扰你，而且在微凉的天气里，写

着写着就暖和起来了。先读读已经写过的内容，因为你总是在知道接下来要写什么的时候停笔，所以从那里继续写，一直写到灵感还在，而且也知道接下来要写什么时再停下来。第二天再接着写。比如，早晨6点钟开始写作，可以写到中午或者在中午之前结束。停笔的时候，你感觉内心空荡荡的，但同时又不是那样，而是非常充盈，就如你与爱人做爱之后的感觉。没有任何伤害，也不会怎么样，一切都没有意义，直到第二天你继续写作。难熬的是你还要等到第二天。

约翰·格里森姆刚开始的时候，有他的规律：

闹钟凌晨5点钟响起，我起身洗澡。五分钟到办公室。我必须坐在办公桌前，喝一杯咖啡，准备纸笔，在5点30分写下第一个字。一周五天，每天如是。

完成这个部分，他就开始他的律师工作了。

还有一些作家使用很极端的方法。约翰·兰彻斯特在《纽约客》上写道：

W.H. 奥登可能是有史以来最擅长计划写作速度的作家。自1938年以来的20年中，他每天早晨吞服安非他明以淡化安眠药的作用。（床边总是放一杯伏特加，如果半夜醒来，他会大口喝掉。）他认为安非他明非常管用，因此把它视为“精神厨房”里“省力的厨具”，并且加附重要的说明：“它们的质地非常粗糙，很容易伤到厨师，而且常常出现故障。”不建议使用。

H. G. 威尔斯有一个比较舒服的建议：

一天中总有这样的时刻，你上午完成了写作任务，下午处理完信件，并且也无其他事情可做。然后你开始感觉无聊，那就是做爱的时间了。

从建议到行动！

行动：你理想的作家作息时间可能不同于 C. S. 刘易斯或其他作家。你认为这样的作息规律怎样？你喜欢在上午、下午还是晚上工作？什么休闲活动能调节你的写作？

列出构成你理想的写作一天的要素。想想哪些可以短期执行，哪些必须要长期努力才能实现。可能你现在一周只能过一天这样的生活，但是做些你现在就能做的改变。

第三十五章 钱

塞缪尔·约翰逊有句格言：除了傻瓜，没有人不为钱写作。这当然不对。不是傻瓜的人因为很多原因写作，但是如果想以写作谋生，你确实会面临一些大的挑战。

因为写作而腰缠万贯的作家为数不多（向 J. K. 罗琳、约翰·格里森姆、斯蒂芬·金等作家致敬）。成名后的作家也可以通过演讲、写文章、教书和其他活动来赚钱。

一夜成名的作家会和世人一样对自己的成功感到吃惊。EW.com 网站提到了斯蒂芬妮·梅尔：

> 抱着试试看的想法，她在网上找了几个文学代理人，鼓起勇气联系他们，发给每个人一篇戏谈《暮光之城》的文字。看好这部作品的代理人为她这位新客户带来了三本书 75 万美元的协议。梅尔说："我一直盼着能有一万美金来还清我的小货车的贷款。"

然而，大部分作家从来没有发过财。据（美国）作家协会在 1979 年的一个调查估算，上一年中作家的平均收入大约是 1 万美元。

1993年刊登在《纽约时报》上的一个调查得出了让人震惊的结论：在过去的15年里，作家和剧作家的经济状况每况愈下。尽管最近还没有新的调查，但是有迹象表明，作家的处境不仅没有得到任何改善，而且事实上变得更加糟糕。影视剧本写作领域是一个例外，这得益于这个领域内一些实力强大的协会。

在这个行业，收入是一年一个样。科幻小说作家塔拉·K.哈波在她的博客中提道：

> 我第一部小说给我带来的第一张版税支票是272美元，而且，呃，是的，我当时很兴奋。如果我没有记错的话，第二张支票是358美元。次年，支票大约是1.6万美元。有几年，新合同能为我带来预付款和版税。有几年，是版税和版权贸易收入。有几年，版权贸易收入多一些。一般来说，收入增增减减，这个钱只有去银行兑换支票时才能指望。

我有过相似的经历，有能赚到六位数的年头，也有四位数的年头。我写的电视电影（在电视上播放的电影）或电视剧重播的时候，能收到一些追加的酬金。即使是很早之前的《本森》或者《家庭关系》在马来西亚或别处播放时，最后我也会有几美元的收入，而且我的书每年也能给我带来两次数额不定的版税。但是你不能指望某一年具体赚多少钱，并不是每个人都能经受得起这种不确定性。至少，它要求你即便是在收入好的年月里也要节约度日，以便熬过糟糕的时日。

你可以找份工作，在业余时间写作。安东尼·特罗洛普就是这样做的。他是一个令人难以置信的多产且成功的小说家，但是他也做过很多年的全职邮局检察员。

另外一个经典作家威廉·梅克皮斯·萨克雷曾说：

> 如果我说："妈妈，我想写一本书。"她很可能会说："儿子，想一切办法写这本书，但是先找份差事做……"而且，你知道么？这并不是一个糟糕的建议。写作是一种危险的技艺……在这个爱好中，起作用的是运气而不是成绩。

萨克雷在成为一个成功的小说家之前，以写报刊文章为生。

经常有人建议作家要为了乐趣写作，而不要考虑收入问题。雷·布拉德伯里说过：

> 钱不重要。物质的东西都不重要。骄傲而出色地写作更重要。如果你这样做，奇怪的是，会有很多钱来奖赏你出色的作品。一个录音机、一辆汽车，它们并不真正属于你，什么真正属于你呢？你自己。你，那是你所拥有的全部。如果我身边的人谁不在最佳状态时思考或者创作，我会对他们很不客气。

W. 萨默赛特·毛姆认为：

> 在我看来，写作过程中的快乐及思想负担的释放是对一个作家最大的奖赏，其他都是身外之物，作家应该漠然视之，更无须在意赞美或者批评、失败或者成功，或者有人还会补充一点：金钱。

尽管我特别尊敬布拉德伯里和毛姆，但必须指出，如果你能像他们一样成功，这些高尚的想法根本不算什么。剧作家、电视制作人罗德·赛林，同时也是原版《阴阳魔界》电视剧的编剧，他的观点更实际一些：

W. 萨默赛特·毛姆
（1874—1965）

毛姆最著名的小说是《人性的枷锁》，同时他也是一个成功的剧作家，曾经有四部剧作同时在伦敦西区剧院上演。第一次世界大战期间，他做过救护车司机，第二次世界大战期间，他做过间谍。

> 银行账户上的钱会让你更加独立和勇敢。

弗吉尼亚·伍尔芙认可这样的观点，她说女性要想写小说的话必须要有钱（和一间自己的房间）。

你如何才知道自己能否靠写作赚钱呢？以下是马克·吐温的建议：

> 一直写到有人付报酬给你；如果三年之内没人付你报酬，那你天生就是个伐木匠。

那可能太严苛了，很多人在拿到自己作品的报酬之前都等了不止三年，而且伐木匠也不像过去那样随便就能当。但是，千真万确的是，如果作家想要以写作为生，那么他除了必须关注市场需求之外，还要留心自己是否有这方面的天赋。

报纸和杂志市场正在萎缩，而且一些出版物支付的稿费也不如从前了。尽管电子版本的发行量增加了，但是迄今为止，随之而来的广告或者订阅收入还不足以保证它们长期的生存。这样一来，它们付给作家的报酬也就更少了。这使得很多自由撰稿人不得不涉足其他更赚钱的相关领域，比如广告文案写作。

除非你刚好能写出畅销小说赚一大笔钱，否则为电影和电视写作是赚钱最多的方式。但是，这个领域的竞争也异常激烈。除非你住在洛杉矶（或者至少也要住在纽约），否则得到一份电视节目的编剧工作几乎是不可能的。你可以在任何地方写影视剧本，但是想买它的人会希望能与你见面，所以如果你已经住在洛杉矶地区的话，会对你大有帮助。

从建议到行动！

行动：如果你打算以写作为生，考虑以下几个问题：

- 你想写什么类型的作品来赚钱？
- 如果你需要培养写作技能，去哪里学习？如何学习？
- 你读过相关杂志或者行业出版物来了解这个领域的动向吗？
- 你调查过自己怎样才能融入这个领域吗？

拟定一个包含以上几点要求的计划。

名望和成功 第三十六章

只有极少数的作家会名利双收。通常只有那些出现在电视节目中的作家才能有很多人认识。举例来说，我猜想大部分人在街上和戴安勒·斯蒂尔或者约翰·格里森姆擦肩而过，也认不出他们吧。

有些作家只在钟情他们那类体裁作品的书迷中比较有名。例如，我不知道塔拉·K. 哈波到底长什么样子，但是对于喜欢她的书迷和参加过她发言的科幻小说会议的人而言，她是一个名人。

成为名人也不是没有危险。有些人很陶醉于自己的名人身份。在下面的引文中，雷·布拉德伯里很不客气地提到一些著名作家：

> 很不幸的是，我认为自己没有约束好“自我”。我尽量记住自己是个大嗓门，这是个“自我”问题。但是至少我没有忍受自欺欺人的身份问题的困扰，对这个问题，卡尔·萨根忍受过……他走到哪里都想着自己是卡尔·萨根。诺曼·梅勒认为自己是诺曼·梅勒，戈尔·维达尔认为自己是戈尔·维达尔。我并不认为我是雷·布拉德伯里。我们两个有很大的区别。你一定不能到处说自己是谁，否则你会陷入虚假的身份面具之下。只有你的作品才能确定你

到底是谁。

爱德华·阿尔比补充道：

> 我们的社会很快就会告诉你：名望和卓越之间没有必然的联系，最好的作品通常只有少数人能欣赏。但是你也一定不要落入这个圈套，认为没人喜欢你是因为你的作品很棒。有时候，人们不喜欢你的作品是因为它确实很糟糕。

出名之后，你会收到很多邀请，比如去大会发言，去某些组织、机构任职，去电台或者电视台演讲，去接触其他名人。这听上去很棒，但真是一件好事吗？欧内斯特·海明威认为不是：

> 写作充其量是一种孤独的生活方式。各种作家协会和组织能缓解作家的孤独，但我并不认为这能提高他的作品质量。随着名声大噪，孤独感退去，他的作品也会每况愈下。

在一封信中，他坦承了自己的类似经历：

> 我很惭愧没有写多少东西。记者、摄影师、寻常和不寻常的疯子们占据了我太多的时间。作品写到一半的时候被打断，多少有点像在和人私通时被打扰的感觉。

剧作家托尼·库什纳认为：

> 在现代这个社会，只写作是不够的。你必须同时是一个作家，并且还要在某个说教故事里扮作主人公。在这个故事里，你要么成功，要么失败。你的作品要么流行，要么过时；要么受欢迎，要么被冷落。奖励是非常丰厚的，惩罚也极其悲惨。它是个零和游戏：你要么赢，要么输。

作为公众人物，你也可能被要求做自己不很喜欢，也不是很擅长的事情。小说家罗伯特森·达维斯给了我们一个例子：

> 让作家朗读自己的作品，是一件有风险的事情。因为一个好的作家可能不是一个好的朗读者，他可能非常讨厌在公共场所表演，他可能完全不知道什么样的朗读才能让读者感觉愉快。任何听过 T.S. 艾略特或罗伯特·格雷夫斯的录音或朗诵的人都可以证明这一点：有些极好的作家却是很糟糕的朗读者。这些诗人用沉闷、嘶哑的嗓音与我们分享了他们宝贵的财富。

还有，签名售书这样的事情可能没有听上去那么激动人心。很多作家都说过，独自坐在签字桌后面，祈祷有谁会过来。但是真有人出现的时候，他们可能只是在找洗手间。有个作家，我忘了具体是哪位，讲述了这样一个故事：她签书的时候，有个年轻小伙一直在附近转悠。签售会结束的时候，他走上前来说自己的钱不够买一本书，问她能否为他买一本。她说当然没问题，然后拿出一本自己的书。“噢，不是，”那个小伙子说道，“我不是想买你的书。”

洛丽·摩尔建议我们不要妄自尊大：

> 一个作家在年轻的时候，最好不要把自己视为作家，因为这会让人止步不前、不思进取，让人产生太多诸如此类的想法。最好只把写作当成一种行为——写东西，我写，我们写，而不是一种身份；把它当成一个动词而不是名词。无论在任何时候、任何地方都要坚持写，这样你的生命才不致成为一个虚假的姿势，一种一厢情愿的意淫。

每个作家对成功的定义都不一样，对于一些作家来说，名望不重要。梅·萨顿认为：

> 在我看来，名望不是写一本畅销书，而是知道在某个地方有一个人在读我的一本书……比如，《孤独日记》连续20年每年都售出2 000本。我收到很多读者的来信，他们在信中说，我的书改变了他们的人生。我感觉到了很多人的爱。我们必须承认，这种感觉比收到钱要好得多。

约瑟夫·海勒对这件事情的看法是：

> 作为一个作家，我感觉特别圆满，因为我只写我想写的东西，而且从来不必和我不喜欢的人共事。对我来说，成功的标志是：做自己想做的事情，和自己喜欢的人打交道。

从建议到行动！

关于成功，每个人都有自己的定义，名望可能是其中重要的部分，也可能不是。

行动：考虑以下问题：

- 你对成功作家的定义是什么？只有成名才是成功的作家吗？或者能做自己想做的事情就是成功？还是只要有一批为数不多，但比较固定的书迷就算得上成功？
- 要必须怎样做才能达到你认为的成功标准？
- 你现在可以采取什么措施向你认为的成功迈进？

知道自己确切想要什么，将有助于你迈向自己想要的成功。

享受生活 第三十七章

很多人谈到过写作中的困难。威廉·斯泰伦的看法是：

> 写作进展顺利的时候，我感觉很好，很温暖，但是那种快乐几乎都被每天开始写作时的痛苦抵消了。承认吧，写作就是地狱般的生活。

写作的快乐何在呢？我们可以从一些作家不写作时所感到的痛苦来了解。还是威廉·斯泰伦：

> 我发现自己不写作的时候，很容易患某种神经性痉挛和抑郁症。写作能大大减轻这样的痛苦。

P. G. 伍德豪斯表达了相似的观点：

> 我热爱写作，只有在书写或者构思一个故事的时候才真正觉得舒服。我无法停

威廉·斯泰伦
（1925—2006）

斯泰伦最著名的作品是《躺在黑暗中》《纳特·特纳的自白》和《苏菲的选择》。他的第一部小说获得了“罗马奖”，但是当时他在朝鲜战争中服役，不能出席颁奖典礼。他的第一份编辑工作做得非常糟糕，所以他故意让自己被老板解雇。

止写作。

J. B. 普里斯特利认为：

> 大部分作家只能体验两次短暂的快乐。第一次是在脑海中出现一个非常好的想法时，第二次是在写完最后一页纸还没来得及思考它本应会多好时。

大部分作家会在初次看到他们印好的书时感到一阵喜悦，或者像弗·司各特·菲茨杰拉德一样，在收到支票的时候体验到这种快乐：

> 邮递员按响门铃，送来支票。那天我放下手里的工作，沿街奔走，拦车把这件事情告诉朋友和熟人——我的小说《人间天堂》要出版了。那一周，邮递员来了几次，我还清了那些可怕的小债务，买了一套西装，每天早晨醒来时都感觉自己生活在一个充满希望、妙不可言的世界中。

就像生活本身一样，做一个职业作家是一种痛苦的甜蜜。甜蜜是在书店看到自己的书，痛苦是发现它似乎还是你上个月看到的那一本。当你把书的封皮朝外，并且放到书架更显眼的位置时，要特别小心别让书店员工发现。

甜蜜是看到你的书被放在了畅销前 50 的书架上；痛苦是看到它卖得特别慢，以致不得不为新到的书挪出地方。

甜蜜是看到有人从书架上拿起你的书翻阅，痛苦是看到他们没有买走而是又放回原处。

从里奥·罗斯顿这里，我们可以找到比较积极乐观的观点：

> 有人说当作家最大的满足是有人阅读他的作品。我不敢苟同。他最大的满足存在于写作本身这块沉默的炼金石之中。想到没人会读自己的书是很痛苦的，但是这种惩罚

要延搁一段时间才会发生。不可控制的愉悦存在于高度紧张和激情四溢的写作过程之中，存在于对自我的执著探索之中，存在于我们在这个乏味世界的阴影和大厦里摸索时的激动和狂喜中。

尤多拉·韦尔蒂持相似的观点：

写作的时候，我不是为朋友写作，也不是为自己写作；我为了写作而写作，为了写作的乐趣而写。我相信，如果我停下来想谁会怎么想，或者谁怎么看待我的作品，或者如果陌生人阅读我的作品会是什么感受的话，我就无法写下去了。我在意朋友的看法，非常在意，但只能是他们对我彻底完成的作品的看法。写作的时候，我必须要不停地写下去，只听从心里的声音和指令。

追其究竟，在写作过程中寻找快乐的作家才是最幸福的作家，他们不把自己的快乐交给书的出版、胡言乱语的书评或是读者的喜爱这些因素。

从建议到行动！

行动：想想看，你是否认为只有痛苦才能成就好的作品？如果是这样，你要好好反思了。

第三十八章 成为作家需要付出什么？

那么，怎样做才能让写作成为你生命中的重要部分呢？每个作家都会碰到一些人，说："噢，是的，要是有时间，我也会写作。"听上去好像时间是创作出值得阅读的作品的唯一条件。

马克·吐温遇见过持类似态度的人，尤其是一些年轻人。他们缠着他告诉自己：如何才能在文学界飞黄腾达，越快越好。他在1870年11月那期《星河》杂志上发表了一篇有趣的文章，提到了这件事情：

> 有文学抱负的年轻人真的是一群非常、非常有好奇心的人。他知道如果他想成为一个锡匠，师傅会要求他证明自己具备从事这个行业的性格，会要求他在店铺里待上三年——也可能是四年：第一年让他做些清扫工作、打水、生火，中间休息时才让他学着用铁炉，师傅会为这些诚实出色的服务赏他两套廉价的衣服和免费食宿；第二年，他才开始正式学习这个行业的技艺，每周的收入会增加一美元；第三年，每周增加两美元；第四年，三美元。到那时，如果他能成为一个一流的锡匠，他一周将拿到15或20美

> 元，也可能是30美元，但是他一辈子也不可能拿到一个月75美元的工资……如果他想成为一个律师或者医生，那比上述情况还要糟糕50倍。因为在漫长的学徒期内，他什么也得不到，而且还要支付高额的学费，而食宿、服装费用自理。这些年轻人对上述行业的情况都了如指掌，但是还没通过一年的学徒期看看自己是否具有文学方面的天赋，就大胆地希望能被认可，并且名利双收。

我们现在假设你已经掌握了这个行业的基本技能，那么还需要什么呢?

杰克·凯鲁亚克给了我们一套“现代散文的理念与技巧”，尽管其中不乏晦涩之句，他也给了你一些作家的生活秘诀:

> 准备一本可以随时涂写的秘密笔记本，一些可以胡乱写字的打印纸，自娱自乐；
>
> 万事谦卑，万物包容，学会倾听；
>
> 尽量不要在外面喝醉；
>
> 热爱生活；
>
> 你感受到的东西自会找到它们的表达方式；
>
> 要如痴如狂地忠实于自己的内心；
>
> 想写多玄乎就写多玄乎；
>
> 写你内心深处最想写的东西；
>
> 要有一些不能与人道出的个人幻想；
>
> 不要华丽的辞藻，只要准确的描述；
>
> 内心要跳跃着真知灼见的思想火花；
>
> 要对你眼前的物体有出神入化的想象；
>
> 要无视文学的、语法的和句法的条条框框；
>
> 像普鲁斯特那样迷恋逝水年华；
>
> 用内心独白讲述世界之真实；

兴趣之真正核心是在别人的眼里看世界；

书写自己的回忆及自己欣赏的东西；

以精练、客观之视角写作，遨游在语言之海；

要永远经受得起失败；

要相信生命的神圣轮廓；

要努力完整地勾勒出内心的思路；

写不下去的时候，不要想具体的句子，要努力想象出一幅画面；

要记录每一个以神奇的早晨开启的日子；

不必害怕，也不要感到羞愧，你的经历、语言和知识自有其尊贵之处；

让世人在你的作品中看到你对世界准确的描写和感知；

图书电影是文字的电影，是可视的美国形式；

赞美处于荒凉、野蛮、孤独中的人物；

写出狂野的、不羁的、纯粹的、内心深处的东西，越疯狂越好；

你一直都是天才；

你是上天资助和守护的《人间》这部电影的编剧兼导演。

詹姆斯·米切纳给了我们一条非常实际的建议：

……要通过各种人脉关系去结识出版界的人，他们日后有可能帮到你。编辑、宣传人员和代理人四处寻找有才能的人，你可以见到他们。去他们可能去的地方，介绍你自己，去了解他们，或者更重要的是，让他们知道你。

最后，是威廉·福克纳的著名论断：写作必须在你的生命中处于凌驾一切的地位。人们已经为此争议了数年，它不适合胆小的人：

要写完一本书，什么都不要考虑：荣誉、骄傲和体面……如果一个作家必须要去抢劫自己的母亲，他也不会有丝毫迟疑；《希腊古瓮颂》胜过无数个老太太的价值。

从建议到行动！

行动：想想看自己要怎样才能充满写作热情，或者更长久地写下去，或者无所顾忌地争抢写作时间，即使这意味着要拒绝其他的事情？

开始实施这些措施，从小事做起。

你很快就会体验到写作生涯的喜悦和痛苦。一些人因此成为专业作家，一些人决定把写作当成一种爱好保持下去，还有一些人彻底放弃写作。结果无所谓对错，适合你的就是最好的。

第三十九章 小说家和剧作家的前景

很长一段时间以来，媒体一直把小说称作濒危物种。索尔·贝娄说过：

> 也是从一开始就有人告诫我，小说行将消亡，就如有围墙的城市或弓弩一样，都会成为历史。

现在的媒体导向给人这样一种感觉：读书这个行为本身就要过时了，书籍、杂志和报纸是注定要消失的（除非你在 iPad 和 Kindle 上阅读它们）。村上春树指出：

> 我们现在有太多的竞争对手。时间是最主要的问题：在 19 世纪，人们——我说的是有闲阶级——有很多空闲时间，所以他们读大部头的书，他们去看歌剧，一坐就是三四个小时。但是现在大家都很忙，没有真正的有闲阶级。读读《白鲸》和陀思妥耶夫斯基是好的，但是人们太忙了，根本没时间去读这些书。所以小说本身变化也很大——我们必须抓住读者的脖子，硬把他们拖进来。当代小说作家都在使用其他领域的技术创作——爵士乐、视频游戏，如

此等等。我认为，现在的视频游戏比任何东西都更像小说。

艾萨克·巴什维斯·辛格的话对我们来说却是一种安慰：

> 如果一个有才华的年轻人问我他是否应该写作，我会告诉他写下去，不要惧怕任何新发明和技术进步。技术进步永远扼杀不了文学，就如它永远也扼杀不了宗教一样。

剧作家也发现，好莱坞投资电影的数量及投资额都大不如前了。它主要投资的那种电影，一般制作费用都要几百万美元，并且希望票房达到十亿美元。于是，更多的小成本电影走向了 HBO 电视网和 Showtime 电视台这样的公司，而且由 BBC 这样的国家广播公司来制作。有些电影先在电影院公映，有些电影则直接由电视台播出。

现在，宽带越来越普及，网速也越来越快，观众可以更快、更便捷地通过 Netflix 这样的在线影片租赁网站来挑选或者下载影片。这就使得个体电影制作人有可能拥有全球的观众，那么在当地影院不卖座的电影也可能在全球拥有几十万观众。如果电影制作人能让全球的网友注意到他们的作品，那么就极有可能得到一笔在线观看或者下载费用。这笔费用积少成多，足够他们继续制作新电影。

电子书现象

智能手机及像 iPad 及 Kindle 这样的电子设备的普及为电子书惊人的发展铺就了道路。这也大大改变了作家销售自己作品的方式。他们不再依赖出版商，也不再使用先印几千本看看是否有市场的方法，现在的作家都在使用电子书和“按需印刷”的技术。一些作家凭着定价为 99 美分或 1.99 美元的电子书也得到了一笔可观的收入。在有些情况下，这些作家也会继续与传统出版商合作，达成价格不菲的协议。

尽管电子书的制作与销售费用微不足道，但这个模式只适用于拥有很多粉丝的作家。让读者发现你的作品依然是一个很大的挑战。比较熟稔社交网络的作家有一定优势，但是这里的竞争也愈加激烈。

假如你的书可以交由各种媒介联合开发，你就具备了很大的优势。以后会常见这样的小说：除了小说本身之外，还同时存在根据小说改编的游戏、电视剧或者电影、后续的网络剧、舞台剧、图像小说、电视节目、儿童版的小说，当然还有前传和续篇。这通常需要更大的媒体播放器，但是什么也阻挡不了一群自由撰稿人达成合作协议，每个人负责开发一个不同的领域。哪个领域先流行起来，都有可能带动其他领域的成功。

其他数字格式的书籍也即将出现。就文学作品来讲，目前还没有人能把多媒体格式的书开发得特别好。有个公司把这种书称作“Vooks”①，即在数字图书文本中融入视频而形成的视频图书。这种格式比较适合菜谱类，或者一些入门类书籍，展示具体操作步骤的视频让图书增色不少。但是，这种格式的文学作品就没有那么引人注目了。当然，并不是说这个领域不会有所突破——极有可能只是时间的问题。

恒定不变的事情

人们一直想要并且需要听故事。讲故事的方法和技巧的改变可能超出我们的想象，但不变的是，我们一直需要讲故事的人愿意敞开心扉，用灵魂讲故事，愿意不断学习提高这门技艺，还愿意冒险作出艺术上的各种努力和尝试。如果你可以做到这些，那么你未来的作家生涯就没有任何问题。

① video（视频）和 book（书）合成的新词。

从建议到行动！

行动： 随时关注出版界、媒介和信息传播方面发生的变化，认真思考如何更好地利用它们而不是被它们吓到。尽早学会使用新技术，看看怎么使用它们讲故事。考虑下述问题：

- 如何使用当今的技术讲故事？
- 如何更好地使用它们？
- 要怎么改变传统的讲故事方法，才能让小说继续繁荣下去？
- 哪种媒介对你来说是最自然的方式？如何最大限度地利用它？

第四十章 作家的贡献

这些都有什么意义？作家能为世界的更加美好作出什么贡献？作为作家，他们随之而来的责任是什么？

E. B. 怀特认为：

> 一个作家应该关注任何吸引他、触动他内心，并且让他想要付诸笔端的东西。我感觉自己没有义务去谈论政治。不过因为马上就要付梓出版的书，我确实感觉到自己对社会的那份责任：一个作家有责任做个好人，而不是坏人；做个诚实的人，而不是虚伪的人；做个活泼的人，而不是无趣的人；做个万事精确的人，而不是错误百出的人。他应该经常鼓励人们，而不是打击他们。作家不仅要反映和解释生活，还要激励和塑造生活。

他们也塑造自己的人生，就如内丁·戈迪默所说：

> 我们必须要检验真理。对我来说，写作，从最初到现在，一直都是探索之旅。对于人生奥秘的探索……这么多年过去了，我依然还在进行这个探索之旅，探寻我所不了

解的东西。找到它们之后，就再去探寻其他未知……我内心最好的部分，所有有价值的东西，都在我的书里。不是以一种自传性质的方式，我说的是对生命的领悟，是为理解人生、改变人生所作的努力。

其他作家比较看重自己的作品和读者之间的联系。伊莎贝尔·阿连德说：

我不是为自己写作，而且我认为书本身并不是目的所在。一本书只是一座桥梁，你从上面跨过去接触别人，并且拉着别人问："嗨，我相信这个故事。想不想听听它？愿意和我分享这个故事及讲述故事的美妙体验么？"

伊莎贝尔·阿连德
（1942—　）

阿连德最著名的作品是《幽灵之家》《怪兽之城》和《伊娃·露娜的故事》。做记者的时候，她采访了诗人聂鲁达，诗人建议她辞掉新闻工作去写小说。她把很多小说翻译成了西班牙语，但是她改写了小说的结尾，让女主角变得更勇敢、更有智慧。老板发现之后将她解雇。

互联网使得作家与读者的联系更加方便。如今，大部分作家都会在作品里附上自己的网站和电子邮箱。以前，一个执著的读者可能写信让出版社转交给作家，而且如果他幸运的话，出版社确实会在几周或者几个月之后，把信转交给作家。现在，整个过程几乎可以马上完成。很多非虚构作品的作家都通过收到的反馈来修订新版本，虚构类作家则通过反馈了解哪个人物最受欢迎——这些信息对于作家（比如连载作家）很有帮助。

当然，作家本人的努力有更大的意义和影响。库特·冯内古特提出：

人们愿意抓住这些不同寻常的机会成为作家、音乐家或画家，而且因为他们，我们才有了某种文化。如果没有这些人，我们的文化就会消亡，因为我们大部分的文化都是由那些并没有得到什么报酬的人创造的，像埃德加·爱伦·坡、文森特·梵高或莫扎特。所以，没错，这是一件特别傻的事情，傻得不可言喻，但是无论如何，这样做方显人性。

这下你懂了：当你的妻子、孩子或朋友不理确你为什么花那么多时间来写作时，你可以回答说：“别烦我，我在创造文化！”

从建议到行动！

行动：明确你想作出的贡献，然后用它来衡量你要写的东西。如果这部作品能如你所愿，它就值得你为此努力；如果不能，或许你现在还不适合写这类内容。

后　记

现在，你已经读过文学史上最棒的作家们给你提出的建议，而且你至少也做了书中所列的一些练习。可能你还访问了我的写作网站（www.YourCreativeWritingMasterClass.com），或者读了我的另一本写作指导《你的写作教练》。

你知道还需要做什么，不是吗？

没错，是时候写你自己的书、剧本、话剧、小说了。

可能因为将来的某一本书，你会被誉为写作大师，也可能只有你的母亲会读你写的东西。

唯一确定的事情是：如果你不写，你永远都不会知道会发生什么。

附录：大师课上的作家

在这里，你会看到本书中引用的作家们的简要介绍（有些边栏中已经介绍）。每个作家介绍中，我都加入了几件他们离奇古怪的事情，你会发现，作家本身就是一个奇怪的群体。

爱德华·阿尔比（Edward Albee, 1928—2016）

阿尔比的剧作有《谁害怕弗吉尼亚·伍尔芙？》《动物园的故事》和《西尔维娅是只羊》等。他出生两周后被收养，从来感觉不到与生身父母有什么关联。阿尔比的第一部剧作在柏林首演，虽然那时他住在纽约格林威治村。

玛雅·安吉罗（Maya Angelou, 1928—2014）

安吉罗的作品包括《我知道笼中鸟为什么歌唱》《因我的名聚在一起》和《所有上帝的孩子需要旅游鞋》，这是她六卷本自传中的三卷。应克林顿总统的邀请，她在 1993 年他的就职典礼上朗诵了一首原创诗。除了是一个作家，安吉罗同时也是一个歌手、舞蹈家、演员、导演和作曲家。

玛格丽特·阿特伍德（Margaret Atwood, 1939— ）

阿特伍德最著名的小说是《女仆的故事》《人类以前的生活》和《盲刺客》，三部作品均获奖。除了作家的身份以外，她还发表关于女权主义、加拿大身份和环境的政治观点。她是加拿大绿党党员。

W. H. 奥登（W. H. Auden, 1907—1973）

奥登是公认的诗坛名家，但是他也写《双发付钱》和《死亡之舞》这样的戏剧，还写了很多的随笔和评论。奥登 13 岁开始写诗，一生中发表了 400 多首诗。他的创作主题涉及政治、爱情、宗教、友谊和自然，而且风格迥异。他出生在英国，但是 1939 年移民美国，成为美国公民。

保罗·奥斯特（Paul Auster, 1947— ）

奥斯特最著名的作品有《纽约三部曲》《偶然的音乐》和《布鲁克林的荒唐

事》等。他儿时被闪电击中过。他很喜欢在故事情节中使用巧合，以使读者意识到生活的不可预测性。

弗兰西斯·培根（Francis Bacon, 1561—1626）

1603 年被封为骑士以前，他是一个哲学家和政客。他最有影响力的成绩是把哲学运用到科学方法论中的革命性视野以及他关于乌托邦社会的随笔《新工具》。伊丽莎白一世封他为“年轻的国玺大臣”。可惜，他因反对女王的税务法案而失去了女王的恩宠。

贝丽尔·班布里奇（Beryl Bainbridge, 1932—2010）

班布里奇最著名的作品是《哈里特说》《受伤时代》《甜蜜的威廉》《大冒险》和以泰坦尼克号沉船为题材的历史小说《人人为己》，这部小说获得英国惠特布雷德图书奖。她也做过演员，出演过 1961 年的肥皂剧《加冕街》。在《名人录》和其他的记录中，她谎报了自己的年龄，比实际年龄小两岁。

雅克·巴尔赞（Jacques Barzun, 1907—2012）

巴尔赞的小说有《从黎明到衰落：西方文化生活五百年（1500 年至今）》《美国教师》和《智性之家》等。他一生迷恋古典音乐，是作曲家赫克托·柏辽兹的研究专家。他痴迷于犯罪和侦探小说，为侦探小说选编写过导言。

塞缪尔·贝克特（Samuel Beckett, 1906—1989）

贝克特最知名的作品有《等待戈多》《结局》等。1969 年获得诺贝尔文学奖，是“荒诞派戏剧”的主要作家之一。年轻时候遇到詹姆斯·乔伊斯，曾帮助乔伊斯收集《为芬尼根守灵》的研究资料。1945 年他突然顿悟，感觉他的写作应该集中于“枯竭”，并且要“做减法而不是（像乔伊斯一样）做加法”。

索尔·贝娄（Saul Bellow, 1915—2005）

贝娄的小说有《奥吉·马奇历险记》《赫索格》和《洪堡的礼物》等。母亲希望他能成为一个拉比，所以他在四岁时开始学习希伯来文的圣经。尽管不想被认为是一个犹太作家，这种文化身份还是非常明显地呈现在他的作品中。

罗伯特·本奇利（Robert Benchley, 1889—1945）

本奇利的著名幽默随笔都发表在《纽约客》和《名利场》上。他写了 600 多篇文章，结集出版，其中包括《本奇利精选》。他是文学界一个小团体阿尔贡金圆桌的会员。他还制作并且出演过喜剧短片，其中一部获得过奥斯卡金像奖。

豪尔赫·路易斯·博尔赫斯（Jorge Luis Borges, 1899—1986）

博尔赫斯最著名的作品是有共同主题的短篇故事集：《虚构集》。评论家认为他是魔幻现实主义的先驱，有些人认为逐渐的失明让他的文学创作充满了象征。

伊丽莎白·鲍恩（Elizabeth Bowen, 1899—1973）

鲍恩的作品有《日中》《最后的九月》和《巴黎之屋》等。她在书中记录了爱尔兰对英国情报部在“二战”期间采取中立态度的看法。鲍恩有些口吃，这是在儿时和父亲分开的那一段时间造成的。

T. 艾伦·布莱顿（T Alan Broughton, 1936— ）

布莱顿的作品包括小说《一次家庭聚会》、诗集《我的美丽乡愁》和短篇小说集《自杀倾向》。他的父亲是托马斯·罗伯特·夏农·布莱顿博士，他父亲用了 30 年的时间写《罗马共和国的官吏》，记录了大量的罗马共和国期间的官吏。

罗瑟琳·布朗（Rosellen Brown, 1939— ）

布朗的作品有《前前后后》《温柔的怜悯》和《美国内战》等。她的名字是罗莎（祖母的名字）和埃莉诺（为了纪念埃莉诺·罗斯福）的组合。布朗是在非犹太区成长起来的犹太人，她的很多作品表达了一个局外人的疏离感。

查尔斯·伯内特（Charles Burnett, 1944— ）

伯内特是一个非裔美籍作家、导演兼制片人。他最著名的电影是《带怒而眠》，由丹尼·格洛罗弗主演。制作这部电影时，他把所获得的“麦克阿瑟天才奖”的 25 万美元当做经费。

伊塔洛·卡尔维诺（Italo Calvino, 1923—1985）

卡尔维诺最著名的小说是《看不见的城市》和《如果在冬夜，一个旅人》。他出生在古巴，在意大利的圣莱莫长大。因为他拒绝参加法西斯的军队，他的父母被纳粹分子羁押为人质。

茱莉亚·卡梅隆（Julia Cameron, 1948— ）

卡梅隆最著名的作品是《艺术家之路》。这本书鼓励读者锻炼他们的创造力，包括在每天早晨进行自由写作。后来她为那本书写了一些续篇，也写过小说、戏剧、影视剧作和音乐剧。为《滚石》杂志采访导演马丁·斯科塞斯之后，她嫁给了他，不过这段婚姻只持续了两年。

彼得·凯里（Peter Carey, 1943— ）

凯里的小说有《奥斯卡和露辛达》《“凯利帮”正史》和《魔术师》等。成为作家以前，他在很多广告公司工作，并最终成立了自己的广告公司。1998 年被邀请觐见英国女王，但是他婉拒了这一邀请，要求重新安排日程。

雷蒙德·卡佛（Raymond Carver, 1939—1988）

卡佛的短篇小说集非常著名，其中最著名的是《请你安静些，好吗？》《当我们谈论爱情时，我们在谈论什么》和《大象》。写作生涯早期，他在医院兼职门卫，但他在那里的大部分时间都是在写作。写作生涯晚期，他开始酗酒，最终死于肺癌。

薇拉·凯瑟（Willa Cather, 1873—1947）

凯瑟最著名的小说是《我们自己人》《百灵鸟之歌》和《大主教之死》。20世纪30年代，作品反响不好，她与世隔绝，拒绝发表任何个人作品。现代学者在争论她是否是一个同性恋者。

迈克尔·查帮（Michael Chabon, 1963— ）

查帮的著名作品是《卡瓦利与克雷的神奇冒险》《犹太警察联盟》和《神秘匹兹堡》。25岁时因第一部小说（他的创意写作硕士论文）而扬名。

阿瑟·柯南·道尔（Arthur Conan Doyle, 1859—1930）

柯南·道尔以《巴斯克威尔猎犬》、夏洛克·福尔摩斯系列小说和《失落的世界》闻名。他为玛莉波恩板球俱乐部打板球。罗伯特·路易斯·史蒂文森在阅读福尔摩斯系列时发现，夏洛克·福尔摩斯的原型是阿瑟爵士的老师约瑟夫·贝尔。

约瑟夫·康拉德（Joseph Conrad, 1857—1924）

出生时名为约瑟夫·特奥多·康拉德·科尔泽尼奥夫斯基，最著名的小说是《胜利》《特务》和《黑暗的心》等。他的写作风格和反英雄主义影响了后来的现代主义运动。康拉德的父亲出身于波兰贵族家庭，因为政治活动被沙俄放逐。尽管二十几岁才能说出流利的英语，但康拉德被认为是最伟大的英语小说家之一。

雷·库尼（Ray Conney, 1932— ）

库尼，剧作家和演员，著有《奔向你老婆》，在伦敦西区剧院连映九年，一直是上演时间最长的喜剧。在法国，他被称为“英国的费多”。

安·康明斯（Ann Cummins）

康明斯著有小说《黄色蛋糕》和短篇小说集《红蚁房》。她在新墨西哥纳瓦霍印第安保留区长大，常常写美国西南部的生活。她是北亚利桑那大学的创意写作教授。

罗尔德·达尔（Roald Dahl, 1916—1990）

达尔是杰出的儿童文学家，作品有《查理与巧克力工厂》《玛蒂尔达》和《吹梦巨人》等。尽管达尔以儿童文学家闻名，他也写了很多成年人读的短篇小说。他的很多作品都包含挪威神话故事中的主题和人物。

阿利盖利·但丁（Dante Alighieri, 约1265—1321）

但丁最著名的作品是《神曲》，包括“地狱篇”“炼狱篇”和“天堂篇”。通过用意大利文写高雅文学，让学者们接受了方言写作。但丁12岁时订婚，但他爱上了另外一个女人。

罗伯特森·达维斯（Robertson Davies, 1913—1995）

达维斯最著名的作品是《德普特福德三部曲》《康沃尔三部曲》和《撒勒顿三部曲》。他是加拿大斯特拉福莎士比亚戏剧节的创始人之一。他从不在电脑上写作，坚持认为自己不是想快速地写作，而是想认真地写作。

西蒙·德·波伏娃（Simone De Beauvoir, 1908—1986）

波伏娃最著名的作品是1949年的著作《第二性》和小说《女宾》《名士风流》。与让·保罗·萨特一生相伴，但是从来没有组成家庭，而且还有很多男、女情人。

查尔斯·狄更斯（Charles Dickens, 1812—1870）

狄更斯最著名的小说是《大卫·科波菲尔》《双城记》和《远大前程》。儿时，他在华伦鞋油厂做工帮助养家，他往鞋油盒子上贴标签，一天要工作十个小时。他痴迷于鬼魂现象，是鬼魂俱乐部的第一批成员。

菲奥多尔·陀思妥耶夫斯基（Fyodor Dostoyevsky, 1821—1881）

陀思妥耶夫斯基最著名的作品是《白痴》《卡拉马佐夫兄弟》和史诗般的作品《罪与罚》。他在精神病医院附近长大，未经父母同意，常常溜进医院听那些病人讲故事。在那里对人性的了解反映在了他的小说中。

罗迪·道伊尔（Roddy Doyle, 1958— ）

道伊尔的作品有《承诺》《帕迪·克拉克，哈哈哈》和《撞上门的女人》等。他用爱尔兰工人阶级的语言写作，经常被批评使用粗言秽语。道伊尔支持切尔西足球俱乐部。

亚历山大·大仲马（Alexander Dumas, 1802—1870）

大仲马的著名作品是《三个火枪手》《基督山伯爵》和《二十年后》。他是法国贵族和海地奴仆的孙子，创作灵感来自于母亲所讲述的关于父亲的故事，父亲是拿破仑军队的一名将军，在大仲马四岁的时候去世。

达夫妮·杜穆里埃（Daphne Du Maurier, 1907—1989）

杜穆里埃，也被称作布朗宁女士，最著名的作品是《丽贝卡》《牙买加客栈》和《群鸟》。她的书连续几十年都是图书馆最常被借出的书。有人指控她的《丽贝卡》情节来自于卡洛琳娜的一部作品，杜穆里埃回应她受到了那部作品的启发。

多米尼克·邓恩（Dominick Dunne, 1925—2009）

邓恩最著名的作品是《两位格伦威尔夫人》《炼狱里的季节》和《多事的女人》。他同时也是一个电视剧演员和好莱坞制片人。她的女儿因出演电影《鬼驱人》出名后被人杀死，邓恩为《名利场》写了有关对谋杀者的审判的文章。

翁贝托·埃科（Umberto Eco, 1932—2016）

埃科的小说有《玫瑰之名》《傅科摆》和《布拉格墓地》等。他是中世纪神学研究专家和文学理论专家。在米兰的公寓里，他有三万册藏书；在雷米尼附近他的度假屋的图书馆里有两万多册藏书。

斯坦利·埃尔金（Stanley Elkin, 1930—1995）

埃尔金的作品有《乔治·米尔斯》《特德·布里斯太太》《麦格芬》等。埃尔金患有多发性硬化症数十年，但最后死于心脏病。尽管他被认为是一个犹太作家，但他并不认为他的宗教背景对作品有什么影响。

拉尔夫·艾里森（Ralph Ellison, 1913—1994）

艾里森写了《看不见的人》《影子与行为》和《步入文学界》。艾里森年幼时父亲离世，数年后他才得知父亲是以拉尔夫·沃尔多·爱默生为他取名，希望他能成为一个诗人。《看不见的人》大获成功之后，艾里森发表了很多随笔集和短篇故事，但是再也没出版新的小说。

露西·埃尔曼（Lucy Ellmann, 1956—　）

埃尔曼最著名的作品是小说《甜点》和《不同程度的幸福》，还有电影剧本《间谍感冒了》。她通过全部大写来强调每个词。她也是《卫报》的书评家。

乔希·埃蒙斯（Josh Emmons, 1973—　）

埃蒙斯写过小说《迷失的莱昂·米德》《超级存在的处方》和短篇小说《出现》。他在四所学院和大学授过课，现在艾奥瓦州的格林内尔学院教书。

佩内洛普·菲茨杰拉德（Penelope Fitzgerald, 1916—2000）

菲茨杰拉德最著名的作品是《离岸》《蓝花》和《无辜》。当她写完了自己生活的时候，开始写历史小说。她在泰晤士河上居住的游艇沉过两次。

居斯塔夫·福楼拜（Gustave Flaubert, 1821—1880）

福楼拜以《包法利夫人》《一个疯子的日记》和《情感教育》而闻名。《包法利夫人》被认为可能是19世纪最伟大的小说。福楼拜大半生和母亲一起生活，男妓女妓都招。

托马斯·弗莱明（Thomas Fleming, 1927—　）

弗莱明最著名的作品是《现在我们是敌人》《一个热情的女孩》和《决斗：亚历山大·汉密尔顿、亚伦·波尔和美国的未来》。他经常出现在电视屏幕上谈论美国革命。作为一个爱尔兰裔美国人，弗莱明和他的家乡新泽西的泽西市关系密切，他自幼就生活在爱尔兰的政治氛围中。

E.M. 福斯特（E. M. Forster, 1879—1970）

福斯特最著名的作品是《看得见风景的房间》《印度之行》和《天使不敢涉足的地方》。连续 20 年，他是英国广播公司的播音员。他的小说《莫里斯的情人》讲述的是一个同性恋的故事，1913 年开始写作，但是他去世一年后才出版。

邦妮·弗里德曼（Bonnie Friedman）

弗里德曼最著名的作品是《写过黑暗：羡慕、恐惧、分心和作家生活中的其他困境》《快乐的盗贼：一个了不起的心理治疗故事》和短篇小说《变得看得见》。她就读于布朗士科学高中，但她对科学没有兴趣，也没有天分。她的第一个短篇小说发表在《花花女郎》杂志上。

乔治·加洛（George Gallo, 1956—　）

加洛是一名画家、音乐家、作家兼导演。他写过的电影包括《黑街福星》《午夜狂奔》和《霹雳鸟探》。他的绘画风格是宾夕法尼亚印象派。

简·加德姆（Jane Gardam, 1928—　）

加德姆最著名的作品是《岩石上的上帝》《走进黑房子》和《黑脸庞、白脸庞》。她现在为英国广播公司撰写关于郊区的系列节目。2009 年被授予“大英帝国勋章”。

安德烈·纪德（Andre Gide, 1869—1951）

纪德的作品有《梵蒂冈地窖》《伊莎贝拉》和《人间食粮》等。纪德在 20 世纪 30 年代在苏联居住过一段时间，他在此之前都是强烈拥护共产主义的，但此后他同样强烈地反对它。在去世一年之后，天主教教堂把他的书列为禁书。

格伦·大卫·戈尔德（Glen David Gold, 1964—　）

戈尔德最著名的作品是《卡特打败恶魔》《田园诗》和《斯昆克的眼泪》。他还写了连环漫画书和 20 世纪 90 年代卡通片《嘿，阿诺德！》的一集。他认为读者不会怀疑历史书写，因此常常仿效非虚构作品的叙述方式。

威廉·戈德曼（William Goldman, 1931—　）

戈德曼最著名的作品是影视剧作《公主新娘》《虎豹小霸王》和《总统班底》。戈德曼在小说《公主新娘》中写入了虚假的自传细节，被读者误认为是真相。他关于电影行业的著名言论是“无人知晓任何事”。

内丁·戈迪默（Nadine Gordimer, 1923—2014）

戈迪默的小说有《贵客》《自然资源保护论者》和《搭便车》等。她的大部分小说都和她的祖国——南非的文化与政治有关。她是著名的反种族隔离主义者，也是纳尔逊·曼德拉出狱后见的第一批人。

玛丽·戈登（Mary Gordon, 1949— ）

戈登最著名的小说是《女性相伴》和《另一边》，她还写过三部回忆录，包括《神圣的母亲》。2008 年，纽约市长授予她“纽约作家”的称号。

格雷厄姆·格林（Graham Greene, 1904—1991）

格林最著名的作品是《文静的美国人》《哈瓦那特派员》和《布莱顿棒糖》。他还以黑白电影剧本《第三个人》闻名。为了摆脱厌倦情绪，他尝试过很多方式的自杀，后来被诊断为狂躁性抑郁症患者。与一个骗子产生冲突后，他离开英国去法国的昂蒂布定居。

约翰·格里森姆（John Grisham, 1955— ）

格里森姆的律政小说《糖衣陷阱》卖了 700 多万册，还有《鹈鹕案卷》《造雨人》和《杀戮时刻》。《杀戮时刻》是他的第一本书，遭到了 28 个出版商的拒绝，最后才由一个小出版公司印发了 5 000 册。

约翰·格尔（John Guare, 1938— ）

格尔最著名的剧作是《六度分离》和《蓝叶之屋》。他还是路易·马勒的电影《大洋西城》的编剧，并因此被提名奥斯卡奖。他在 11 岁时写了自己的第一部剧作。

阿伦·格加纳斯（Alan Gurganus, 1947— ）

格加纳斯的著名作品是《往日情怀》《神圣的保证》和《打成一片》。他最初想成为一名画家，有时为自己的作品插图。他参加过越南战争，还发表过反对对伊拉克开战的声明。

塔拉·K. 哈波（Tara K. Harper, 1961— ）

哈波最著名的作品是《狼行者》《影子领袖》和《光翼》。她会演奏很多乐器，包括洋琴。她曾经挣扎着在写作与空间科学之间作选择，最终她结合两者，选择了写作科幻小说。

肯特·哈鲁夫（Kent Haruf, 1943— ）

哈鲁夫获奖的小说有《纽带》和《单声圣歌》。他所有的小说中都有一个以科罗拉多州虚构的霍尔特镇作为故事背景的场景。成为作家前，他在养鸡场、总统图书馆和土耳其（作为美国和平部队的一位老师）工作过。

纳撒尼尔·霍桑（Nathaniel Hawthorne, 1804—1864）

霍桑最著名的作品是《重讲一遍的故事》《红字》和《好小伙布朗》。霍桑出生时姓 Hathorne, 后来中间加了一个字母 w，以示与其在萨勒姆女巫审判案中的法官先人保持距离。麦尔维尔的《白鲸》是献给霍桑的。

约瑟夫·海勒（Joseph Heller, 1923—1999）

海勒最著名的作品是《第二十二条军规》《终了时光》和《出了毛病》。"第二十二条军规"因为他的作品已经成了英语中的一个习语，但这本书起初卖得并不好。海勒说开始写作前，他已经知道故事的第一句和最后一句。

詹姆斯·D. 休斯顿（James D. Houston, 1933—2009）

休斯顿最著名的作品是《雪山行》《大陆漂流》和《别了，曼扎拿》。他曾经在加利福尼亚州圣克鲁兹蓝草乐队教授吉他并以演奏谋生，"二战"期间，休斯顿在美国空军服役时开始写作。

威廉·迪安·豪威尔斯（William Dean Howells, 1837—1920）

豪威尔斯写过《每天圣诞节》《塞拉斯·拉帕姆的发迹》和《现代婚姻》。成为小说家之前，他在俄亥俄州众议院被选为书记员。他是美国现实主义小说的先驱，认为其他形式的小说都是浪费时间。

亨里克·易卜生（Henrik Ibsen, 1882—1906）

易卜生的主要作品，同时也是在他那个时代比较有争议的作品是《人民公敌》《培尔·金特》《玩偶之家》《野鸭》和《群鬼》。15 岁被迫离开学校后，易卜生开始去做药剂师学徒。在此期间，他开始写作戏剧，继而成为那个时代思想最前卫的剧作家。几次中风之后，易卜生离开了这个世界。

约翰·欧文（John Irving, 1942—　）

欧文最著名的小说是《加谱的世界观》《苹果酒屋法则》《新罕布什尔旅馆》和《为欧文·米尼祈祷》。他把《苹果酒屋法则》改编成电影，而且在这部电影中饰演站长。

谢莉·杰克逊（Shelley Jackson, 1960—　）

杰克逊的作品有《补丁姑娘》《半条命》和《玩具游戏》等。她开创了超文本的领域。短篇小说《皮肤》就是在志愿者的皮肤上用文身形式绣上单词，一次一个词，最终构成这个短篇小说。

彼得·詹姆斯（Peter James, 1948—　）

詹姆斯写过 25 本书，包括以布莱顿为故事背景的侦探罗伊·格里斯系列。他的父亲科尼利亚·詹姆斯是女王伊丽莎白二世的手套制作商。詹姆斯还做过影视剧编剧和制片人。

凯斯·约翰斯通（Keith Johnstone, 1933—　）

约翰斯通开创了"剧场运动"，一种即兴喜剧，并用他的方法写成两部作品：《即兴喜剧》和《给说故事人的即兴喜剧》。他还向全球讲授他的即兴创作方法，告诉即兴创作者"不要集中精力""要显而易见""不要太聪明"，这样有利于发挥他们的即兴能力。

塞缪尔·约翰逊（Samuel Johnson, 1709—1784）

约翰逊最著名的作品是《苏格兰西部诸岛记游》《漫步者》和《英语词典》。他用了九年独自完成了词典，与四十多人编纂了四十多年的法语词典暗自较劲。他被葬在了西斯敏斯特大教堂。

卡尔·荣格（Carl Jung, 1875—1961）

荣格最著名的作品是《无意识心理学》《心理类型》和《心理学与宗教》。38 岁的时候开始出现幻觉，他写下自己的幻觉进行分析和研究。荣格的理论是麦尔斯·布瑞格斯性格测试的理论基础。

弗朗茨·卡夫卡（Franz Kafka, 1883—1924）

卡夫卡的作品有《变形记》《审判》和《乡村医生》等。他恳求朋友在他去世后烧掉那些未发表的作品，但朋友没有这样做，在他去世后将它们发表，其中一些成了最受欢迎的作品。

斯蒂芬·金（Stephen King, 1947—　）

金最著名的作品是《闪灵》《魔女卡丽》和《末日逼近》。19 岁的时候开始写 17 卷本的《黑塔》系列，46 岁时才全部完成。金幼年时看到一个朋友被火车碾过而亡，但是他不记得这个经历。

米兰·昆德拉（Milan Kundera, 1929—　）

这个捷克作家最著名的作品是《生命不能承受之轻》《玩笑》和《笑忘录》。他的书遭到了政府的禁止，直到 1989 年丝绒革命才解禁。1993 年以后，他用法语写小说。

托尼·库什纳（Tony Kushner, 1956—　）

库什纳最著名的作品是《美国天使》《卡洛琳娜或变化》和电影剧本《慕尼黑》。他经常修改出版后的书。

安·拉莫特（Anne Lamott, 1954—　）

拉莫特最著名的作品是《幽默与勇气——一个单亲妈妈的育儿日记》《人生旅途中的恩赐：对信仰的一些探索》和《循序渐进作家路》。在网上她有很多读者，尤其是在脸书上。她是一个重生基督徒，常常带着一个手镯，一边刻着她的名字，一边刻着“LGB”，代表“爱、感恩和呼吸”。

斯蒂格·拉森（Stieg Larsson, 1954—2004）

拉森写过《龙文身的女孩》《玩火的女孩》和《直捣蜂窝的女孩》。这三部作品都是业余时间作为消遣写的，去世后才发表。他把自己的名字从最初的 Stig 改成 Stieg，以与同时代同名的一个作家区分。

D. H. 劳伦斯（D.H. Lawrence, 1885—1930）

劳伦斯最著名的作品是《儿子与情人》《恋爱中的女人》和《查泰莱夫人的情人》。他的书常常被认为是让人震惊的，有时被认为是色情的。1960 年企鹅图书因为发行了《查泰莱夫人的情人》未删节版，在英国被控以出版淫秽作品罪。检察官让审判团考虑它是否是一本“你希望自己的妻子或者仆人去读的书”，最后判决无罪。

约翰·勒卡雷（John Le Carre, 1931—2020）

勒卡雷著有《柏林谍影》《锅匠、裁缝、士兵、间谍》《疑云杀机》等。在写间谍小说之前，他为英国军情五处工作，跟踪支持苏联的人。开始创作的时候，他为军情六处工作。军情六处禁止他用自己的名字出版作品，约翰·勒卡雷（John Le Carre）是他的法语笔名，意思是“正直的约翰”（John the Square）。

哈珀·李（Harper Lee, 1926—2016）

李最著名的作品是普利策获奖作品《杀死一只知更鸟》，这也是她唯一出版的一部作品。李在阿拉巴马州门罗维尔长大，是一个喜欢穿中性服装的女孩，大部分时间和好朋友杜鲁门·卡波特一起度过，她帮助杜鲁门完成了他的作品《冷血》。她的小说依然是畅销书，但是自从这本书出版后，她很少公开露面，并且拒绝接受采访。

戴安娜·勒费（Diane Lefer）

勒费最著名的作品是《加州交通》《伤与祝福》（与美国社区戏剧导演赫克托·阿里斯蒂赞巴合著）和《橘子的困境》。她常常去做作品中的人物所做的工作，比如捡土豆和做尸检，通过这种体验来写剧本和小说。

厄休拉·勒奎恩（Ursula Le Guin, 1929—2018）

勒奎恩的作品包括《地海传说》系列奇幻小说（始于《地海女巫》）《天堂的陶器》《黑暗的左手》等。她 11 岁时向杂志《新奇科幻》投稿，那是她的第一个故事（被拒）。

埃尔莫尔·伦纳德（Elmore Leonard, 1925—2013）

伦纳德的小说有《野狼》《52 号密杀令》《矮子当道》《大个鲍勃》《视野之外》和《穿越火线》等。他的很多小说都被搬上荧幕（有些电影和原著相差甚远），电视剧《火线警探》改编自小说《穿越火线》。年轻时对《雌雄大盗》和其他黑帮片的迷恋让伦纳德和枪支结下了一生的不解之缘。

辛克莱·刘易斯（Sinclair Lewis, 1885—1951）

刘易斯最著名的作品是小说《巴比特》，并因为这本书成为美国第一个获得诺贝尔文学奖的作家。他的作品还包括《不会发生在这里》《阿罗史密斯》和

《大街》。他对于业内的大腕儿又爱又恨，通常在作品里抨击他们，但是又享受他们在现实生活中对他的赞许。早在 1937 年，他被诊断为酒精中毒，但依然喝酒，65 岁死于酒精中毒。

H. P. 洛夫克拉夫特（H.P. Lovecraft, 1890—1937）

洛夫克拉夫特的作品有《恶魔的呼唤》《超越时间之影》和《疯狂之山》等。他的作品常常被参考改编成探险的角色扮演游戏（RPGs）和电脑游戏。尽管是美国人，但他常常选择英式英语拼写法。

大卫·马梅（David Mamet, 1947— ）

舞台剧兼影视剧作家马梅的作品包括《芝加哥反常性现象》《美国野牛》和 1984 年获得普利策奖的《拜金一族》等。编写的剧本《大审判》获奥斯卡最佳改编剧本提名，这部电影由保罗·纽曼主演。他也为 *The Huffington Post* 这家网络第一报写博客。

希拉里·曼特尔（Hilary Mantel, 1952— ）

她最著名的作品是《狼厅》《弗拉德》和《黑暗之上》。她与身为地质学家的丈夫在博茨瓦纳住过几年。在二十多岁的时候，被误诊为精神病患者，几年后医生发现她没有精神病，但是患有子宫内膜炎。

杰·麦彦拿维（Jay McInerney, 1955— ）

他最著名的小说是《明亮的灯光·巨大的城市》《我一生的故事》《光明来临》和《最后的野人》，被冠以 20 世纪后期“文学界取得巨大成功的年轻人”之一。他师从雷蒙德·卡佛。在他多姿多彩的现实世界中出现的人常常成为他自己小说中的虚构人物。

赫尔曼·麦尔维尔（Herman Melville, 1819—1891）

麦尔维尔最著名小说是《白鲸》《水手比利·巴德》和《抄写员巴特比》。他一开始非常成功，但是 19 世纪 50 年代以后，他的知名度开始下降，在接下来的 50 年中，他的作品没有受到太多关注。1841 年，他登上《阿库什尼号》捕鲸船做水手，一年以后离开。

斯蒂芬妮·梅尔（Stephenie Meyer, 1973— ）

梅尔关于平凡女孩和吸血鬼之间浪漫故事的《暮光之城》系列使她成为 2008 年和 2009 年销量最大的作家。她的收入超过了 5 000 万美金。她是一个摩门教徒，不抽烟也不喝酒，《暮光之城》是她的第一次试笔。

詹姆斯·米切纳（James Michener, 1907—1997）

米切纳最著名的作品是《南太平洋的故事》《春之火》和《流浪者》。“二战”时在美国海军服役期间，他曾被特别关照，源于他的上司把他误认为是海军上将的儿子。

亨利·米勒（Henry Miller, 1891—1980）

米勒的作品包括《北回归线》《南回归线》和《黑色的春天》等。当时在美国，由于他被视为一名写“下流作品”的作家，所以作品被禁，只能从法国走私过来。

黛博拉·莫盖茨（Deborah Moggach, 1948— ）

莫盖茨最著名的作品是小说《前妻》《郁金香热》和《这些傻事》。她是有点喜欢穿男孩衣服的女孩，童年时期的英雄是威廉·布朗。她最初的文章发表在巴基斯坦的报纸上，第一部小说也是在那里写作。

里克·穆迪（Rick Moody, 1961— ）

穆迪写过《冰风暴》《占卜者》和《花园故乡》。他在现代民乐组合 The Wingdale Community Singers 中唱歌，并且搭档主持一个播客栏目。

洛丽·摩尔（Lorrie Moore, 1957— ）

摩尔的作品有《美国鸟人》《谁将开办青蛙医院？》和《楼梯口的门》等。20 岁左右，她赢得了《十七岁杂志》的小说比赛。第一部正式出版的作品是为创意写作硕士论文写的一个短篇小说集。

托妮·莫里森（Toni Morrison, 1931—2019）

莫里森最著名的小说是《最蓝的眼睛》《所罗门之歌》和《宠儿》。做了十年老师之后，她开创了一个项目，使得顶尖的艺术家和很有前途的学生可以在一起合作。1988 年获得普利策奖，1993 年获得诺贝尔文学奖。

艾丽斯·芒罗（Alice Munro, 1931— ）

芒罗的作品有《木星的卫星》《好女人的爱》和《公开的秘密》等。尽管是一名加拿大作家，她常常被拿来与美国南部作家相提并论。20 世纪 60 年代，她在维多利亚开了一家书店，现在依然很受欢迎。

村上春树（Haruki Murakami, 1949— ）

村上春树的著名作品是《海边的卡夫卡》《天黑以后》和《挪威的森林》。他 33 岁开始跑马拉松，后来成为一名三项全能运动员。成为作家之前，村上春树与妻子经营一家爵士咖啡厅，他很多作品的题目都有音乐的元素。

弗拉基米尔·纳博科夫（Vladimir Nabokov, 1899—1977）

纳博科夫的作品有《洛丽塔》《微暗的火》和《说吧，记忆》等。他是一个共生感狂人（synesthesia），会把字母看成是带颜色的。他热爱国际象棋，而且相信下象棋的技能和创作文学所需要的技能是一样的。

V.S . 奈保尔（V.S .Naipaul, 1932—2018）

奈保尔最著名的作品是《河湾》《魔种》和《比斯瓦斯有其屋》等。他被授予送特立尼达人去英国读大学的奖学金。尽管从不爱自己的妻子，他还是和她一起生活了 41 年，直到她去世。

弗里德里希·尼采（Friedrich Nietzsche, 1844—1900）

尼采最著名的作品是《瞧，这个人》《论道德的谱系》和《不合时宜的沉思》等。尼采 24 岁时放弃了自己的普鲁士公民身份，直到去世都是一个无国籍的人。他不佳的身体状况使得他大半生都在不停地旅行，以期找到一个适合他身体状况的气候。

杰西普·诺瓦科维奇（Josip Novakovich，1956—　）

诺瓦科维奇的作品有《愚人节》《切诺贝利的杏仁》和《拯救和其他灾难》等。20 岁移民美国之前，他在塞尔维亚学习医学。除了创意写作（系列书），他还写过一本教科书《小说作家工作室》。

本·尼伯格（Ben Nyberg）

尼伯格著有《短篇小说写作蹊径》和《英国 101》等。他创立了一整套的短篇小说写作方法，被很多大学的创意写作课程采用。

弗兰纳里·奥康纳（Flannery O'Connor, 1925—1964）

奥康纳写过两部长篇小说《智血》和《暴力夺取》，以及 32 篇短篇小说。她的作品风格奇异。六岁的时候，一部新闻影片拍了她的专题：她让她的小鸡倒着走。她后来说："那时我只是帮助小鸡，但那是我生命中的最高点。自那之后，一切都很让人扫兴。"

奥尔罕·帕慕克（Orhan Pamuk, 1952—　）

帕慕克的小说有《我的名字叫红》《白色城堡》和《雪》等。2006 年获得诺贝尔文学奖。22 岁到 30 岁期间和母亲同住，集中精力写作，并且为第一部小说到处找出版商。

莎拉·派瑞斯基（Sara Paretsky, 1947—　）

派瑞斯基的小说包括《夺命码头》《失踪的病历》和《身体艺术》等。除了两本小说之外，她其他所有小说的主人公都是维艾·华沙斯基，一个私人女侦探。她的医生建议她戒红酒、巧克力和咖啡，但她认为咖啡是最难戒掉的。

詹姆斯·帕特森（James Patterson, 1947—　）

帕特森曾经是一个广告商，33 年里写了 71 部长篇小说，其中有以亚历克斯·克洛斯为主人公的惊悚小说。他是一名畅销书作家。2005 年他捐出 85 万美元，设立了"詹姆斯·帕特森悦读奖"，奖励那些能以原创性、有感染力的方式传播阅读和书籍所带来的激动的人和机构。

乔治・佩勒卡诺斯（George Pelecanos, 1957— ）

佩勒卡诺斯最著名的作品是《黯夜园丁》《火线进攻》和《羞耻的魔鬼》。他为HBO电视网写了很多集《火线》。出版第一本书之前，他做过多种餐饮工作，包括调酒和洗盘子。

罗伯特・波西格（Robert Pirsig, 1928—2017）

波西格最著名的作品有是《禅与摩托车维修艺术》和《寻找莱拉》。他被诊断患有偏执型精神分裂症，不止一次接受电击治疗。《禅与摩托车维修艺术》在被威廉・莫罗出版社接受之前，曾被121个出版商拒绝。

J. B. 普里斯特利（J.B .Priestley, 1894—1984）

普里斯特利最著名的作品是小说《好伙伴》、剧作《探长登门》和《当我们结婚的时候》。"二战"期间，他在英国广播公司电台的节目很受欢迎，但是丘吉尔内阁成员的投诉使之被取消。

安妮・普罗克斯（Annie Proulx, 1935— ）

普罗克斯最著名的作品是《真情快递》《明信片》和《断背山》。她第一部作品出现在《十七岁杂志》上。她结婚三次，离婚三次。

马塞尔・普鲁斯特（Marcel Proust, 1871—1922）

普鲁斯特最著名的作品是长篇小说《追忆逝水年华》，最初翻译为《回忆过去的时光》。它被尊为经典，虽然总是有人质疑到底多少人能把这套书全部读完（现代译本有六卷4 211页）。普鲁斯特一生饱受病痛折磨，最后的三年都是在卧室中度过，写小说，最终死于肺炎和肺脓肿。

阿瑟・奎勒－库奇（Arthur Quiller-Couch, 1863—1944）

奎勒-库奇因编辑《牛津英国诗选（1250—1900）》、写作《批评的历险》和《海蒂・卫斯理》而闻名。他是"康沃尔语吟唱诗人协会"的游吟诗人，这是一个为了纪念康沃尔的凯尔特历史而成立的一个组织。阿瑟爵士完成了罗伯特・路易斯・史蒂文森没有完成的《圣艾夫斯》。

简・里斯（Jean Rhys, 1890—1979）

里斯写过《藻海无边》《黑暗中的航行》和《睡吧，小姐》。里斯最初在伦敦的皇家戏剧艺术学院接受训练当女演员，但是因为无法去掉自己的加勒比海口音而离开。

里奥・罗斯顿（Leo Rosten, 1908—1997）

罗斯顿的著名作品是《意第绪语的快乐》《H*Y*M*A*N*K*A*P*L*A *N的教育》和《里奥・罗斯顿犹太语录宝库》。他能说一口流利的意第绪语和英语。大萧条期间，他教美国移民学英语。

J. K. 罗琳（J.K. Rowling, 1965— ）

据 2011 年福布斯杂志统计，世界闻名的哈利·波特系列的作者罗琳身价 10 亿美金。所有根据她的书改编的电影剧本都要交由她审核，而且最后一部要由她担任制作人。

萨尔曼·拉什迪（Salman Rushdie, 1947— ）

拉什迪的作品有《子夜出生的孩子》《撒旦诗篇》和《小丑萨利玛》等。因为《撒旦诗篇》，他受到追杀令的威胁。他在 1990 年的一部巴基斯坦电影中饰演一个大恶棍，在电影中他试图通过建立一个连锁赌场来摧毁巴基斯坦。2007 年他被英国女王封为爵士。

J. D. 塞林格（J.D. Salinger, 1919—2010）

塞林格最著名的作品是《麦田里的守望者》《九个故事》和《弗兰妮与卓埃》。他在犹太家庭中长大，直到十几岁才知道母亲实际上是一个爱尔兰天主教徒。大学毕业后，塞林格去奥地利工作，在纳粹占领这个国家的前一个月离开。

威廉·萨洛扬（William Saroyan, 1908—1981）

萨洛扬最著名的作品是获得普利策奖的话剧《你这一辈子》和小说《人间喜剧》。后者也是一部电影（1943 年出品），但它不是根据小说改编的电影，而是根据电影改编的小说。萨洛扬写这个剧本时被解雇，他就把剧本写成了小说，并且在电影播出之前将之出版。

梅·萨顿（May Sarton, 1912—1995）

萨顿写过《孤独日记》《海边小屋》和《斯蒂文斯夫人听到美人鱼在歌唱》。她出生在比利时，但被认为是一个美国作家。《斯蒂文斯夫人听到美人鱼在歌唱》是一部比较早的关于女同性恋的作品，在当时有损她前期作品奠定的名声。

保罗·施拉德（Paul Schrader, 1946— ）

施拉德是一个美国编剧兼导演。他写过《出租车司机》和《愤怒的公牛》，两个剧本都由马丁·斯科塞斯导演。他导演过的电影包括《美国舞男》、《三岛由纪夫传》。因为家庭宗教的缘故，他 18 岁时才可以看电影。

罗德·赛林（Rod Serling, 1924—1975）

赛林在电视直播的“黄金时期”写过很多有影响力并获奖的剧作，在“卡夫电视剧场”和“剧院 90 分”播放。他的突破之作是《重量级拳王的弥撒》，制作于 1956 年。他因为制作和镜前主持《阴阳魔界》而被大众知晓，这部电视剧有 156 集，其中 92 集是赛林写的。好莱坞星光大道上有他的一颗星星。

威廉·莎士比亚（William Shakespeare, 1564—1616）

莎士比亚是世界上最著名并且剧本最频繁被演出的剧作家，他创作了很多经典剧作，包括《罗密欧与朱丽叶》、《哈姆雷特》、《麦克白》和《奥赛罗》等，还有154首十四行诗以及其他诗歌。他是一名演员，也是张伯伦勋爵剧团（后来改成国王剧团）的合伙人。他妻子是安妮·海瑟薇，两人育有三个孩子。关于他的性取向、宗教，甚至归于他名下的所有这些作品是不是他所写都有猜测。他的墓碑上写着“移我尸骨者永受诅咒”。

萧伯纳（George Bernard Shaw, 1856—1950）

萧伯纳的著名剧作包括《皮格马利翁》《伤心之家》和《人与超人》。尽管有保留意见，他还是接受了诺贝尔文学奖，因为妻子把它视为爱尔兰的荣誉。成为一名成功的剧作家之前，萧伯纳写了五部长篇小说，当时一部也没有出版。

玛丽·雪莱（Mary Shelley, 1797—1851）

雪莱最著名的作品是《弗兰肯斯坦》《最后一个人》和《法克纳》。她的父亲是威廉·戈德文，有意把她培养成一个哲学家和愤世嫉俗者。她与拜伦勋爵聊了一夜鬼魂故事之后，写了《弗兰肯斯坦》；那天晚上，拜伦建议每个人写一个自己的恐怖故事。

卡罗尔·希尔兹（Carol Shields, 1935—2003）

希尔兹写过《斯通家史札记》《拉里的家宴》和《如果不》。尽管是一个知名的加拿大作家，她出生在美国，直到1957年结婚后才成为加拿大公民。除了小说作品之外，她还写过一部简·奥斯汀的传记。

乔治·西默农（Georges Simenon, 1903—1989）

西默农的作品有《梅格雷在纽约》《屋里的陌生人》和《儿子》等。他常常每天写80页。梅格雷是他塑造的最著名的人物角色，出现在75部长篇小说和28部短篇小说中。

史蒂芬·松德海姆（Stephen Sondheim, 1930—2021）

松德海姆著名的音乐剧有《步入森林》《理发师陶德》和《小夜曲》。松德海姆在奥斯卡·汉默斯坦二世的指导下写了四部音乐剧，但都没有演出。他不满意自己《西区故事》的台词，认为它们不符合人物角色的特点。

苏珊·桑塔格（Susan Sontag, 1933—2004）

桑塔格的作品有《在美国》《火山情人》和剧本《床上的爱丽丝》等。出版小说之前，她以随笔闻名，大都是关于各种形式的艺术。作为一个激进分子，她号召美军参加波斯尼亚战争；波斯尼亚被围困期间，她住在萨拉热窝。

索尔·斯坦（Sol Stein, 1926— ）

斯坦最著名的小说是《魔术师》，这本书在基督徒中间引起很大争议。除了创作剧本和其他小说之外，斯坦也是“美国之音”的作家和编辑，在铁幕政策期间，给 200 万人播放广播节目。他也是一个很有影响力的出版商，编辑的书中，有两本入选 20 世纪前 100 部非虚构作品。

凯瑟琳·斯多克特（Kathryn Stockett）

斯多克特广受好评的第一部小说是《相助》，这部小说讲的是在白人家中做工的非裔女佣的故事。斯多克特由密西西比州首府杰克逊的一名非裔家务工人抚养长大。《相助》收到了 45 封拒绝信，最终成为一本畅销书。

乔纳森·斯威夫特（Jonathan Swift, 1667—1745）

斯威夫特的作品有《格列佛游记》《一个小小的建议》和《布商的信》等。一生中用过很多笔名，从来不用自己的名字发表作品。他最终成为都柏林圣帕特里克大教堂的教长。

谭恩美（Amy Tan, 1952— ）

谭恩美最著名的小说是《喜福会》《灶神娘娘》和《接骨师之女》。她在中国大陆有三个同母异父的姐姐，直到 35 岁才见到她们。她的儿童读物《傻瓜猫》由美国公共电视网 PBS 制作成电视剧。

爱玛·泰南特（Emma Tennant, 1937— ）

泰南特最著名的作品是《彭伯里庄园》和《法国舞者的私生子》，分别是《傲慢与偏见》和《简·爱》的续篇。她出生于英国贵族家庭，结过四次婚。

威廉·梅克皮斯·萨克雷（William Makepeace Thackeray, 1811—1863）

萨克雷最著名的作品是《名利场》《凯瑟琳》和《亨利·埃斯蒙德》。他的短篇小说《势利眼集》广泛传播了“势利眼”的现代意义。经营两家报纸耗尽了他继承的大部分遗产，但两家报纸都失败了。

亨利·大卫·梭罗（Henry David Thoreau, 1817—1862）

梭罗最著名的作品是《瓦尔登湖》和他的论文《论公民的不服从》、《无原则的生活》。梭罗写了大量的博物史。他在深夜暴风雨中数树桩的年轮时患上肺病，因医治无效而病逝。

罗丝·特里梅因（Rose Tremain, 1943— ）

特里梅因的作品有《回家的路》《音乐与沉默》和《神圣的国家》等。她常常做电台广播，为媒体写评论。特里梅因在母校东安格利亚大学教了八年创意写作。

安东尼·特罗洛普（Anthony Trollope, 1815—1882）

特罗洛普最好的小说是《养老院院长》《巴切斯特塔》和《我们现在的生活方式》。他的母亲是一位成功的小说家，父亲是一名失败的农场主和律师。特罗洛普曾经角逐他梦想的政治职位，但是他把自己第一次也是唯一的一次竞选描述为“一生中最悲惨的两周”，最后位居第四（最后一名）。自此以后，他著述颇丰，同时编辑《圣保罗杂志》。

布兰达·尤兰（Brenda Ueland, 1891—1985）

尤兰最著名的作品是《假如你想写作：一本关于艺术、独立和精神之书》。她为很多出版物和电台写作。她是一个女权主义者，据说她有两条人生准则：讲真话，只做自己想做的事情。

伏尔泰（Voltaire, 1694—1778）

伏尔泰最著名的作品是《老实人》《查第格》和《有四十埃居的人》。原名是弗朗索瓦 - 马利·阿鲁埃，伏尔泰是其笔名。他关于王权和基督教的大胆言论把自己送进了巴士底狱，然后被驱逐出巴黎。他的作品产量惊人，其中包括两万封信件，他的写作激励了法国和美国革命中的关键人物。

艾丽斯·沃克（Alice Walker, 1944—　）

沃克最著名的小说是《紫颜色》《殿堂》和《拥有快乐的秘密》。因为脸上有一块疤，她度过了一个非常孤独的童年，后来她去掉了这块疤。《紫颜色》被改编成音乐剧，获得 11 项托尼奖提名。

玛丽娜·华纳（Marina Warner, 1946—　）

华纳的小说有《失去的父亲》和《靛蓝色》，非虚构作品有《从野兽到美女：关于童话故事和讲述者》和《幻象》。她正在写一部关于父亲于 1950 年在埃及开书店的长篇小说。她共获得 14 个学位。

伊夫林·沃（Evelyn Waugh, 1903—1966）

沃最著名的小说是《衰落与瓦解》《一抔土》《旧地重游》和《荣誉之剑》三部曲。《旧地重游》让他名利双收。借在好莱坞商谈一个电影剧本（最终没有拍摄）的时候，他访问了森林草坪墓园。这给了他写作《受爱戴的》的灵感，此书讽刺了美国人的死亡观。

H. G. 威尔斯（H.G .Wells, 1866—1946）

威尔斯最著名的作品是《时间机器》《隐身人》和《星际战争》。威尔斯在 1933 年的《未来世界》中预言了第二次世界大战的发生，认为这场战争从 1940 年开始。尽管很虔诚，但是他没有皈依任何有组织的宗教，他相信这些宗教都是真的。

纳撒尼尔·韦斯特（Nathanael West, 1903—1940）

韦斯特最著名的小说是《寂寞芳心小姐》《蝗虫之日》和《斯奈尔的梦幻人生》。编剧的经验使他在《蝗虫之日》中描写了好莱坞电影城底层人们的困顿。他和妻子一同死于一场车祸，而在此之前，他们刚刚得知他们的朋友弗·司各特·菲茨杰拉德的死讯。

伊迪丝·华顿（Edith Wharton, 1862—1937）

华顿的作品有《伊桑·弗洛姆》《纯真年代》和《欢乐之家》等。她是第一个获得普利策文学奖的女作家，也是一个很有创意的室内和园艺设计师。

埃利·威塞尔（Elie Wiesel, 1928—2016）

威塞尔的作品包括《夜》《黎明》和《森林之门》等。《夜》刚出版时，前三年销售速度很慢，直到该作品得到诸多肯定的评论，威塞尔开始在电视采访中推销它。2007 年他受到一个大屠杀否定者的攻击，但没有受伤。

奥斯卡·王尔德（Oscar Wilde, 1854—1900）

王尔德的作品有《认真的重要性》《道连·格雷的画像》和《理想丈夫》等。王尔德是一名共济会会员。《认真的重要性》的标题是伦敦同性恋圈内的一句玩笑话，他们使用“我是认真的”作为认同彼此身份的暗号。

田纳西·威廉斯（Tennessee Williams, 1911—1983）

威廉斯最著名的戏剧作品是《欲望号街车》《热铁皮屋顶上的猫》和《玻璃动物园》等。他的很多作品灵感都来自于他的家庭生活。在成为一个成功的剧作家之前，威廉斯经常换工作，最短的工作是在曼哈顿的哥谭书坊，他在那里只工作了半天。

P. G. 伍德豪斯（P.G. Wodehouse，1881—1975）

伍德豪斯最著名的作品是《吉福斯和伍斯特》（又名《万能管家》）系列小说、《布兰丁斯城堡》系列小说和 The Ukridge 系列故事。在大学里，他是一个校队运动员，而且还参与话剧和音乐剧的演出，和科尔·波特合作过歌舞剧《随心所欲》。

弗吉尼亚·伍尔芙（Virginia Woolf, 1882—1941）

伍尔芙最著名的作品有小说《达洛卫夫人》《到灯塔去》和《奥兰多》以及随笔《一间自己的房间》。她是伦敦文学圈布卢姆斯伯里团体的一员。这个团体的成员还有：传记作家利顿·斯特雷奇、艺术批评家克莱夫·贝尔、诗人鲁伯特·布鲁克等。她和丈夫伦纳德·伍尔芙创建了霍加斯出版社。弗吉尼亚·伍尔芙经历过几次精神崩溃，最后她在口袋内装满石块，在乌斯河溺水自杀。

精品写作课

作家的诞生——12 位殿堂级作家的写作课

中国人民大学刁克利教授 10 余年研究成果倾力呈现，横跨 2 800 年人类文学史，走近 12 位殿堂级写作大师，向经典作家学写作，人人都能成为作家。

荷马：作家第一课，如何处理作品里的时间？
但丁：游历于地域、炼狱和天堂，如何构建文学的空间？
莎士比亚：如何从小镇少年成长为伟大的作家？
华兹华斯和弗罗斯特：自然与作家如何相互成就？
勃朗特姐妹：怎样利用有限的素材写作？
马克·吐温：作家如何守望故乡，如何珍藏童年，如何书写一个民族的性格和成长？
亨利·詹姆斯：写作与生活的距离，作家要在多大程度上妥协甚至牺牲个人生活？
菲兹杰拉德：作家与时代、与笔下人物之间的关系？
劳伦斯：享有身后名，又不断被诋毁、误解和利用，个人如何表达时代的伤痛？
毛姆：出版商的宠儿，却得不到批评家的肯定。选择经典还是畅销？

作家的诞生
——12位殿堂级作家的写作课

一个故事的诞生——22 堂创意思维写作课

郝景芳和创意写作大师们的写作课，国内外知名作家、写作导师多年创意写作授课经验提炼而成，汇集各路写作大师的写作法宝。它将告诉你，如何从一个种子想法开始，完成一个真正的故事，并让读者沉浸其中，无法自拔。

郝景芳：故事是我们更好地去生活、去理解生活的必需。
故事诞生第一步：激发故事创意的头脑风暴练习。
故事诞生第二步：让你的故事立起来。
故事诞生第三步：用九个句子描述你的故事。
故事诞生第四步：屡试不爽的故事写作法宝。

创意写作书系

这是一套广受读者喜爱的写作丛书，系统引进国外创意写作成果，推动本土化发展。它为读者提供了一把通往作家之路的钥匙，帮助读者克服写作障碍，学习写作技巧，规划写作生涯。从开始写，到写得更好，都可以使用这套书。

综合写作		
书名	作者	出版日期
成为作家	多萝西娅·布兰德	2011年1月
一年通往作家路——提高写作技巧的12堂课	苏珊·M. 蒂贝尔吉安	2013年5月
创意写作大师课	于尔根·沃尔夫	2013年6月
作家创意手册	杰克·赫弗伦	2015年1月
与逝者协商——布克奖得主玛格丽特·阿特伍德谈写作	玛格丽特·阿特伍德	2019年10月
心灵旷野——活出作家人生	纳塔莉·戈德堡	2018年2月
诗性的寻找——文学作品的创作与欣赏	刁克利	2013年10月
写好前五页——出版人眼中的好作品	诺亚·卢克曼	2013年1月
写好前五十页	杰夫·格尔克	2015年1月
从创意到畅销书——修改与自我编辑	詹姆斯·斯科特·贝尔	2016年1月
来稿恕难录用——为什么你总是被退稿	杰西卡·佩奇·莫雷尔	2018年1月
虚构写作		
小说写作教程——虚构文学速成全攻略	杰里·克里弗	2011年1月
开始写吧！——虚构文学创作	雪莉·艾利斯	2011年1月
冲突与悬念——小说创作的要素	詹姆斯·斯科特·贝尔	2014年6月
情节与人物——找到伟大小说的平衡点	杰夫·格尔克	2014年6月
人物与视角——小说创作的要素	奥森·斯科特·卡德	2019年3月
经典人物原型45种——创造独特角色的神话模型（第三版）	维多利亚·林恩·施密特	2014年6月
经典情节20种（第二版）	罗纳德·B. 托比亚斯	2015年4月
情节！情节！——通过人物、悬念与冲突赋予故事生命力	诺亚·卢克曼	2012年7月
如何创作炫人耳目的对话	詹姆斯·斯科特·贝尔	2016年11月
超级结构——解锁故事能量的钥匙	詹姆斯·斯科特·贝尔	2019年6月
故事工程——掌握成功写作的六大核心技能	拉里·布鲁克斯	2014年6月
故事力学——掌握故事创作的内在动力	拉里·布鲁克斯	2016年3月
畅销书写作技巧	德怀特·V. 斯温	2013年1月
30天写小说	克里斯·巴蒂	2013年5月
从生活到小说（第二版）	罗宾·赫姆利	2018年1月
小说创作谈	大卫·姚斯	2016年11月

虚构写作		
写小说的艺术	安德鲁·考恩	2015年10月
成为小说家	约翰·加德纳	2016年11月
小说的艺术	约翰·加德纳	2021年7月
非虚构写作		
开始写吧！——非虚构文学创作	雪莉·艾利斯	2011年1月
写作法宝——非虚构写作指南	威廉·津瑟	2013年9月
故事技巧——叙事性非虚构文学写作指南	杰克·哈特	2012年7月
光与热——新一代媒体人不可不知的新闻法则	迈克·华莱士	2017年3月
自我与面具——回忆录写作的艺术	玛丽·卡尔	2017年10月
写出心灵深处的故事——非虚构创作指南	李华	2014年1月
写我人生诗	塞琪·科恩	2014年10月
类型及影视写作		
开始写吧！——影视剧本创作	雪莉·艾利斯	2012年7月
开始写吧！——科幻、奇幻、惊悚小说创作	劳丽·拉姆森	2016年1月
开始写吧！——推理小说创作	劳丽·拉姆森	2016年7月
好剧本如何讲故事	罗伯·托宾	2015年3月
经典电影如何讲故事	许道军	2021年5月
童书写作指南	玛丽·科尔	2018年7月
网络文学创作原理	王祥	2015年4月
写作教学		
小说写作——叙事技巧指南（第十版）	珍妮特·伯罗薇	2021年6月
你的写作教练（第二版）	于尔根·沃尔夫	2014年1月
创意写作教学——实用方法50例	伊莱恩·沃尔克	2014年3月
故事工坊	许道军	2015年5月
大学创意写作·文学写作篇	葛红兵 许道军	2017年4月
大学创意写作·应用写作篇	葛红兵 许道军	2017年10月
小说创作技能拓展	陈鸣	2016年4月
青少年写作		
会写作的大脑1——梵高和面包车（修订版）	邦妮·纽鲍尔	2018年7月
会写作的大脑2——怪物大碰撞（修订版）	邦妮·纽鲍尔	2018年7月
会写作的大脑3——33个我（修订版）	邦妮·纽鲍尔	2018年7月
会写作的大脑4——亲爱的日记（修订版）	邦妮·纽鲍尔	2018年7月
奇妙的创意写作——让你的故事和诗飞起来	卡伦·本基	2019年3月
成为小作家	李君	2020年12月
写作魔法书——让故事飞起来	加尔·卡尔森·莱文	2014年6月
写作魔法书——28个创意写作练习，让你玩转写作（修订版）	白铅笔	2019年6月
写作大冒险——惊喜不断的创作之旅	凯伦·本克	2018年10月
小作家手册——故事在身边	维多利亚·汉利	2019年2月
北大附中创意写作课	李韧	2020年1月
北大附中说理写作课	李亦辰	2019年12月

Your Creative Writing Masterclass: Advice from the best on writing successful novels, screenplays and short stories by Jurgen Wolff

This translation is published by arrangement with Nicholas Brealey Publishing and Andrew Nurnberg Associates International Limited.

图书在版编目（CIP）数据

创意写作大师课 /（美）沃尔夫著；史凤晓，刁克利译. — 北京：中国人民大学出版社，2013.5
（创意写作书系）
ISBN 978-7-300-17361-0

Ⅰ. ①创… Ⅱ. ①沃… ②史… ③刁… Ⅲ. ①文学创作—写作学 Ⅳ. ①I04

中国版本图书馆CIP数据核字(2013)第081799号

创意写作书系
创意写作大师课
［美］于尔根·沃尔夫 著
史凤晓 刁克利 译
Chuangyi Xiezuo Dashike

出版发行	中国人民大学出版社		
社　　址	北京中关村大街31号	**邮政编码**	100080
电　　话	010–62511242（总编室）		010–62511770（质管部）
	010–82501766（邮购部）		010–62514148（门市部）
	010–62515195（发行公司）		010–62515275（盗版举报）
网　　址	http://www.crup.com.cn		
经　　销	新华书店		
印　　刷	天津中印联印务有限公司		
规　　格	160mm×235mm 16开本	**版　　次**	2013年7月第1版
印　　张	20.25 插页1	**印　　次**	2022年1月第6次印刷
字　　数	262 000	**定　　价**	49.00元